グリフォン
垂

「一体なんじゃ、騒がしい。
せっかく作ったゾンビどもが
倒されておるではないか」
ースフィア

[こだちかざね]
小太刀風音

「「はふぅ～」」
「クピィ～♪」
[むそうだいち]
六槍大地
[ゆづきほたる]
弓月火

そう言って
神殿の入り口に姿を現したのは、
露出度の高い衣装に身を包み、
細身の剣を腰から提げた、
一人のダークエルフの少女だった。

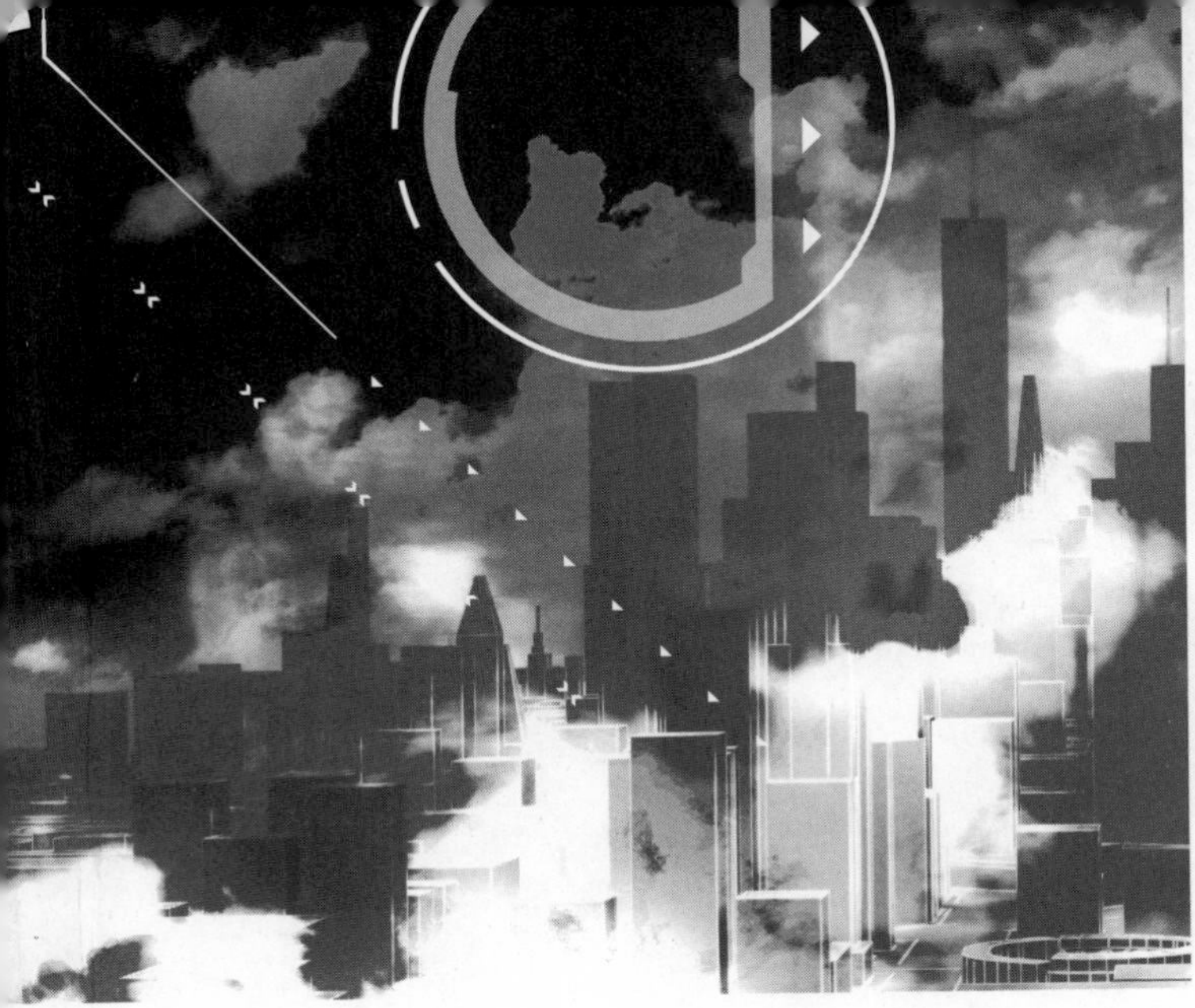

CONTENTS

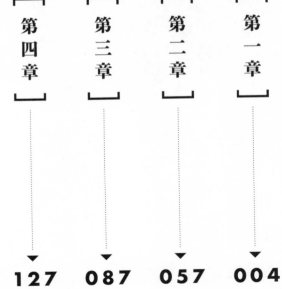

朝起きたら探索者《シーカー》になっていたのでダンジョンに潜ってみる 3

いかぽん

[Illustrator] tef

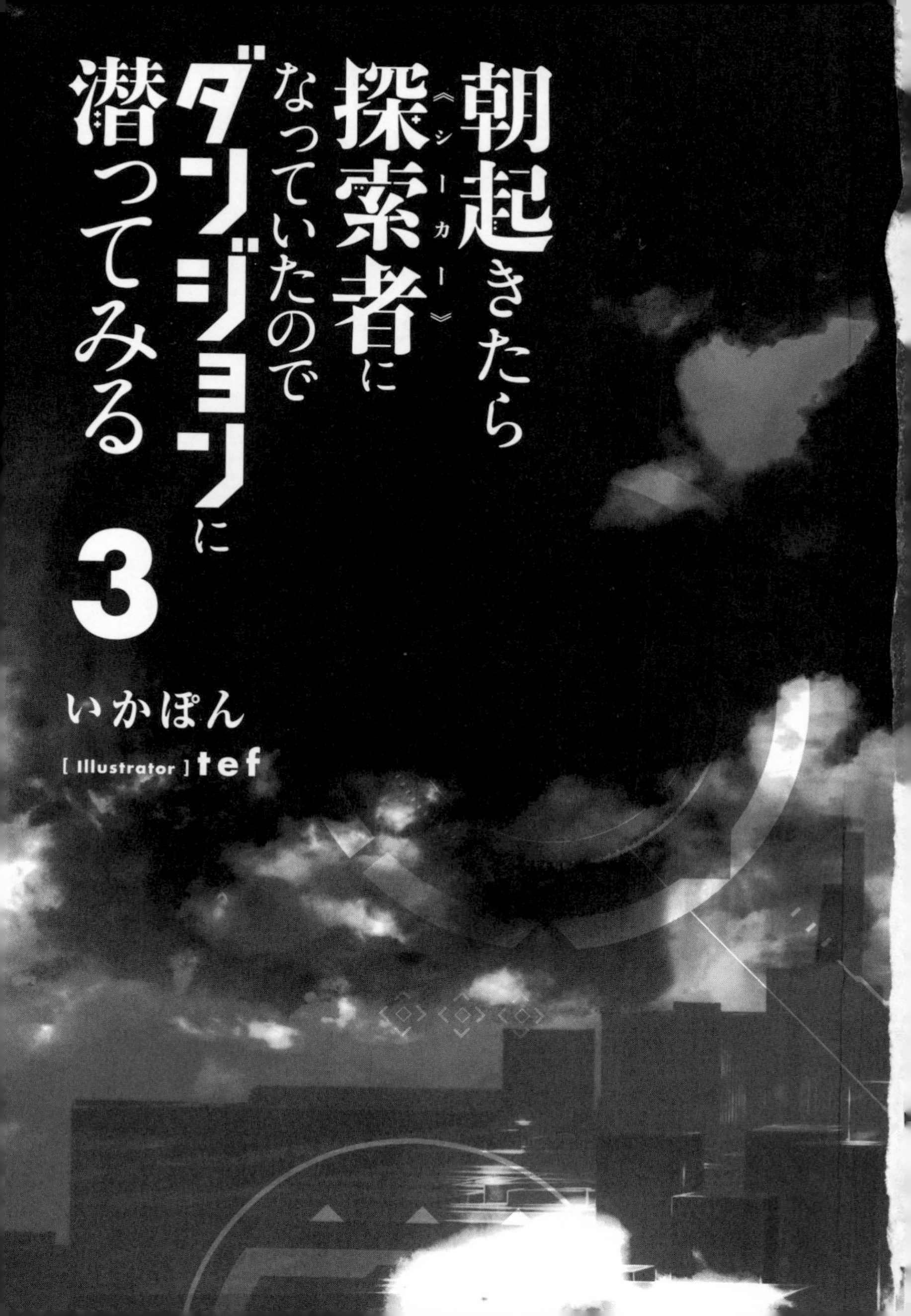

[Illustrator]
tef

第一章

——チュンチュン、チュンチュン。

部屋の外から、小鳥の鳴き声が聞こえてくる。

「ふあっ……」

目を覚ました俺は、ベッドに横たわったまま、寝《ね》ぼけ眼《まなこ》であくびをした。

見知らぬ天井——と表現するのが不適切なぐらいには、すでに何度もお世話になっている、おなじみの宿の部屋。

木造ながらしっかりとした造りの、広めの部屋だ。三台のベッドが横並びに配置されていて、俺のベッドはそのうちの真ん中のもの。

左右のベッドでは、二人の仲間がすやすやと寝息を立てて——いない。

あれ、二人とももう起きたのかな。

見れば木窓が開いて、輝かしい朝日が、薄暗い部屋の中へと斜《なな》めに差し込んでいた。

やっぱり二人とも、もう目を覚ましていて、顔でも洗いに外に出たのかもしれない。

なら俺も——と思って、ベッドから起き上がろうとした、そのとき。俺はようやく、違

第一章

和感に気付いた。

何か柔らかくて温かいものが、俺の体に引っ付いている。まるで女の子の人肌のような、途方《とほう》もなく心地のいい何か。

否《いな》。「まるで」ではなかった。

「うにゅう……あ、先輩。おはよーっす」

毛布の中からもぞもぞと、かわいらしい生き物が出てきて、俺に向かってにぱっと笑いかけてきた。

俺が被《かぶ》っていた毛布だ。

つまりこの後輩は、俺と同じベッドで、俺と同衾《どうきん》していたことになる。

「ゆ、弓月《ゆづき》……？」

「ん……？　なんすか先輩。六槍《むそう》先輩のかわいい後輩、弓月火垂《ほたる》ちゃんっすよ」

「いや……え、待て……お前、なんで、俺のベッドに……しかも、は、は、裸で……」

肩から上を毛布から覗《のぞ》かせた後輩は、服を着ていないように見えた。

毛布の下では、少女の裸身が俺に抱き着き、密着している感触。

ていうか、これ──

「先輩も裸っすよ？」

「うぇえええええっ⁉　ほ、本当だ！」

かわいい後輩が言うとおり、俺も裸だった。

裸の俺が、裸の後輩女子に抱き着かれて、一緒のベッドで寝ている。

待て、なんだ、どういう状況だこれは。

「なんすか先輩、記憶喪失っすか？　昨晩あれだけ獰猛《どうもう》な狼《おおかみ》さんになって、うちをキャンキャン鳴かせておいてそれは、さすがにドン引きするっすよ」

「あ、あれ……マジで……？」

「いや、『マジで？』はうちの台詞《せりふ》っすよ。どこから覚えてねーんすか？」

「え、えーっと……」

俺は混濁《こんだく》している頭に鞭《むち》を打ち、記憶を掘り起こす。

とりあえず、事の発端から思い出していこう。


俺は六槍大地《だいち》、十九歳。現代日本で暮らすしがない高卒フリーターだった。

独身で一人暮らし。彼女いない歴イコール年齢の、典型的なぼっち男子だ。

そんな俺に、ある朝、転機が訪れた。手の甲に『探索者《シーカー》』であることを示す紋様《もんよう》が現れ、それまでになかった「力」に目覚めていたのだ。

およそ三十年前、俺たちの世界に突如として現れた「ダンジョン」。そこに潜り、ステータスやスキル、魔法といった超常的な能力を使って「モンスター」と戦うことができる存在――それが探索者《シーカー》だ。

探索者《シーカー》の力に覚醒した俺は、早速、近所のダンジョンに潜った。俺はモンスターと戦い、

レベルアップし、ダンジョンのより深くへと進んでいく。

その過程で知り合い、互いに親密な関係になっていったのが、今の探索者《シーカー》仲間である二人の女子だ。

一人は、小太刀風音《こだちかざね》さん。年齢は俺の一個上の二十歳《はたち》。ポニーテールの黒髪がかわいらしい美人のお姉さんだ。お酒が大好きで、ちょっと残念なところがあるのもチャームポイント。

もう一人が、弓月火垂。俺の一個下で十八歳。髪は癖のあるショートカット。童顔かつ小柄で、ともすれば少年と見間違うような中性的なルックスを持つ。

こいつは厳密には、もともと俺のバイト先での後輩で、探索者《シーカー》になってから初めて知り合ったわけではない。人懐っこくて男子みたいなので、ずっと弟分としてかわいがっていたのだが——あ、だんだん思い出してきたぞ。

そんな二人の仲間とともに、俺はダンジョンの深層へと向かって進んでいった。

だがそんな中で、ひょんなことがあったのだ。ダンジョンでは不思議な出来事は日常茶飯事なのだが、その中でも飛び切りのおかしな出来事が、俺たちを襲った。

なんと、「異世界」に転移したのである。

「限界突破イベント」と呼ばれる不思議事象の一つらしいのだが。

とにかく俺と風音さん、弓月の三人は、この異世界で暮らすことになった。

期間は100日間。100日が経過すると自動的に元の世界に帰されるが、それ以外の

第一章

帰還方法はないらしい。

なおこの世界で命を落としたら、普通に人生の終了である。俺たちはこの世界で100日間生き抜く方法を探さなければならなかった。

だが悪いことばかりでもない。

俺たち探索者《シーカー》は、通常は25レベルがレベル上限で、それ以上には成長できない。しかしこの異世界にいる間は「限界突破イベント」の最中であり、25レベルを超えてレベルを上げ続けることができるというのだ。これは平均的な探索者《シーカー》から抜きん出るためのチャンスでもあった。

そんな異世界で暮らしはじめて、今日は9日目になる。

今、俺や弓月がいるこの宿は、異世界に来て初めて立ち寄った街にある宿屋のうちの一軒だ。すでに何度かこの宿のこの部屋に宿泊しているから、見知らぬ天井とも言い切れない、見知った天井というわけだ。

ちなみに男女同室なのには、いろいろ理由があるような、ないような。端的に言って、風音さんと弓月、二人と俺は今や親密な仲だからであるが。

この世界に来る前までは、お互いに「いい仲」なのは俺と風音さんだけだった。

風音さんとは、知り合ってからダンジョンで一緒に過ごす時間を重ねるうちに親密になり、告白を経て彼氏彼女の関係になった。

だが弓月は違った。つい先日までは。

いや、俺だけが違うと思っていた。弓月とは、かわいい弟分あらため妹分ぐらいのつもりで接していたのだが——

まあ、その、アレだ。今は風音さんばかりではなく、弓月とも「いい仲」だ。俺がそうと認識して、両想《りょうおも》いが確定したのは、つい先日の冒険中でのこと。

つまり、あまり大きな声では言えないのだが、俺は二股《ふたまた》をかけていることになる。

風音さんも弓月もそれは分かっていて、お互いに公認の関係を二股と呼んでいいものなのかは分からないが。

その前提で、今ここである。

朝起きたらベッドの上で、毛布の下は裸の俺が、裸の後輩女子に抱き着かれていた。

そういえば——と、俺は昨晩の、風音さんや弓月と交わした会話を思い出す。

『……あの、二人とも。俺のこと人畜無害な男子だと思ってるでしょ。俺の中の狼さんを抑えるのが大変だから、その気がないならほどほどにしてほしいんだけど』

『先輩はモフモフしたくなる、かわいい狼さんだから大丈夫っす』

『待って火垂ちゃん、そうでもないよ。大地くん、その気になったら本当にケダモノだよ？』

『マジっすか』

『うん、マジ』

『でも一度、そういう先輩も見てみたいっすね』

と、こういう会話が展開された記憶がある。そして、その後は――

…………。

「えぇっと……弓月？」

「うっす。弓月ちゃんっすよ。なんすか先輩？」

「つまりこれ、何のごまかしもなく、ストレートな朝チュン……？」

「昨夜の先輩、凄《すご》かったっす♡」

「それも文字通りの意味？」

「文字通りの意味っす」

「おーう……」

いや、ごめん。本当は少し前に、とっくに思い出していた。ちょっと確認してみたくなっただけなんだ。

「あー、えっと、なんて言ったらいいんだろ……おはよう？」

「うん。おはようっすよ、先輩」

再びにぱっと笑いかけてくる後輩女子に、俺は今更ながらにハートを射貫《いぬ》かれた。

悶《もだ》えたくなるほどかわいい。

「お前、それ。攻撃力高すぎるから」

「……？　何の話っすか？」

「いや、いい。今日も弓月はかわいいなってこと」

「ふぇっ……!?」

俺は弓月の頭をなでる。後輩は顔を真っ赤《まか》にした。

「ちょっ、先輩！　いつからそんなプレイボーイなこと言うようになったんすか！　今ちょっとドキッとしたっすよ！」

「それはよかった。あとドキッとさせられたのはお互い様だ。ほら、起きるぞ」

「うーっ、先輩のくせに、先輩のくせにぃいいいっ！」

顔を真っ赤にしたまま悔しそうにする弓月であった。

と、そのとき——コンコン。

部屋の扉がノックされる音が聞こえてきた。

げっ、ヤバい。別に禁止行為ではないが、宿の人に男女が裸で同衾している姿を見られるのは避けたい。

「……こほん。はい、何の用でしょうか？　今、少し取り込んでいるので、用があれば扉越しにお願いしたいんですが」

俺は努めて平静を装って、扉に向かってそう声をかけた。

弓月も俺に抱き着いたまま、緊張した様子で扉のほうを見ている。

返ってきたのは、こんな声だった。

「ふぅーん。二人は今、取り込み中なんだ。いつまで私は蚊帳《かや》の外にいればいいのかな？」

第一章

「あっ……か、風音さん？」

声の主は、俺のもう一人の仲間である風音さんだった。宿の人かと勘違いしてしまった。

安堵《あんど》の息をついた弓月が、扉に向かって声をかける。

「風音さんだったら、入っても大丈夫っすよ。うちと先輩、毛布の下はまっ裸っすけど」

「え、ちょっ、弓月⁉」

「それじゃ、お言葉に甘えて」

扉が開いた。

黒髪ポニーテール、黒装束《くろしょうぞく》姿《すがた》のお姉さんが、俺たちのほうをまじまじと見る。

「わあっ。分かってはいたけど、こうしてあらためて見ると、なかなか破廉恥《はれんち》な光景だね」

「うっすうっす。うちと先輩、今めっちゃ破廉恥っすよ」

部屋に入ってきて扉を閉める風音さん。

宿の裏庭にある井戸で顔を洗ってきたのか、前髪などが少し濡《ぬ》れていた。

そんな風音さんが、俺に向かってにっこりと笑いかけてくる。

「大地くん」

「はいっ」

俺は思わず背筋を伸ばした。

風音さんはにっこり笑顔のまま、こう告げてくる。

「火垂ちゃんとイチャイチャするのはいいけど、私ともちゃんとイチャイチャしないとダメだからね？　じゃないと私、心が闇に堕《お》ちちゃうから」

「は、はい！　もちろんです！　風音さんともイチャイチャします！」

「くすくすっ。大地くん、やっぱりかわいいなぁ。これで私たち二人ともを誑《たぶら》かしているっていうんだから、びっくりだよね。ね、火垂ちゃん？」

「うっすうっす。先輩は獰猛な狼さんとかわいい狼さんがハイブリッドした次世代陰キャ型プレイボーイっす」

「…………」

……とまあ、よく分からない爛《ただ》れた関係性の俺たち三人なのである。

確実に言えるのは、俺が今、ものすごく幸せだということぐらいか。

＊＊＊

朝の準備を終えた俺たち三人は、早めの朝食をとる。

この宿は「冒険者」が多く利用しているので、朝食も彼らに合わせて、宿の人が早めに準備してくれる。

パンやベーコンエッグなどによる簡単な朝食を終えると、俺たちは宿を出て「冒険者ギルド」へと向かった。

第一章

冒険者というのは、俺たちの世界で言うところの探索者《シーカー》のようなものだ。スキルやステータス、魔法など、俺たち探索者《シーカー》とまったく同じ種類の超常的能力を持つ。

なぜ両者が同じ能力を持つのかは、まったく分からない。分からないことだらけの世界で俺たちは生きている。

冒険者は冒険者ギルドで「クエスト」と呼ばれる依頼を受けて、それを達成することで主な収入を得ている。モンスターを倒すことによって得られる「魔石」も収入になるが、どちらかというと副次的なものだ。

俺たちもまた、この世界に来てからは冒険者として暮らすことになった。どこの馬の骨とも知れない根無し草でも、モンスターと戦う能力さえあれば食うに困らないからだ。

ただ、俺たちが冒険者として活動する理由は、そればかりではない。

俺と風音さん、弓月の三人は、冒険者ギルドの前までやってきた。

ギルドの建物前には、まだ早朝だというのに、多数の冒険者がひしめき合っている。少しでもわりのいいクエストにありつくために早起きを厭《いと》わない、勤勉なのかそうでないのかよく分からない人たちだ。

この後、ギルドがオープンすると同時に、クエストの争奪戦が始まる。俺たちもまた、それに参戦するためにやってきたのだ。

「さあ先輩、モフモフを仲間にするためのクエストを探すっすよ！」

魔導士《まどうし》装備に身を包んだ弓月が、そう言って意気込みを見せる。黒装束姿の風音さんもまた、うんうんと深くうなずいた。

いや、俺たちの目的はそれじゃないのだが。完全に間違っているとも言いづらいな。

二人が言っているのは何かというと、俺が昨日、新たに修得したスキルのことだ。

俺たちは三人とも、31レベルになった段階で修得可能スキルリストの更新があった。

これまでには修得できなかった幾つかのスキルを、新たに修得できるようになったのだ。

例えば俺の場合は、こんな感じだ。

●修得可能スキル（どれもスキルポイント1で修得可能）
武器：【槍《やり》攻撃力アップ（＋26）】（new!）【二段突き】
魔法：【ストーンシャワー】（new!）
一般：【筋力アップ（＋1）】【耐久力アップ（＋1）】【敏捷力《びんしょうりょく》アップ（＋1）】
【魔力アップ（＋1）】【HPアップ（耐久力×7）】（new!）
【MPアップ（魔力×7）】（new!）【気配察知】【アイテムボックス】
【宝箱ドロップ率3倍】【テイム】（new!）【重装備ペナルティ無効】（new!）

（new!）と付いているものが、31レベルで新たに修得可能となったスキルである。新たに六個のスキルが解放されたわけだ。

俺は自身のスキルポイントを使って、このリストの中から、下から二番目の【テイム】

というスキルを修得していた。

このスキルは、特定のモンスターを手懐《てなず》けて使役することを可能とするものだ。

使役可能なモンスターの種類は決まっていて、昆虫型か動物型のものが多い。これまでに遭遇したモンスターだと、キラーワスプ、デススパイダー、ジャイアントバイパー、ミユータントエイプ、サーベルタイガー、ヴァンパイアバットが【テイム】可能なモンスターだ。未遭遇のものを含めればもっといる。

一度に【テイム】しておけるモンスターは一体だけだ。なるべく強いモンスターを【テイム】しておいたほうが有利ということ。

その他いろいろとスキルの仕様はあるみたいだが、いずれにせよ、かなりの強スキルであることは間違いないと思う。

なお、俺たち三人の現在のステータスはこんな感じだ。

六槍大地
レベル：32　経験値：202444／206876
HP：198／198　MP：168／168
筋力：29　耐久力：33　敏捷力：24　魔力：28
スキル：【アースヒール】【マッピング】【HPアップ（耐久力×6）】【MPアップ（魔力×6）】【槍攻撃力アップ（＋24）】【ロックバレット】

【プロテクション】【ガイアヒール】【宝箱ドロップ率2倍】【三連衝《さんれんしょう》】

【アイテム修繕】【命中強化】【グランドヒール】【翻訳】【隠密《おんみつ》】

【ロックバズーカ】【回避強化】【アイテムボックス】（new!）【テイム】（new!）

残りスキルポイント：0

小太刀風音
レベル：33　経験値：223056／235435
HP：175／175　MP：125／125
筋力：25　耐久力：25　敏捷力：42　魔力：25
スキル：【短剣攻撃力アップ（＋24）】（Rank up!）【マッピング】【二刀流】
【気配察知】【トラップ探知】【トラップ解除】【ウィンドスラッシュ】
【アイテムボックス】【HPアップ（耐久力×7）】【宝箱ドロップ率2倍】
【クイックネス】【ウィンドストーム】【MPアップ（魔力×5）】【二刀流強化】
【回避強化】【翻訳】【隠密】【トラップ探知Ⅱ】
残りスキルポイント：1

弓月火垂
レベル：33　経験値：230141／235435

HP：175／175　MP：336／336
筋力：21　耐久力：25　敏捷力：29　魔力：56
スキル：【ファイアボルト】【MPアップ（魔力×6）】
【HPアップ（耐久力×7）】（Rank up!）
【魔力アップ（＋14）】（Rank up!×2）【バーンブレイズ】
【モンスター鑑定】【ファイアウェポン】【宝箱ドロップ率2倍】
【アイテムボックス】【フレイムランス】【アイテム鑑定】
【エクスプロージョン】【翻訳】【弓攻撃力アップ（＋6）】

残りスキルポイント：0

俺は【テイム】のほかに【アイテムボックス】のスキルを修得していた。

風音さんは大きな変化はなし。

弓月は、純粋にステータスを上昇させるスキルに、ポイントを割り振ったようだ。

25レベルから限界突破を始めた俺たちは、今や32～33レベルにまで到達した。

この異世界にいる間に、どれだけレベルを上げられるか。それこそが俺たちの真の目的と言えるだろう。

やがて、冒険者ギルドの入り口の鍵が外され、扉が開け放たれた。

それはギルドの今日の営業開始を示すと同時に、クエスト争奪戦の開幕の狼煙《のろし》でもある。

冒険者たちは我先に、ギルドの建物内へと踏み込んでいく。俺たちもその雑踏《ざっとう》の中に混ざった。

冒険者ギルドは、スーパーマーケットほどの広さを持つ石造りの建物だ。入り口の扉をくぐってすぐのところに「クエスト掲示板」がある。そこにはできたてホヤホヤの新鮮なクエストの貼り紙が、いくつも貼られていた。

俺はほかの冒険者たちに先を越されないように、クエストの貼り紙一枚一枚に素早く目を通していく。使われている文字は当然、日本語ではないのだが、【翻訳】というスキルを持っている俺は、それを問題なく読むことができる。

探すべきは、報酬のわりがいいクエスト――ではなく、俺たちに与えられた「ミッション」と合致するクエストだ。俺たちはこのミッションを達成することで、ただモンスターを討伐《とうばつ》するだけよりも、遥《はる》かに効率的に経験値を獲得できるのだ。

現在の未達成ミッションは、以下の通り。

▼ミッション一覧

・人口1万人以上の街に到達する……獲得経験値3000
・ドワーフ大集落ダグマハルに到達する……獲得経験値20000
・世界樹に到達する……獲得経験値30000
・ゾンビを10体討伐する（0／10）……獲得経験値2000

・オーガを3体討伐する（1／3）……獲得経験値5000
・グリフォンを1体討伐する（0／1）……獲得経験値5000
・ミノタウロスを1体討伐する（0／1）……獲得経験値8000
・ヒュドラを1体討伐する（0／1）……獲得経験値20000
・ドラゴンを4体討伐する（1／4）……獲得経験値100000
・エルダードラゴンを1体討伐する（0／1）……獲得経験値1000000
・Bランククエストを1回クリアする（0／1）……獲得経験値8000
・モンスターの【テイム】に成功する……獲得経験値10000

この内容を踏まえ、掲示板に貼り出されたクエスト内容と照合していく。

俺が導き出した答えは――

「ま、ひとまずはこのあたりで堅実に攻めようか」

俺は掲示板から、一枚のクエスト依頼書を手に取った。

風音さんと弓月に、剝がした貼り紙を見せる。

「今回はこれで行こうと思いますけど、どうでしょう」

そのクエスト依頼書には、こんな内容が記されていた。


クエスト概要……『グリフォン山《やま》』での鉱物採掘補助

クエストランク……B（推奨レベル：20レベル～）

依頼人……商人エスリン

クエスト内容……『グリフォン山』の中腹に、かつて稀少鉱物《きしょう》の採掘が行われていた廃坑《はいこう》がある。その廃坑までの往復と、採掘中の護衛をお願いしたい。日帰りを想定している。

補足……グリフォン山の一般的な攻略難易度はCランク。しかし最近はイレギュラーが頻発しているらしいので、ワンランク上のクエストとして依頼した。報酬もその分だけ増額している。実力ある冒険者パーティにお願いしたい。

報酬……金貨80枚

クエスト内容を見た弓月が、ふむふむとうなずく。

「『グリフォン山』っすか。『グリフォン』って確か、ミッションにもあったモンスターっすよね？」

「ああ。『グリフォンを1体討伐する』、獲得経験値5000だ。それに加えて『Bランククエストを1回クリアする』の経験値8000も入る。ドラゴン討伐のあとだと見劣りするが、あれはさすがにイレギュラーだしな。このあたりで手を打つのが現実的だと思うんだが」

「うん、私はいいと思う。ていうか、さすが大地くんって感じ。――で、グリフォン、グリフォンっと……」

風音さんは【アイテムボックス】からモンスター図鑑を取り出し、ページをめくる。

「あった、これか。胴体が獅子《しし》で、鷲《わし》の頭と翼をもつモンスターだって。——ねぇ大地くん、これってひょっとして【テイム】できない？」

「ご明察です、風音さん。グリフォンは【テイム】可能なモンスターです。なので『モンスターの【テイム】に成功する』の経験値1万ポイントも視野に入ってきます」

どのモンスターが【テイム】可能であるかは、スキルを修得した俺には、直感的に分かる。グリフォンはまさに、それに該当するモンスターだった。

だが問題もある。【テイム】をするには、そのモンスターを倒してしまってはダメなのだ。「グリフォンを1体討伐する」の5000ポイントと、「モンスターの【テイム】に成功する」の1万ポイントは、どちらか一方だけの獲得になってしまうと思われる。

一方で風音さんは、俺に向かって人差し指を立ててみせて、分かってないなぁとばかりにこう言ってきた。

「違うよ大地くん。昨日も言ったけど、大事なのはモフモフだよ。——ほら見て、このイラスト。この子すごくモフモフっぽくない？」

「えっ……。そ、そうなんですか？　俺モフモフとかあまり興味ないので、よく分からないですけど」

「うそぉっ⁉　大地くん、モフモフの良さが分からないの⁉」

風音さんが、まるで異星人を目撃したかのような目で俺を見てきた。

それから、その場でがくりと膝をつく。

「そんな……モフモフの良さが分からない人類が、この世に存在するなんて……」

「やれやれ。感受性に乏《とぼ》しい先輩はこれだから困るっす」

「なんかキミたちさ、俺のこと好きだからを免罪符にして、好き放題ディスるよね」

まあこのぐらいのディスりは、じゃれているだけだと思えばかわいいものだけどな。

さておき、クエストを受けることに決めた俺たちは、受付に行ってクエストを受託した。

その際、受付のお姉さんから、こんな注意を受けた。

「この依頼書にも書かれていますが、ここ何日かでモンスターのイレギュラー発生が多数報告されているので、気を付けてくださいね」

「モンスターのイレギュラー発生というと？」

「本来その場所では遭遇しないはずのモンスターと遭遇するとか、想定外の数のモンスターと遭遇するなどですね。頻発といっても、数例の報告があった程度ではありますけど」

そういえば、以前に立ち寄ったエルフ集落でも、想定外の数のモンスターに襲撃されたと言っていたことを思い出す。

いろいろとキナ臭くなってきたが――

まあリスク面がちょっと危うくなってきたからといって、ここで異世界活動を終了して、9２日後まで街で引きこもるって選択肢はないよな。

ここまで来たなら、可能な限り限界突破をして突き抜けてやろう。

＊＊＊

グリフォン山に向かうクエストを受けた俺たちは、所定の場所で依頼人と顔合わせをした。街の中ほどにある、中央広場の噴水前だ。

「やあやあ、あんたたちがクエストを受けてくれた冒険者やね」

そう声をかけてきたのは、俺たちよりもやや年上ぐらいの若い女性だった。

二十代前半ぐらいだろうか。赤髪でメガネをかけた、からっとした印象の女性だ。

彼女がクエストの依頼人、商人のエスリンさんだろう。

ちなみに依頼人の後ろには、筋肉ムキムキの男が三人ほどついている。どうやら彼女の部下のようだ。パッと見では俺たちよりよほど肉体派に見えるが、冒険者の力は持たない一般人だと思われる。

かたわらにはかなりの大きさの台車があり、つるはしなどの採掘道具が積まれていた。

「けど三人とも、ずいぶんと若いね。実力のほうは大丈夫なんよね？」

そう心配する依頼人に向けて、俺は右手を差し出す。

「はい。三人パーティですけど、Aランクのクエストだって問題なくこなせるつもりです」

「ははは、頼もしいな。まあそのあたりは冒険者ギルドでチェックしてるやろから、ステータス見せてとかは言わんよ。ともかく仕事をしっかりやってくれれば文句はないわ」

エスリンさんは俺の手を取り、がっちりと握手をしてきた。

まあギルドのチェックは、最初の登録時以外は受けてないんだけどな。２５レベルだと、そのあとのチェックはいちいち行わないらしい。

エスリンさんは手を離すと、親指で後ろの台車を示してみせる。

「クエストの依頼書に書いてあったと思うけど、仕事内容の確認や。うちらは『グリフォン山』の中腹にある廃坑まで行って、そこでとある稀少鉱物の採掘をする。ただ『グリフォン山』って地名の通り、その山には『グリフォン』が出没するって話や。それ以外のモンスターとの遭遇も含めて、あんたたちにはうちらをしっかり護衛してほしい」

「分かりました。グリフォンぐらいなら、問題なく討伐できるはずです」

「自信ありそうやな。それも虚勢《きょせい》やない。実力に裏打ちされた、静かな自信ってやつやろ。違うか？」

「まあ、そうですね」

俺たちは数日前には、エアリアルドラゴンという、グリフォンよりもはるかに格上のモンスターを討伐している。

そのときはもう一人、アリアさんという冒険者がいて、四人パーティではあったが。

だとしても、遥かに格上のモンスターとの実戦経験があれば、自信もつく。

自信過剰はまずいが、自分たちの実力はおおむね客観視できているつもりだ。

ちなみにグリフォンの強さは、エアリアルドラゴンどころか、その前に中ボスとして戦ったワイバーンよりも格下だ。一応はボス格っぽい強さではあるのだが、今の俺たちの実力なら取るに足らない相手という印象。

なおグリフォン山にはグリフォン以外のモンスターも出現するというが、モンスター図鑑のデータを見る限り、どれも大した強さではない。

「準備ができてるなら、さっそく出発しよか。今日はよろしゅうな、冒険者さんたち」

エスリンさんがそう号令をかけて、出発しようとした。そのときのことだった。

ざわざわと、あたりが騒《ざわ》めき始める。

中央広場へと続く目抜き通りの一つで、人々が道の脇にどいていく。

人波を割って進んできたのは、十数人からなる集団だった。

その集団の先頭に立つのは、商人らしき一人の中年男。でっぷりと太っていて、いかにも金持ちらしく装飾品や華美《かび》な衣服で身を固めている。ニタニタと笑うその姿に、エスリンさんが不愉快そうに顔をしかめた。

中年男は、エスリンさんの前までおもむろに歩み寄ると、彼女に向かって声をかける。

「エスリンよ。また新しく、チンケな商売を始めようとしているようだな」

「なんや、ゴルドーさん。またちょっかいかけに来たんですか。一応聞いときますけど、何か用ですか？」

「用件は分かっているだろう。そんなチャチな商売はやめて、さっさとワシのもとへ来い。幹部待遇で迎え入れてやると言っているだろう」

ゴルドーと呼ばれた中年男は、べろりと舌なめずりをする。

それを見た風音さんと弓月が、ゾッとした様子で身を抱いて、半歩下がった。

エスリンさんは、心底まで不愉快だという表情をしながらも、怯《ひる》まずに言葉を返す。

「やっぱりそれですか。だったらこっちの返事も分かっとるでしょ。『お断り』です。だいたい幹部待遇ったって、どうせあんたの愛人みたいなことやらされるんでしょ。冗談やないわ」

「ぐふふふっ、どちらでも大差はあるまい。ワシがお前を買って、贅沢《ぜいたく》な暮らしをさせてやると言っておるのだ」

「アホほど大差あるし、どっちにしたってあたしはゴルドーさんの傘下に入るつもりはないです。さ、用が済んだなら、さっさとどこかへ消えてくれませんか。顔を見てるだけでも気持ち悪ぅなってきたわ」

「チッ、相変わらず生意気な小娘だ。そこがたまらんのだがな。だがいい加減、寛大なワシも腹に据えかねておるのだ。いつまでも意地を張っておらんで、そろそろ素直になったほうがいいぞ」

そんなやり取りが行われている中、俺はふと視線を感じて、商人ゴルドーの後ろにいる取り巻きのほうを見た。

俺に睨《にら》みつけるような視線を送っていたのは、その中の一人。冒険者らしき装備を身につけた、大柄な男だった。フードを目深《まぶか》にかぶっているため顔はよく見えないが、口まわりに髭《ひげ》をたくわえている。どこかで見たような風貌《ふうぼう》だが、どこだったか。

そいつは俺と視線が合うと、顔を隠すようにそっぽを向いた。露骨に怪しいな。

一方で、エスリンさんと商人ゴルドーの言い争いは、ようやく終わりを迎えようとしていた。

「エスリンよ、あまりワシを怒らせると、後悔をすることになるぞ」

「いつまでもネチネチうるさいです。あたしはあたし自身の力で成り上がって、ゴルドーさんをも凌《しの》ぐ大商人になってやりますから。首を洗って待ってるといいですよ」

「ふんっ、どこまでも身の程知らずな小娘だ。ワシをこの界隈《かいわい》を牛耳《ぎゅうじ》る豪商ゴルドーだと知ってその口を利《き》くのだから、どうかしておるわ。どうしてもワシのものにならんというのならば、もういい。お前は身の程を知ることになるだろう」

商人ゴルドーは不愉快そうな様子で、取り巻きを連れて立ち去っていった。

冒険者らしき大男も、俺のほうを一瞥《いちべつ》してから、ゴルドーについて去っていく。

エスリンさんは、大きくため息をついた。

「やれやれ、出掛ける前にケチが付いてしもたね。それじゃあらためて、行くとしよか」

そう言ってエスリンさんは、今度こそ街を出立する。

俺たちもまた、彼女について街を出て、グリフォン山を目指して街道を進んでいった。

＊＊＊

「「「姐《あね》さんのためならえーんやこーら」」」

ムキムキ男たちの声が、グリフォン山の麓《ふもと》に響き渡る。彼らに牽引《けんいん》されて、馬車の荷台ほどの大きさがある台車が、ガラガラと山道を登っていく。

山道を進むのは、エスリンさんと三人のムキムキ従者（？）たち、それに俺と風音さん、弓月の合計七人だ。

グリフォン山は、かつてドワーフ集落へと向かったときに通った山道の、すぐ近くにある。山の麓までは街から徒歩一時間ほどでたどり着くが、そこからが本番だ。

さんさんと降り注ぐ太陽の下、俺たちは赤茶けた山道を踏みしめ、歩みを進めていく。

その道すがら、風音さんがエスリンさんに声をかけた。

「あの男の人たちって、エスリンさんのところの従業員なんですか？」

風音さんの視線が指し示すのは、台車を曳《ひ》いている三人のムキムキ男たちだ。

「まあそんなとこやね。正式に雇ったわけでもないんやけど、何でかうちのこと慕ってついてきてくれてる。日当はちゃんと払っとるよ」

「俺たちは、姐さんファンクラブのメンバーであります！」

「姐さんのためなら何でもします！」

「姐さん、ゴルドーのクソ野郎をぶん殴ってよければ、いつでも言ってください！　飯も食えなくなるぐらいボコボコにしてやります！」

「あははっ。いや、暴力沙汰《ざた》はいかんよ」

困り笑いを浮かべるエスリンさん。あれはあれで大変そうだな。

「そういえば『ゴルドー』っすか？　さっきのあのデブオヤジ、何だったんすか？」

弓月がそう聞くと、エスリンさんは眉根《まゆね》を寄せる。

「ゴルドーさんは、このあたり一帯で幅を利かせる豪商の一人やね。うちみたいな青二才の女商人が力をつけるのが気に食わんのか、逆に気に入られてんのか分からんけど、とにかく妙にちょっかいかけてくるんよ。いい迷惑やわ」

「『さっさとワシのもとへ来い！』とか言ってたっすね」

「あははは、似とる似とる。そらまあ、ひょっとしたらいい話なのかも分からんし、贅沢したくないって言ったら嘘《うそ》になるけどな。うちは誰かに飼われたくはない。一人の商人として、自分の力で成功したいんよ。遠回りでも、無理でもな」

「あれに飼われたくないのは分かるっす。うちは先輩に飼われるならいいっすけどね。わんわんっ」

そう言って弓月がすり寄ってくるので、俺は苦笑しながらその頭をなでる。

「わんわん言うけど、お前は忠犬って感じじゃないよな」

「うち、先輩の愛犬にはなれないっすか？　こんなに慕ってるっすよ？　くぅーん」

「つぶらな瞳で見つめてくるのはやめてくれ。負けそうになる」

「なんやそこ、そういう関係か？」

エスリンさんがニヤニヤしながら聞いてくる。

すると弓月が、俺の腰にギュッと抱き着いてきた。

「そっすよ。うちと先輩はそういう関係っす」

「あと私と大地くんも、そういう関係でーす」

さらに風音さんが、背後から抱き着いてきた。三体合体。がしゃーん。

いや、クライアントにバカップルぶりを見せつけるのは、いかがなものかと思うが。

「ほ、ほーん……。なるほどな。そんな感じか」

「お恥ずかしながら、そんな感じです。でも仕事はちゃんとやりますので」

「いや、ホンマそこは頼むよ」

エスリンさんから、ちょっと疑うような目を向けられた。残念ながら当然である。

「飼うっていえば、先輩。【テイム】ってどうやるんすか？　やっぱ倒しちゃったらまずいんすよね？」

話のついでに、弓月がそう聞いてくる。

「ああ、倒したらダメだな。ターゲットのＨＰをできるだけ削ってから、俺が【テイム】のスキルを使う。うまくいけば【テイム】成功だ。ターゲットの残りＨＰが低いほど、成功率が高くなる」

「ふむふむ、結構めんどくさそうっすね。ちなみに【テイム】って、相手が遠くにいても使えるんすか？」

「ああ。射程は攻撃魔法と同じぐらいだな」

そんな話をしながら、俺たちが山道をしばらく進んでいった頃だった。

風音さんが、ぴくりと反応した。

「この先から、何か近付いてくるよ。数は三つ」

「三体？　ってことは、グリフォンじゃないっすよね」

「そのはずだけど──来るよ！」

風音さんの警告の声とともに、行く手の先、崖の陰から三体のモンスターが飛び出してきた。

＊＊＊

崖の陰から飛び出してきたのは、翼を持った三体のモンスターだった。

そいつらは人間の女性と、大鷲《おおわし》を掛け合わせたような姿をしていた。頭部や上半身は裸の人間女性で、腕は翼となり、脚は猛禽類《もうきんるい》のかぎ爪という姿。

ただ裸の人間女性といっても、その顔は怪物と呼ぶにふさわしい醜悪《しゅうあく》なものだ。ぎょろりとした目は赤く光り、口は耳元まで裂けている。

「ハーピィか！　エスリンさんたちは下がって！」

俺は叫びつつ、魔法発動のために魔力を高めていく。

すぐ隣では、弓月と風音さんも同様に、魔力の燐光《りんこう》をその身にまとわせていた。

「チッ、モンスターのくせに、おっぱいデカいっすね。先輩には目の毒っす」

「裸なの、やめてほしいよね。大地くん、あんなのに惑《まど》わされちゃダメだよ」

「いや惑わされませんて。それより『魅了の歌声』が来る前に仕留めますよ」

「うちに任せるっすよ——終焉《しゅうえん》の劫火《ごうか》よ、焼き尽くせ、【エクスプロージョン】！」

三体のモンスターが射程内まで飛来したのを見計らって、まずは弓月が、得意の範囲攻撃魔法を放つ。弓月の杖《つえ》の先から発射された燃え盛る光球は、三体固まっていたモンスターたちのド真ん中の空間で爆発した。

一瞬の後、魔法の爆炎がやむと、三体のモンスターは黒い靄《もや》となって消滅していった。

「うっし！　一撃で全部仕留めたっす！」

弓月がガッツポーズし、俺と風音さんは魔法発動準備を解除する。

戦闘はあっさりと終了した。

「思ってた以上にあっけなかったね」

「ですね。まあデータを見る限り、そうなるはずではあるんですけど」

今、弓月が倒した三体は「ハーピィ」という名のモンスターだ。

「魅了の歌声」というわりと厄介《やっかい》な特殊能力を持っていたはずなのだが、それも出会い頭に瞬殺してしまえば何の意味もない。

「ほえーっ、すごいなぁ。Cランク地帯のモンスターを、たったの一発で全部仕留めてしまうんか。やっぱあんたら、実力は本物みたいやな」

エスリンさんが感嘆《かんたん》の声を漏らす。実力「は」というところに含みを感じるが、それは俺たちの自業自得なのでしょうがない。

ハーピィの群れをあっさりと倒した俺たちは、さらに山道を登っていく。

その後はモンスターとの遭遇もなく、順調に登山が進んだ。

登山を始めてから二時間ほどで、俺たちは、山の中腹にある廃坑へとたどり着いた。

廃坑は、断崖絶壁にぽっかりと開いた、大きめの洞穴だった。木造の古びた枠が入り口から等間隔に設置され、ずっと奥まで続いている。

俺とエスリンさんがランプに灯《あか》りをつけ、全員で廃坑の奥へと踏み込んでいく。エスリンさんの従者の一人は、小鳥が入った鳥籠《とりかご》を手にしていた。

しばらく進むと、突き当たりにたどり着いた。壁をランプで照らすと、緑とも紫とも見える不思議な色合いの輝きが、岩壁のそこかしこに見て取れる。

「ん、ここが目的の鉱石の採掘場やな。したらここでしばらく採掘作業をするから、そのあいだ冒険者さんたちは、モンスターが近付いてきたりせんか見張っててくれるか」

「分かりました。でもグリフォン山というわりに、グリフォンが出てこなかったですね」

「そやなぁ。ま、襲われんかったら、それはそれで万々歳や。あんたらも報酬丸儲《まるもう》けやろしな」

エスリンさんのその言葉に、俺は曖昧《あいまい》に笑って応じる。

俺たちとしては、グリフォンが出てこないと困るんだけどな。獲得予定だったミッションの経験値が得られなくなってしまう。帰り道にでも出てきてくれるといいのだが。

俺たちはその後、しばらくの間、廃坑内での採掘作業を見守ることになった。

ムキムキ従者たちが壁に向かってつるはしを振るう。ガキン、ガキンと大きな音が断続的に鳴り響く。

たびたび休憩を挟みながら数時間にも及んだ採掘作業は、さすがの従者たちをも疲れさせたようだ。最後のほうでは三人ともへとへとになっていて、その様子が作業の過酷さを物語っていた。

それを見たエスリンさんが、腕を組んで難しい顔をする。

「うーん、この鉱石の採掘、思ったより難儀なんやな。まだ台車に積める量の半分にも足りとらん」

「あ、姐さん、不甲斐《ふがい》なくてすいやせん。でもこの壁、硬すぎますって」

「そやなぁ。みんなもう体力の限界やろし、この量であきらめるしかないか。あたしが手伝ったところで、たかが知れてるし。でもここまで来といてもったいないなぁ」

エスリンさんは考え込みながら、うろうろする。

そこでエスリンさんは、ちらりと俺のほうを見た。視線が交錯《こうさく》する。

女商人は、にっこり笑顔で微笑《ほほえ》みかけてきた。

「あのな、冒険者の皆さん。もともとの仕事と違うんやけど、採掘作業も頼まれてくれへん？　一人あたり追加報酬、金貨1枚ずつ。どや？」

さすが商人、臨機応変だ。使えるものは何でも使う。

俺たちとしても、特に不都合はない。

「いいですよ。見張りをしているだけなのも退屈でしたし」

「私もやってみたーい」

「ふっふっふ、非力とはいえ、うちも冒険者っす。ていうか暇だから、体を動かしたいっす」

そんなわけで、俺たち三人はつるはしを借りて、採掘作業を始めた。

ガキン、ガキンとつるはしの先で壁を叩《たた》いていくと、さっそく壁の一部分がひび割れはじめる。やがて壁の一部が、岩塊《がんかい》となってごろりと転がり落ちた。

「うおおっ、すげぇ！　あっという間に崩したぞ」

「これが冒険者の力か」

「ぐぬぬっ、俺たちの筋肉をもってしてもなかなか砕《くだ》けなかったものを、こうもあっさりと。妬《ねた》ましい。だが助かるぞ」

ムキムキ従者たちが称賛の声をあげる中、俺たちは彼らの数倍の速さで採掘作業を進め、じきに台車を鉱石でいっぱいにした。ふぅっ、いい汗かいたぜ。

風音さんと弓月も、額にきらきらと輝く汗を流しつつ、さわやかな笑顔だった。

「いやぁ、ありがとう。ホント助かったわ。ただのイチャイチャバカップルじゃなかったんやね。疑って悪かったわ」

エスリンさんからお礼の言葉をもらった。俺たち自らが招いた汚名も、どうやら返上することができたようだ。

採掘作業を終えた俺たちは、廃坑をあとにする。

あとは街まで帰還するだけだ——そう思っていたのだが。

このあと俺たちは、求めていたものに遭遇することとなったのである。

＊＊＊

採掘作業を終えた俺たちが、廃坑の外に出ようとしたときだった。

「待って、大地くん。何か大きいのが近付いてくる」

廃坑の出口のところで、風音さんが俺たち一同を制止した。

闇に慣れた目で、まぶしい外の景色を見る。風音さんが指さした先には、二つの飛行物体があった。翼を羽ばたかせ、空中を駆けるようにして、こちらに向かってくる。

「まさか——」

「うん、だと思うよ。あれがグリフォンじゃないかな」

「でも二体いるっすよ。この山のグリフォンの出現数って、一体じゃなかったっすか？」

「そのはずだ。『イレギュラー』がなければな」

冒険者ギルドで、受付のお姉さんから聞いた言葉を思い出す。最近、モンスターの出現に関してイレギュラーが多いとか何とか。

「う、嘘やろ……？　なんで、そんな……」

「あ、姐さん！　気を確かに！」

エスリンさんがその場にへたり込み、従者の男たちがその肩をゆさぶる。

まあ、そのフィールドのボス格が二倍の数で現れたら、絶望感はあるか。

俺はエスリンさんたちを守るように前に立ち、槍を構えて告げる。

「エスリンさんたちは奥に下がって、退避していてください」

「そやけど、あんたたちは」

「グリフォン二体程度、どうとでもなります。依頼のランクを一個上げて、実力ある冒険者を雇ったこと、忘れていませんか」

「ホ、ホンマか!?　助かるわ！　高い金払っただけの甲斐があったわ！」

エスリンさんはそう言って、従者たちとともに廃坑の奥へと引っ込んでいった。

これであとは、あのグリフォンたちを片付けるだけだな。

グリフォンたちが接近してくるまで少し間があったので、俺たちはボス戦定番の補助魔法三点セット――【プロテクション】【クイックネス】【ファイアウェポン】を使いつつ、飛来する二体のモンスターを待ち構えた。

もう少しで戦闘距離だ。獅子の胴体と、鷲の翼や頭部を持った大型モンスターが二体、まっすぐにやってくる。こちらは当然ながら、攻撃魔法の準備をして待ち受ける。

「弓月、グリフォンのHP報告頼む」

「【テイム】を試すつもりっすか？」

「ああ。経験値５０００と1万、両取りのチャンスだ」

「了解っすよ。とりあえずグリフォンの最大HPは３５０っすね」

「最悪でも、残り三割までは削ってから【テイム】を試したいところだな」

【テイム】は厳密には魔法ではないようだが、実質的には魔法と似たようなものだ。MPを消費して、魔法を使うように行使する。

しかも消費MPが大きく、２０ポイントも使う。なるべく無駄撃ちはしたくない。

「二体固まって近付いてきている。弓月と風音さんは範囲魔法を」

「「了解！」」

やがて二体のグリフォンは、攻撃魔法の射程まで来た。

弓月と風音さんが、一斉に魔法を発動する。

「【エクスプロージョン】！」

「【ウィンドストーム】！」

うちのパーティの定番範囲攻撃コンボ。爆炎と風刃《ふうじん》の嵐が、二体のグリフォンを包み込んだ。

だがもちろん、それで終わることはない。二体は魔法を突き破るようにして、飛び出してきた。グリフォンの体のあちこちが傷つき、黒い靄が漏れ出している。

確かにダメージは与えているが、重要なのはどの程度削ったかだ。

「弓月！」

「左が残り２１９、右が２２７っす！」

「結構残ってるな――【ロックバズーカ】！」

弓月から残りＨＰの報告を聞いてから、俺も攻撃魔法を放つ。抱えるほどの岩塊が猛スピードで発射され、左右二体のグリフォンのうち、左側に直撃した。

そいつはわずかに揺らいだものの、構わずに直進してくる。

「左、残り１７１っす！」

弓月からの報告を聞いて、頭の中で計算する。俺の【ロックバズーカ】のダメージは４８点か。

初級攻撃魔法【ロックバレット】と比べて上位の魔法とはいえ、そもそも俺の攻撃魔法に大した威力はないんだよな。ないよりはマシ程度のものだ。

「大地くん、接近戦来るよ！」

「了解です！　弓月は後退！」

「言われなくてもっす！」

弓月が廃坑の中へと後退し、俺と風音さんで二体のグリフォンを迎え撃つ。

左側のグリフォンが俺に、右側のは風音さんに飛び掛かってきた。

「風音さんはダメージだけ与えて！　俺がまず左を落とします――【三連衝】！」

「えええええっ、難しいな！　ど、どうしよう――とりあえず、一撃だけ！」

炎をまとった俺の槍による三連撃は、目前までやってきたグリフォンに直撃。ターゲットを黒い靄へと変えて消滅させた。足元に魔石が落ちる。

まずは一体撃破だ。一応のボス格とはいえ、今の俺たちにとっては雑魚敵《ざこてき》とそう大差はない。

一方の風音さんは、グリフォンのくちばしやかぎ爪による攻撃を素早くかいくぐりつつ、片方の短剣だけで斬りつけていた。炎をまとった短剣の斬撃により、グリフォンの胴体が鋭く斬り裂かれる。

「弓月、残りは！」

「１４３っす！」

「よし！　風音さん、もう一撃だけ入れてください！」

「ううっ、大地くんの注文が多いよ～！」

「す、すみません。あとで何か埋め合わせします」

風音さんに指示を出しつつ、俺自身は【テイム】の発動準備をして待機。

残ったグリフォンと、風音さんとの戦闘を注視する。

「っと、あぶなっ……！　――これで、二発目！」

風音さんはグリフォンが振り回してきたかぎ爪による攻撃を、すんでのところで回避。素早く懐《ふところ》に潜《もぐ》り込《こ》んで、グリフォンのどてっ腹を、燃え盛る短剣で斬り裂いた。

「残りＨＰ、６３っす！」

「最大値の二割弱、このへんで試してみるか――【テイム】！」

俺はグリフォンに向かって左手を広げて突き出し、スキルを発動。

放たれた光球がグリフォンに命中した。

俺は開いた手のひらを、力いっぱい握りしめる。不可視の力による強い抵抗があったが、俺の力はそれを押し切って、握りつぶした。パキィンと、何かが砕けたような感触。

グリフォンの巨体が一度びくんっと跳ねてから、動きを止めた。

「ふぅっ……」

俺は安堵の息を吐く。先ほどまで風音さんに激しい攻撃を仕掛けていたグリフォンは、見事におとなしくなっていた。

その後、グリフォンはトコトコと俺の元までやってくると、その顔を俺にこすりつけてきた。予想以上にふわふわした豊かな毛並みが、俺の頰《ほお》をなでる。

「せ、成功したの……？」

「グリフォンが、先輩にすり寄ってるっす……」

風音さんと弓月が、その様子を呆然《ぼうぜん》と見つめていた。

かくして俺は、グリフォンの【テイム】に成功した。
もちろんミッションも、ダブルで達成だ。

ミッション『グリフォンを1体討伐する』を達成した！
パーティ全員が５０００ポイントの経験値を獲得！

ミッション『モンスターの【テイム】に成功する』を達成した！
パーティ全員が１００００ポイントの経験値を獲得！

新規ミッション『ロック鳥を1体討伐する』（経験値５００００）が発生！

六槍大地が３３レベルにレベルアップ！
小太刀風音が３４レベルにレベルアップ！
弓月火垂が３４レベルにレベルアップ！

▼現在の経験値
六槍大地……２２２４４４／２３５４３５（次のレベルまで：１２９９１）
小太刀風音……２３８０５６／２６７５６３（次のレベルまで：２９５０７）

弓月火垂……2454441／2675563（次のレベルまで：222122）

全員が1レベルずつレベルアップ。グリフォン一体の撃破経験値も俺に入って、三人の経験値格差も多少なりとも縮まった。

戦闘が終わったことを告げると、廃坑の奥に退避していたエスリンさんたちが、おそるおそるやってきた。

「え、なんでグリフォンが懐いとるん？　そいつもう、あたしらのこと襲わんのか？」

「ええ。【テイム】というスキルの効果です。こいつは俺の言うことを聞きますし、勝手に人間を襲ったりもしません」

「そ、そんなんアリなん？　グリフォンを、飼《か》い馴《な》らしたってこと？　嘘やろ……」

エスリンさんは啞然《あぜん》とした様子だった。そりゃまあ、恐るべき脅威だと思っていたものが、雇った冒険者の一人に飼い馴らされたとあれば、驚くのも無理はないか。

さておき、これで目的はすべて果たした。

あとは街に帰還して、クエスト達成のミッション経験値をもらえばコンプリートだな。

＊＊＊

山道を下り、街の近くまで戻ってきた頃には、あたりはすっかり夜闇に包まれていた。

一行の様相は、街を出立したときとは少し変わっている。出発時に空だった台車には、今は採掘した鉱石がいっぱいに積まれている。

加えて、総勢七人だったメンバーは、現在は七人と一体だ。その「一体」とはもちろん、俺が【テイム】したグリフォンである。

「グリちゃん、もふもふだよ～」

「もふもふっす～」

グリフォンには現在、風音さんと弓月がまたがっている。二人は思いのほかふわふわなグリフォンの毛並みに酔いしれ、飽きることなく抱きついて頬ずりしていた。

「ほら、風音さんも弓月も、そろそろ街につくから降りてください」

「「はぁーい」」

俺が催促《さいそく》すると、二人の女子は親に言いつけられた子供のように、不承不承グリフォンから降りる。

「ところで先輩、このグリフォンって街の中に入れてもらえるっすかね？」

「このままだと難しいだろうな。でも【テイム】にはもう一つ、応用技があるんだ」

「応用技っすか？」

「ああ。──【テイム】」

俺はすでに【テイム】済みのグリフォンに向かって、もう一度【テイム】を行使する。

俺の手から放たれた光球がグリフォンに命中すると、その姿がぐぐっと縮んだ。

やがてグリフォンは、チワワのような小型犬と同じぐらいのサイズまで小さくなった。

心なしか、容姿そのものも愛らしくなっている気がする。

「クピッ、クピッ！」

懐《なつ》くような鳴き声を向けてくるそいつを、俺は両手で持って抱いてやる。小型化したグリフォンは、俺がなでてやると心地よさそうに目を細めてもう一度「クピッ」と鳴いた。

「「か、かわいぃいいいいいいいっ！」」

黄色い声をあげる女子二人。

抱きたそうにしていたので順番に渡して抱かせてやると、風音さんも弓月も至福の表情を見せた。

「大地くん、このスキルは革命だよ！　どうして大地くんにしか授けられないの⁉」

「そーっすよ先輩！　こんなスキルを独り占めなんて、絶対おかしいっすよ！」

「いや、そんなこと俺に言われてもな」

苦情は神様にでも言ってほしい。

なお、この小型化したグリフォンにもう一回【テイム】を使うと、元の大きさに戻すことができる。いちいちMPを20点も消費するのがやや難点だが、それだけの価値はあると思う。

ちなみに、ミニグリフォンをしばらく風音さんと弓月に抱かせていたら、親から離された赤ん坊のように居心地《いごこち》が悪そうにし始めた。返してもらって俺が抱くと、ミニグリフォ

ンはすり寄ってきて、気持ちよさそうな素振りを見せる。

もふもふの良さはあまり分からないが、これがかわいいのは少し分かるな。

「ううっ……大地くんばっかりずるい……」

「うちは複雑な気分っす。グリちゃんを抱きたい気持ちと、先輩に抱かれているグリちゃんが羨《うらや》ましい気持ちとがぐちゃぐちゃになってるっす」

「火垂ちゃん、それ分かる！　大地くんもずるいし、グリちゃんもずるい」

うちの女子二名は、なんだかよく分からない妬み意識を持ち始めたようだ。大丈夫かな、この二人。

やがて俺たちは街の前に到着した。門限すれすれの時間に市門をくぐる。

グリフォンを通してもらえるかどうかは、小型化しても少し不安だった。

でも俺が胸に抱いてしれっと通ろうとしたところ、門番から「む、ペットか。通ってよし！」と言われてすんなり通行許可が下りた。チェックが緩すぎて逆に心配になるぐらいだが、今の俺たちにとっては都合がいいので気にしないことにする。

そんなわけで、街に戻ってきた俺たち。

先頭を歩いていたエスリンさんが振り返って、にぱっと笑顔を向けてくる。

「いやー、冒険者さんたち、今回はホント助かったわ。これ、約束の報酬な。クエスト報酬の金貨80枚に、採掘を手伝ってくれた分の金貨3枚、合わせて83枚入ってるはずやから確認してな」

エスリンさんから巾着袋《きんちゃくぶくろ》を渡される。

中には黄金色《こがねいろ》の貨幣《かへい》がじゃらじゃらと詰まっていた。確認すると、確かに83枚。

そしてピコンッと音がして、ミッション達成のメッセージボードが表示された。


ミッション『Bランククエストを1回クリアする』を達成した！

パーティ全員が8000ポイントの経験値を獲得！


新規ミッション『Aランククエストを1回クリアする』（経験値15000）が発生！

▼現在の経験値
六槍大地……230444／235435（次のレベルまで：4991）
小太刀風音……246056／267563（次のレベルまで：21507）
弓月火垂……253441／267563（次のレベルまで：14122）

今回も順当にミッションをクリアすることができた。

今日はもう宿をとって、ゆっくり休むだけだ――と思っていたのだが。

そこでエスリンさんから、追加の提案が来た。

「あのな、もしあんたたちが良ければ、追加でお願いしたい依頼があるんよ」

「追加依頼ですか？　内容次第ですけど」

俺が話を聞く姿勢を見せると、エスリンさんは次の依頼内容をこう説明する。

「ちょい長丁場の仕事なんやけどな。このグリフォン山で採掘してきた鉱石を、ドワーフ大集落ダグマハルまで運びたいんよ。それであんたらに、そこまでの護衛を頼みたいと思ってな。もともとAランククエストとして依頼するつもりだったものだし、拘束一週間ぐらいになるから、報酬はどーんと金貨600枚出すよ。どや？」

「ドワーフ大集落ダグマハル、ですか」

渡りに船、と言うべきなのだろうか。

塩漬けにされていたミッションの一つに、チャンスが到来したようだ。

＊＊＊

「ドワーフ大集落ダグマハル、ですか」

「うん。途中にオーガが束で出てきたり、ミノタウロスが出没する一帯があったりするから、クエスト難易度はイレギュラーも加味してAランクで考えてるんやけど。あんたらの実力ならいけるやろ？」

「オーガは前に戦ったからいいとして、ミノタウロスの強さは――ん、このステータスだと、グリフォンに毛が生えたぐらいの強さっすね。全然いけるっすよ先輩」

モンスター図鑑をぺらぺらとめくった弓月が、そう伝えてくる。

それなら多少のイレギュラーの可能性を考慮に入れても、問題はなさそうだな。

ドワーフ大集落ダグマハル。地点到達で獲得経験値2万ポイントのミッションがあるのだが、距離が遠いので後回しにしていた。

ほかに理由もなく行くのは厳しいので、何かもう一声と思っていたのだが——


特別ミッション『女商人エスリンを護衛してドワーフ大集落ダグマハルまで鉱石を運ぶ』が発生！

ミッション達成時の獲得経験値……25000ポイント

出た、特別ミッション。獲得経験値もかなり大きい。

しかも今の話だと「オーガを3体討伐する」（経験値5000）と「ミノタウロスを1体討伐する」（経験値8000）の達成も高確率で期待できそうだ。

さらに地図によれば、ドワーフ大集落ダグマハルへの経路の途中に、人口1万人以上の大都市が存在している。そこも踏んでいけると考えれば「人口1万人以上の街に到達する」（経験値3000）の達成も見込めることになる。

ただ、仮にそこまで全部クリアできたとして、合計6万1000ポイントか。

純粋なポイント数だけ見ると間違いなく大きいのだが、到達に一週間ほどかかると考えると、少し微妙な気もしてくる。

でも「じゃあ断るか？」と考えると、これだけの好条件を蹴飛ばすのは、それはそれでもったいない。

ちなみにだが、ドワーフ大集落に向かうということは、実は「世界樹」に近付くことにもなる。地図によると、ドワーフ大集落までが六日から七日ほどかかって、そこから二日ほどで世界樹に到達できるようだ。

ミッション「世界樹に到達する」（獲得経験値３００００）。これも視野に入れると、どうか。

うーん……ここまでても悪くはないのだが、何かもう一声あると嬉《うれ》しいところだな。

試しにこれ、提案してみるか。

「エスリンさん、その依頼、引き受けるかどうか迷っているんですけど。一つ相談がありますす」

「相談？　っていうと報酬の値上げか。けどうちとしても、このあたりがギリギリの——」

「いえ、そうではなく。この依頼、冒険者ギルドで『Aランクのクエストとして』俺たちを指名して出してもらうことはできませんか？」

冒険者ギルドには「指名」という制度がある。依頼人が特定の冒険者、あるいは冒険者パーティを指定して、クエスト依頼を出すのである。

特定の冒険者のことを気に入った依頼人が、また同じ冒険者に仕事を頼みたいときに利用するシステムのようだが。

「ん……？　ああ、うちのことまだ手放しでは信用でききんってことか。けどそれやと報酬が、今提示した額よりは減ってしまうんよ。ギルドに手数料二割取られるから」

「ええ、それで構いません」

「んー、そっかー。それで引き受けてもらえるなら、うん、分かったわ」

交渉成立。エスリンさんが少しだけしょんぼりしているように見えたが、背に腹は代えられない。

俺たちは明朝にまた合流する約束をしてから、エスリンさんたちと別れた。

俺、風音さん、弓月の三人は、自分たちの宿へと向かう。

「さすが大地くんだね。『Aランククエストを1回クリアする』の経験値1万5000も一緒に取っちゃえってことでしょ？」

「ええ。一週間かけたミッションで6万1000ポイントは、ものすごく悪くはないんですけど、できればもう一声欲しいところでしたから」

「マッチポンプ感がすごいっすね。そういうズルしたら経験値もらえないとかないっすかね？」

「いやぁ、どうだろうな。だとしたらすまんが」

「んー、でもそれもそれで、実験としてありなんじゃないかな」

そんなわけで俺たちは、その日、宿に戻ってゆっくりと休んだ。
そして翌朝になるのだが――
この日の夜中。俺たちが知らないところで、一つの事件が起こっていたのである。

第二章

翌朝。元の世界への帰還まで、あと９１日。

俺たちが冒険者ギルドに向かうと、ギルドの前で三人のムキムキ男たちが待ち受けていた。エスリンさんの従者たちだ。大の男たちが、どこかおろおろとした様子だ。

彼らは俺たちの姿を見つけると、慌てた様子で駆け寄ってきた。

「だ、ダイチの兄貴！　姐《あね》さんが見当たらないんです！」

ムキムキ従者の一人がそう言って、俺の肩をつかんでがくがくと揺さぶってくる。ていうか、兄貴？

いきなりのことに何が何やら分からない俺は、とりあえず男を引っぺがして話を聞くことにした。

「待ってください。話が分からないので、順を追って説明してもらえますか。エスリンさんに何かあったんですか？」

すると男たちは口々に、起こった出来事を話し始めた。

「昨日の夜のことなんですがね。酒場で一緒に飲んでいたら、姐さんが『ちょっと夜風に当たってくるわ』って言って出ていって、それから戻ってこなくて」

「俺たち探したんですけど、どこにも見当たらねぇんです」

「でも、これ――姐さんのメガネが、路地裏に落ちていて」

そう言って男の一人が出したのは、確かにエスリンさんがかけていたメガネだった。

男たちはさらに続ける。

「きっと何かの事件に巻き込まれたに違いねぇってんで、憲兵《けんぺい》に言いにいったんだ。そしたらやつら、人探しは自分たちの仕事じゃねぇ、冒険者にでも依頼しろとか言いやがる」

「あいつら職務怠慢《たいまん》だろ！　税金泥棒どもめ！」

話が憲兵――俺たちの世界で言うところの、交番の駐在《ちゆうざい》さんのようなもの――への不満に向かい始めたので、俺は彼らをなだめつつ、話をまとめる。

「つまり、エスリンさんが昨日の夜に失踪《しつそう》した。状況を見るに、何者かに誘拐された可能性がある――ってことですか？」

男たちは三人揃《そろ》って、我が意を得たりとばかりにぶんぶんと首を縦に振った。

はあ……なんというか、寝耳に水の話だ。クエストの依頼人が突然、行方不明《ゆくえふめい》になってしまった。

そして、ここでピコンッと音がして、メッセージボードが開いた。


特別ミッション『失踪した女商人エスリンを見つけ出す』が発生！

ミッション達成時の獲得経験値……15000ポイント

うん、間違いなく事件のようですね。

あと獲得経験値がわりと高いな。意外と難易度が高いミッションなのだろうか。

いずれにせよ、放《ほう》っておくわけにはいかないよな。

風音《かざね》さんと弓月《ゆづき》のほうを見ると、二人は俺に向かってうなずいてきた。ですよね。

「分かりました。俺たちもエスリンさんを探すのに協力します。依頼人がいないと、クエスト報酬を支払う人もいなくなってしまうので」

「ありがてぇ！」

「さすがダイチの兄貴！」

「頼りになるぜ！」

喝采《かっさい》するムキムキ男たち。

なんとなくだけど、この三人は人探しの戦力としても、あまりあてにできそうにないなという気がしていた。こいつら肉体労働以外は、わりと全面的にダメそうな予感がするぞ。

そんなわけで、失踪した女商人エスリンさんを探すことになった俺たちだったが——

「でも人探しとか、どうやればいいんすかね？」

弓月が根本的な疑問を口にした。それなんだよな。

「うーん、やっぱり『聞き込み』とかになるのかな？」

「そうなるんですかね。刑事ドラマや探偵モノだと、現場百回とか聞きますけど」

首を傾《かし》げる風音さんに、俺も曖昧《あいまい》な返事をする。

正直に言って、人探しのやり方なんてエンタメ作品から仕入れた知識しかないぞ。

「あとは『怪しい人物』に当たってみるとか——あっ」

自分でそう言ったところで、俺はある人物のことを思い浮かべていた。

昨日の朝、グリフォン山《やま》に向かう前に、エスリンさんに絡んできたやつがいたよな。

風音さんと弓月、それにエスリンさんの従者たちも、同じところに行きついたようだ。

いきり立ったのは、三人のムキムキ従者たちだった。

「そうか、ゴルドーのやつの仕業だな！」

「あんのヤロウ！　姐さんに相手にされないからって、ついに一線を越えやがったか！」

「今すぐヤロウの屋敷に行ってぶっ飛ばしてやる！」

「待て待て待て待て！」

暴走しようとするムキムキ男たちを、俺は首根っこ引っつかんでおとなしくさせた。

彼らは肉体派に見えても一般人なので、３３レベル探索者《シーカー》である俺なら、力ずくで止めることは造作もない。

「何で止めるんですか、ダイチの兄貴！」

「そうですよ兄貴！　今すぐ殴り込んで、姐さんの居場所を吐かせやしょうぜ！」

「あんのヤロウ、ボコボコのグチャグチャにしてやんよ！」

「だから待てって……じゃなかった、待ってください。まだあのゴルドーという商人が犯人だと決まったわけじゃありません。それに仮に彼が犯人だったとしても、殴り込みなんてしたら俺たちのほうが犯罪者にされかねないですよ」

「そ、そうか」

「なんてことだ」

「危ないところだったぜ。さすがダイチの兄貴だ」

ひとまず三人は納得してくれたようだ。……ていうかこの三人、俺より年上に見えるんだけど、いろいろ大丈夫か？　エスリンさんの普段の苦労が偲《しの》ばれるな。

だがそれはそれとして、どうするか。この三人は頭脳面では使いものにならなそうだし、俺たちが考えるしかないだろうが。

といっても、それこそ現場で地道に聞き込みをするぐらいしか思いつかない。

あとはゴルドーの屋敷や商館を、こっそり見張るぐらいだろうか。

でも刑事ドラマと違って、俺たちは警察組織じゃないから、人海戦術みたいな手段は使えないし――

「あっ」

そこで俺は、一つの重要な気付きにたどり着いた。

風音さんが不思議そうに見つめてくる。

「どうしたの、大地《だいち》くん。何か思いついた？」

「いえ。俺たちには一つ、この街での有力な『コネ』があったなと思い出しまして」

「コネ？　――あっ、そういうことか」

「なるほどっす。やっぱ先輩、こっちに来てから冴《さ》えてるっすね」

風音さんと弓月も、そこに思い至ったようだ。

俺たちは早速、その「コネ」と呼べる人物の住居へと向かった。

＊＊＊

街の高級住宅街を通ってたどり着いたのは、堅牢《けんろう》な城壁に囲まれたお城だ。

俺は城門に立っている門番に声をかけ、用件を伝える。

二人いた門番のうち一人が、城の奥へと駆けていった。

「うぉおおおおっ！」

「すげぇぜ、ダイチの兄貴！　領主様にコネがあるなんて！」

「さすがダイチの兄貴だ！」

やんややんやと騒ぎ立てるムキムキ従者たち。

まあ、うん。たまたま縁があっただけなんだけどな。

しばらく待っていると、呼びにいった門番と一緒に、見知った人物がやってきた。

年の頃は二十歳《はたち》かやや下ぐらいの、気品を感じさせる美女だ。青い瞳と、背まで伸ばされたウェーブのかかった金髪。この領地の次期当主にして、冒険者でもある人物だ。

「ようこそダイチさん、カザネさん、ホタルさん。今日は何か相談があって来たと聞きましたわ。ここで込み入った話をするのもなんですし、どうぞ中に入って」

その人物——領主の娘アリアさんことアルテリアは、俺たちを城の中へと案内した。

アリアさんは、数日前にとあるクエストで冒険者として知り合った人物だ。初めて出会ったときは領主の娘とは知らず、後にその地位を知ることとなった。

後日には彼女からの依頼で、領主の病を癒《いや》す特効薬を求めて「飛竜の谷」と呼ばれる危険地帯に赴《おもむ》き、ともにエアリアルドラゴンを討伐《とうばつ》した。

おかげで俺たちには、図らずも領主へのコネができてしまったわけだが。

俺たちはアリアさんについて、城門をくぐっていく。

三人のムキムキ従者たちとは、そこで一度別れることになった。

「じゃあダイチの兄貴、俺たちは現場周辺で聞き込みをしてきますんで！」

「よろしく頼みます！」

「あとで中央広場で合流しやしょう！」

ムキムキ従者たちは、そう言って散っていった。彼らに聞き込みを任せるのはちょっと不安だが。まあ、何かしら手掛かりをつかんでくれることを祈ろう。

アリアさんに連れられた俺たちは、やがて城館へと足を踏み入れる。

応接室に通されると、そこで領主と対面することになった。

「おおっ、ダイチくんたち。さっそく困り事だそうだね。頼ってくれて嬉《うれ》しいよ。では話を聞こうか」

領主は金髪碧眼《きんぱつへきがん》の、四十絡みの壮年《そうねん》男性だ。

難病に侵《おか》されていた彼が、飛竜の谷から持ち帰った特効薬を飲んで、ひとまずの快復を見せたのが二日前のこと。今ではすっかり良くなったように見える。

ソファーを勧められた俺たちは、三人並んで腰かける。テーブルを挟んで対面には、領主とアリアさんが座った。

俺は二人の前で、エスリンさんの失踪や、彼女と豪商ゴルドーとの確執《かくしつ》について話していった。

すると話を聞き終えたアリアさんが、意外にも、こんな言葉を口にした。

「またゴルドーですの？　お父様、やっぱり――」

「ああ。断定はできないが、やはりゴルドーはクロである可能性が高いと見るべきだろう」

「……？　というと、ゴルドーには何か前科があるんですか？」

せっかくコネがあるので、エスリンさんの捜索に協力してもらえないかと思って来てみたが、何やらさらにキナ臭い話になってきた。

領主は渋い顔でうなずく。

「前科という表現は適切ではないかもしれないがな。ゴルドーには以前より、人身売買幇《ほう》助《じょ》の疑いがあるんだ」

その領主の言葉のあとを、アリアさんが継いで補足する。

「一時期この領内で、誘拐事件が多発したことがありましたの。それで調査に乗り出したのだけれど、犯人は見付からず仕舞い。誰かが犯人を匿《かくま》っているとしか思えない状況でしたわ」

「そのときに得たいくつかの情報から、ゴルドーが怪しいと睨《にら》んだのだ。私は兵たちに命じて、一か八かの強行捜査に出た。だが捜査は空振りに終わった。私はゴルドーに対して、公《おおやけ》に冤罪《えんざい》を着せた形になってしまった」

「ゴルドーは街の有力者だから、お父様でもそれ以上は踏み込めなくなって。捜査は打ち切るしかなくなりましたわ。それ以降、誘拐事件もなりを潜めたのだけれど」

アリアさんの言葉がそこで途切れた。それで今に至る、というわけか。

だいたい状況は分かったが――

このとき俺は、「人身売買」と聞いて、一つの事件を思い出していた。

俺たちは以前、この街の近くの森で、エルフを誘拐した人さらいたちに遭遇したことがあった。「親分」と呼ばれるリーダーに率《ひき》いられた、犯罪者集団と思《おぼ》しき一団だ。

「あっ……！」

そこで、俺の脳内連想ゲームによって、さらにもう一本の糸が繋《つな》がった。

「ん？　どうしたの大地くん。また何か気付いた？」

「風音さん、誘拐したエルフを連れていた、人さらいの『親分』って覚えてますか？」

「あー、うん。そんなやつもいたね。あいつがどうかしたの？」

「いたんですよ、ゴルドーが連れていた取り巻きの中に。そうだ、あいつだ」

完全に抜けていたな。最初にゴルドーと遭遇したときに、気付くべきだった。

街の中央広場で、ゴルドーがエスリンさんに絡んできた、あのとき。取り巻きの中にいた、俺を睨みつけていた男。

フードを目深《まぶか》に被《かぶ》っていたこともあって気付けなかったが、今思えば、あれは間違いなく、以前に遭遇した人さらいの「親分」だった。

「ダイチさん、それはどういう話ですの？」

アリアさんが聞いてきたので、俺は事の一部始終を話した。

俺の話を聞いたアリアさんと領主は、目を合わせてうなずき合う。

「ダイチさんが言うなら間違いありませんわ、お父様」

「だろうな。その『親分』という誘拐犯は、この領内での誘拐を控え、よその街で活動を行っていたというところか。だが誘拐した人物の売買には、ゴルドーを通していたのだろう。これで誘拐犯とゴルドーの繋がりは、確定したと見ていいな。問題は――」

「その上でどうするか、ですわね。お父様はゴルドーに冤罪を吹っ掛けたとして、街の有力者たちの前でさんざん非難をされましたわ。これ以上、確たる証拠もなく公に捜査を行うのは、お父様の命取りになる」

「正攻法は難しいだろうな。となると、搦《から》め手《て》――アルテリア、ダメ元で聞くのだが。お前、単身でゴルドーの屋敷に忍び込んで、バレないように内情を探ることはできないか？」

「お父様、娘使いが荒くなっていませんの？　さておいて、実際には難しいと思いますわ。冒険者の力を持っていても、何でもできるわけではありませんの。【隠密《おんみつ》】スキルを持った冒険者でもなければ、誰にも気付かれずに屋敷の内側を探ることなんてできませんわ」

「ならばその【隠密】スキルを持った冒険者を雇うか？　いやしかし、よほど口が堅い実直な人物でもなければ、それこそ私の立場が危うくなりかねんな。ほかに何か手段は――」

「「うーん」」

ひとしきり検討の言葉を重ねたあと、領主とアリアさんは、どちらも腕を組んで考え込んでしまった。似てるなぁ。親子って感じ。

アリアさんがチラッと、俺たちに視線を向けてくる。

「ダイチさんたち、三人のうち誰か【隠密】スキルを持っていたり……しませんわよね」

「俺、持ってますよ」

「私も持ってるよー」

「ですわよね。【隠密】はかなりのレアスキルという話だし――って、今なんて？」

アリアさんが首を傾げる。領主も目をぱちくりとさせていた。

ふぅん、【隠密】ってレアスキルだったんだ。まったく存じ上げませんでしたね。

＊＊＊

朝と昼の間ほどの時刻。少し前まで晴れていた空には、今では暗雲が立ち込めている。

俺と風音さんの二人は今、閑静《かんせい》な高級住宅街の一角にある、豪商ゴルドーの屋敷の前にいた。

ただ屋敷の前といっても、裏手側だ。人目を盗み、隣の住居との間にある細い路地を通って、正面口とは反対側にある裏路地へと来ていた。

俺たち二人の目前には、背丈の二倍近い高さがある石造りの塀《へい》が立ちはだかっている。

頭上に手を伸ばしてもなお、塀の上までは一メートルほどもある高さだが――

「――よっ、と」

まず風音さんが、垂直跳びで素晴らしい跳躍力を見せ、両手で塀の上につかまった。

そのまま腕の力だけで、ぐいと体を持ち上げる。華奢《きゃしゃ》に見える女性の体でも、ジャンプ力やパワーは常人のそれではない。

風音さんは【隠密】スキルを発動した状態で、首から上だけを塀の上に出すと、きょろきょろと周囲を見回す。

「大地くん、大丈夫。いけるよ」

風音さんはそう言って、ひょいと塀の向こう側に飛び降りていった。

俺もまた風音さんに続き、塀を乗り越えて、向こう側へと飛び降りる。当然ながら、【隠密】スキルは発動した状態だ。

飛び降りた先は、ほどよく草の生えた土の地面。音もなく降り立った俺は、素早く駆け出して、近くにあった建物の陰に風音さんとともに隠れた。

——というわけで、俺たちは今、ゴルドーの屋敷へと忍び込んでいる。

目的は、エスリンさんの居場所を突き止め、可能であればそのまま救出すること。それに加えて、ゴルドーが人身売買を行っている証拠をつかむことができれば理想的だ。

弓月はというと、今回はグリフォンとともにお留守番だ。【隠密】スキルを持っているのが俺と風音さんだけなので、仕方がない。

隣にいる風音さんが、周囲に人目がないことを確認しつつ、小声で話しかけてくる。

「【隠密】スキルを使えば、物音を立てずに忍び込むことは簡単だけど。問題はエスリンさんの居場所を探り当てられるかどうかだよね」

「ええ。でもエスリンさんがこの屋敷に連れ込まれたのは、おそらく間違いない。屋敷内のどこかに捕まっているはずです」

この点に関しては、例のムキムキ従者たちがファインプレーを見せてくれた。

彼らが街で聞き込み調査を行った結果、一つの有力情報を獲得したのだ。

その情報とは、とある路地裏でゴルドー商会の馬車に積み込まれた「荷物」に関するものだった。

証言をした街の人によると、冒険者らしき髭面《ひげづら》の巨漢が、とある荷物をゴルドー商会の馬車に積み込むところを目撃したという。そのとき「荷物」が身じろぎするように動き、同時にくぐもった女性の声が聞こえてきたのとのこと。

その荷物は、何か大きなもの——例えば人間のような——を毛布で包《くる》んで、ロープでぐるぐる巻きにしたような形状のものだったらしい。

その後、荷物を積み込んだ馬車は、高級住宅街のほうへと向かって走っていった——というのが、ついさっきの話だという。

加えて、その証言のものとまったく同じ馬車が今、この屋敷の敷地内に停《と》まっている。

つまり、この屋敷の敷地内のどこかにその「荷物」——エスリンさんが運び込まれた可能性が高い。それが敷地内のどこなのかを探し出すのが、今の俺たちの任務だ。

俺と風音さんは、屋敷の裏手側から建物外周をぐるりと半周回って、正面口近くへとたどり着いた。

「風音さん、馬車の中に人の気配は？」

俺は建物の陰から、件《くだん》の馬車が停まっている正面玄関前を覗《のぞ》き見《み》る。

馬車の近くには、花壇の手入れをしているメイドが一人いたが、【隠密】スキルを使っている俺たちに気付く様子はまったくない。

【隠密】スキルには、純粋に物音を消すだけでなく、超自然的な力で存在そのものを気付かれにくする効果もある。探索者《シーカー》の力を持たない一般人に対しては特に効果が高く、よほど露骨に姿を見せでもしない限りは認識されないはずだ。

「ううん、馬車の中には一人もいないと思う」

「ってことは、エスリンさんはすでに馬車から運び出されたあとってことですかね」

「だと思うよ。でも【気配察知】スキルの効果も確実じゃないから、一応確認しておく？」

「そのほうがいいか。お願いします」

二人で行く必要もないので、より俊敏な風音さんが、一人で馬車の元まで駆けていく。

ほとんど一瞬の出来事だ。花壇の手入れをしているメイドが、風音さんに気付く様子はまったくない。

風音さんは、馬車の御者台《ぎょしゃだい》や荷台の中を確認すると、すぐに俺の隣まで戻ってきた。

「やっぱりいないね」

「となると消去法で、この建物の中にいるはずですね」

「そうなるかな。——大地くん。ここから入れそうだよ」

風音さんが、屋敷の窓の一つを指して伝えてくる。窓の戸が開放されていて、侵入にはうってつけだった。

俺たちは人目がないことを確認しつつ、その窓から建物内へと潜《もぐ》り込《こ》み、エスリンさんの捜索を開始した。

＊＊＊

いかにも金持ちの豪邸といった雰囲気の、ゴルドーの屋敷。

その屋敷の廊下を、俺と風音さんは足音を忍ばせ、静かに進んでいく。

「それにしても広い家だね。二階も合わせて、部屋の数って全部でいくつあるんだろ」

「さあ。三十か四十か、そのぐらいはありそうですけど」

「うへぇ。その中から探すの、大変だなぁ」

「しかも『隠し部屋』まで視野に入れておかないといけないですからね」

ゴルドーの屋敷は二階建てで、豪邸らしくたくさんの部屋がある。その中からエスリンさんの居場所を探り当てないといけない。

さらに、以前の強行捜査の際にこの屋敷に突入したことがあるアリアさんの話によると、屋敷内のどこかに「隠し部屋」でもないと道理が合わないという話だ。

その強行捜査のときにも、誘拐されたと思しき人物が屋敷内に入ったところまでは確定的だったという。しかし、それをあてにして突入してみたら、さらわれた人を発見できなかったとのこと。

「ま、やるしかないよね。——っと、大地くん、そこの角の先から誰か来るよ」

廊下を進んでいたところ、風音さんが正面の曲がり角を指して言う。

その先から誰か——おそらくは屋敷の使用人だろう——が来るとしたら、このままだと鉢合わせコースだ。

「まずいな。【隠密】スキルの効果を信じるか？　いや、だが——」

一般人相手には特に高い効果を持つ【隠密】スキルだが、その力も万能ではない。注意力が散漫になる程度のものなので、武装した冒険者が屋敷の廊下を歩いていたら、さすがに分《ぶ》が悪そうだ。

せめてもうちょっと目立たない格好をしてきていればと思うが、後の祭りだな。

「仕方ない。遠回りになるけど、一度戻りましょう」

「ううん、待って。そこの部屋の中、たぶん誰もいないよ」

風音さんがそう言って、すぐ近くにある扉を指し示す。

【気配察知】スキルの効果範囲は、風音さんによると、「聴覚」をイメージすれば分かりやすいらしい。例えば廊下の曲がり角の先であれば、かなり遠くの気配も察知できる。

一方で、壁を隔《へだ》てた部屋の中などに対しては、効果は相当に制限されるようだ。マンションの自室に、隣の部屋の音がどのぐらい漏れ聞こえてくるかみたいな話。

ゆえに【気配察知】だけでこの屋敷全体の人の動向をつかむことはできないが、すぐ近くであれば、部屋の中であっても人の気配の有無をある程度は察知することができる。

俺は風音さんの感覚を信じて、指し示された扉のノブを捻《ひね》る。扉は静かに開いた。

わずかに開いた扉のすき間から、慎重かつ素早く部屋の中を覗き込む。部屋に人の姿はなかった。俺と風音さんは、部屋に入って静かに扉を閉める。

しばらくすると、カツカツという足音が近付いてきて、やがて遠ざかっていった。

俺と風音さんは、ホッと安堵《あんど》の息をつく。

「やれやれ。この調子だと、屋敷じゅうを探索するのに、どれだけかかるか」

「ねえ、大地くん。これ――」

風音さんが呼びかけてくるので、何かと思って見てみる。指し示していたのは、部屋の中にあったいくつかの衣装ケースだった。

風音さんはその中から一着の衣服を取り出して、俺に見せてくる。いわゆる「メイド服」という種類の衣装だ。さらに別の衣装ケースからは、執事服らしきものも出てきた。

「大地くん、これなら」

「なるほど。いけそうですね」

俺と風音さんは、その場で着替えをして、衣装チェンジを行った。身につけていた武具は【アイテムボックス】にしまっておく。

メイド服を着た風音さんと、執事服を着た俺。使用人の姿に扮《ふん》した俺たち二人は、部屋を出て何食わぬ顔で廊下を歩いていく。

しばらく進むと、執事服を着た屋敷の使用人らしき男が一人、正面からやってきた。

事前に気付いていたが、今度はわざわざ隠れたりはしない。

俺たちの横を、男は特に違和感をおぼえた様子もなく、普通に通りすぎていく。

男が角を曲がっていったのを確認して、俺と風音さんはぐっと拳《こぶし》を合わせた。

「よーし。これならサクサク行けそうだね」

「ええ。エスリンさんが心配です。急ぎましょう」

メイド服の風音さんと、執事服の俺。

二人は潜入工作員よろしく、屋敷内を探っていった。

＊＊＊

使用人の姿に扮した俺と風音さんは、屋敷内の捜索を進めていく。

だが何しろ部屋の数が多い。ゴルドーの寝室、ゴルドーの執務室など、疑わしい場所は優先的に探っていったが、今のところ特に収穫はなし。

「見付からないですね。すべての部屋をしらみつぶしにしていくしかないか。でも隠し部屋まであり得るものを、どうやって探したらいいのか」

「しっ。大地くん、この先の部屋に二人いるよ。台所かな？」

廊下を歩いていると、風音さんが注意を飛ばしてきた。

もう少し進むと話し声が聞こえてきたので、近くまで寄ってみる。

廊下から覗き込むと、そこはやはり台所のようだった。メイド服を着た二人の女性が、野菜の皮をむくなどの調理作業をしている。一人は若い女性で、もう一人は年配だ。

俺と風音さんは台所前の廊下にひそみ、中の会話の様子をうかがうことにした。

若いメイドが、年配のメイドに話しかける。

「あのぉ、怒られるかもしれないんですけど、つかぬことを聞いてもいいですか？」

「何ですか。新入りのあなたは、少しでも早く仕事を覚えなければいけません。分からないことがあったら、分からないままにしていないで、遠慮なく質問をなさい」

「いえ、そういうのとはちょっと違うんですけど。さっき毛布とロープでぐるぐる巻きにされた荷物を、冒険者っぽい大柄な男の人が物置部屋に運び込んでいたじゃないですか。一緒にゴルドー様もいて。あれって――むぐっ⁉」

若いメイドの口を、年配のメイドの手がふさいだ。年配メイドがきょろきょろとあたりを見回したので、俺と風音さんは慌てて首を引っ込める。

年配メイドは俺たちの存在に気付いた風もなく、安堵した様子を見せた。

「まったく……。迂闊《うかつ》なことを口にしてはいけません。余計なことに首を突っ込もうとすれば、どうなるか分かりませんよ。あなたもこのゴルドー様のお屋敷で働くことになれば、いろいろなものを見聞きすることになるでしょう。ですがそれは、すべて胸の内にしまっておきなさい。高額の賃金が惜しくなく、何かに怯《おび》えて暮らしたいのでなければです」

「わ、分かりまひは」

「あなたは仕事を早く覚えて、日々そつなくこなすこと。そのことだけを考えなさい。それがあなたのためです」

「はひ」

その後、二人のメイドは仕事の話をしながら、調理作業を続けていく。

これ以上の収穫はなさそうだ。俺と風音さんはうなずき合って、その場から離れた。

「物置部屋だって。大地くん、場所覚えてる？」

「いえ、さすがにそこまでは」

俺は物陰に隠れて、執事服のポケットから一枚の紙きれを取り出す。

ここへの潜入前に、アリアさんが大雑把な内部の見取り図を描いて渡してくれたのだ。

以前の突入時の記憶を頼りに描きだしたとのこと。

俺たちはその見取り図を頼りに、物置部屋へと向かった。

やがて目的の部屋の、扉の前まで来た。風音さんの【気配察知】によると、扉の向こうに人の気配はないという。俺は慎重に扉を開いて、中を覗き込む。

そこは確かに物置部屋で、部屋の壁際には大型の絨毯《じゅうたん》など、雑多なものがあれこれ置かれていた。見たところ、人の姿はない。

部屋の中央部の床は、物が置かれていないスペースがかなり広く取られている。だがそれは、ただの足の踏み場には見えなかった。

「大地くん、これ」

「でしょうね。おそらく普段は、この上に絨毯が敷かれて隠されているんだ」

部屋の中央部の床には、跳ね上げと思しき一メートル四方ぐらいの枠があった。この下に、地下室か何かがあるに違いない。

俺と風音さんは再び衣装チェンジをし、探索者装備《シーカー》へと切り替える。

跳ね上げ戸の取っ手を摑《つか》んで、静かに引き上げる。地下へと続く石造りの階段が現れた。

俺と風音さんは互いにうなずき合うと、意を決して階段を下りていった。

＊＊＊

地下へと続く石造りの階段を、俺と風音さんは足音を忍ばせて下りていく。階段は薄暗いが、左手側の壁に灯《あか》りのついたランプが等間隔に設置されているため、真っ暗ではない。

一階ぶんほど階段を下りると、そこから先は廊下になっていた。ランプの灯りにより、俺と風音さんの影が、廊下の床にゆらゆらと揺れている。

少し進んだ先では、通路が右手に折れ曲がっている。その先から声が聞こえてきた。

「ぐふふふふっ……エスリンよ、そろそろあきらめてはどうだね？　ここはワシの屋敷の地下牢《ちかろう》。いくら意地を張ろうが、誰も助けに来たりはせんのだよ」

「んっ、くっ……！　や、めっ……！　んんんっ……！」

石造りの廊下に反響してくるのは、下卑《げび》た男の声と、聞き覚えのある女性の声――エスリンさんの声だ。

俺と風音さんは顔を見合わせ、急いで曲がり角まで駆け寄った。もちろん【隠密】スキルは発動しており、物音はほとんど立たない。

曲がり角から、右手側にある通路の先を覗く。

そこは地下牢だった。まっすぐに廊下が続いていて、その途中に左右三つずつ、鉄格子《てつごうし》で仕切られた独房がある。さらに正面行き止まりにもう一つの独房があった。

左右の独房にもちらほらと人が囚《とら》われているようだが、それよりも真っ先に目に入ったのは、正面行き止まりにある独房の光景だ。

鉄格子で仕切られた独房の奥の石壁に、エスリンさんが鎖で繋がれて囚われていた。万歳するように上げさせられた女商人の両手が、頭上からの鎖で吊《つ》るされている。

その体にいやらしく手を滑らせているのは、この屋敷の主ゴルドーだ。華美《かび》な衣服と装飾品に身を包んだ肥満体は、嫌がるエスリンさんの首筋に舌を這《は》わせようとしている。

またその場にはもう一人、重要人物がいた。鎖かたびらと大剣を身につけた、髭面の巨漢。いつぞやエルフを誘拐していた人さらいのリーダー、「親分」だ。子分たちの姿は見当たらない。

「親分」はエスリンさんが囚われている独房の外で、鉄格子を背にしてもたれかかり、退屈そうにあくびをしていた。俺たちの存在に気付いている様子はない。

彼と独房の中を隔てる鉄格子の一角には、入り口となる扉がある。今はその扉が開放されている状態だった。

「ぐひひっ、いい声で鳴くではないかエスリンよ。ほれ、もうすぐワシの手が、お前の大事なところに触れてしまうぞ」

「や、やめっ……いやや っ……！　ゴルドーさんっ、あんたこんなことして、許されると思ってんの⁉」

「許されるのだよ。ワシほどの力があれば、お前のような小娘一人を思い通りにすることなど容易《たやす》いのだ。それを分からなかったお前が愚かなのだよ」

わずかのうちにも、ゴルドーの蛮行はどんどんエスカレートしていく。

このとき俺の脳内でピコンッと音がして、視界にメッセージボードが現れたが、それも今はどうでもいい。

「大地くん」

「分かってます。俺が『親分』の相手をします。風音さんはエスリンさんの救出を」

「了解。──あいつ、絶対に許さない」

風音さんと小声でささやき合ってから、俺たちはその場を飛び出した。

「なっ……⁉　て、テメェら、なんでここに⁉」

最初に反応したのは、やはり「親分」だった。慌てて大剣を手にして、迎撃姿勢を取ろうとする。

だが、それでは遅い。「親分」が態勢を整えるよりも素早く間合いまで駆け込んだ俺は、槍《やり》を持った右手にスキルの力を宿らせて、放つ。

「【三連衝《さんれんしょう》】！」

ガガガッと、鎖かたびらの上から、俺の槍による三連撃が「親分」の胴を穿《うが》つ。

それから反撃に備えて、盾を構えたが——

「バ、バカな……ガハッ……！」

「親分」は白目をむいて、その場に崩れ落ちた。そのまま倒れ伏して、動かなくなる。

あ、一撃で倒したのか。以前は一発撃破とはいかなかったが、あれからレベルも上がっているし、武器もランクアップしている。そういうこともあるか。

一応、本当に気絶しているかどうか確認しておく。狸寝《たぬきね》入《い》りではないようだ。

「な、なんだ貴様らは——ぐげっ」

一方でゴルドーはというと、潰れた蛙《かえる》のような声を出して倒れた。

素早く駆け寄った風音さんが、その首筋に手刀を落として気絶させたのだ。

「正直殺してやりたいぐらいムカついてるけど。ひとまずこれで済ませてあげる」

風音さんは心底冷たい暗殺者のような目を、倒れたゴルドーへと向けていた。怒った風音さん怖い。あの目を向けられたら俺、泣いちゃうと思う。

一方で、呆然《ぼうぜん》とした目を俺たちに向けてくるのは、囚われのエスリンさんだ。

「え……？　あ、あんたら、なんでここに」

そうつぶやき、やがて瞳に涙を浮かべるエスリンさん。

彼女を拘束している鎖を、風音さんが短剣で断ち切り、自由にしてやった。

「エスリンさんの従者の人たちに頼まれたの。『姐さんが～！』って、大の男たちが泣きついてくるんだもん。ねえ、大地くん？」

「あはは。泣きついてきたかどうかはともかく、だいぶ狼狽《うろた》えてましたね」

「そ、そっか。……まったくもう、あいつら図体《ずうたい》ばっかりでかくて……ぐすっ……。でも……良かった……怖かったよぉおおおおおっ！」

エスリンさんは安心したせいか、その場でわんわんと泣きだしてしまった。

風音さんがそれを優しく抱き寄せ、よしよしと頭をなでる。

俺はそれをほほえましい気持ちで見守りながら、【アイテムボックス】からロープを取り出して、「親分」とゴルドーを拘束していった。

なお、ミッションももちろん達成だ。というかエスリンさんの姿を発見した時点で、ミッション達成の判定が出ていた。


特別ミッション『失踪した女商人エスリンを見つけ出す』を達成した！

パーティ全員が15000ポイントの経験値を獲得！

六槍《むそう》大地が34レベルにレベルアップ！

弓月火垂《ほたる》が35レベルにレベルアップ！

▼現在の経験値

六槍大地……２４５４４４／２６７５６３（次のレベルまで：２２１１９）
小太刀《こだち》風音……２６１０５６／２６７５６３（次のレベルまで：６５０７）
弓月火垂……２６８４４１／３０３７０７（次のレベルまで：３５２６６）

ミッション的には、発見した時点で引き返してもよかったらしい。

そんな選択肢を選ぶ理由は、どこにもなかったけどな。

＊＊＊

その後、俺たちは屋敷を出て、近くで待機していた領主やアリアさんに連絡した。

それに応じて領主は私兵を動員、ゴルドーの屋敷への抜き打ち家宅捜索を行った。

この家宅捜索はもちろん、すでに結果が確定している出来レースだ。人身売買に使われていた地下の牢獄《ろうごく》が当然に発見され、ゴルドーと「親分」はお縄となった。

もとより街の平和維持のための刑事裁判権は領主にあるらしい。無茶をして結果を出せなければ、街の有力者たちから突き上げを受けて立場が危うくなるが、今回ぐらい状況証拠と人的証拠が残っていれば話は別とのこと。結果さえ出れば、領主の強行捜査は正義と平和維持のための行いとなり、俺たちの不法侵入も含めて正当化されるわけだ。

そして人身売買は、国家法レベルでの重罪だ。即日行われた裁判で、ゴルドーは領主側の不法侵入などの不当性を訴えたが、ほかの有力者たちはもはや誰も彼に味方しなかった。ゴルドーと「親分」に下された判決は、極刑。

俺たちが知っている裁判と比べると人権もへったくれもなく、公平性にも慎重性にも欠ける気はしたが、限られたリソースで平和を維持するためには必要なことのようだ。

ともあれそのあたりは、俺たちがどうこう言うものでもない。

俺たちにとって重要なのは、件の事件と裁判によって、ドワーフ大集落ダグマハルへと向かうための出立日が一日遅れたことだ。仕方がないので、その日の残りの時間は休息にあてることにした。

そして翌朝。元の世界への帰還まで、あと９０日。

中央広場でエスリンさんたちと合流した俺たちは、街を出立する。

ここまでのおよそ十日間、ずっとこの街を拠点に活動していたが、いよいよ軸足《じくあし》を動かすときが来たのだ。

市門をくぐって街の外に出た俺は、街道を進みながら、ふと後ろを振り返る。

思い浮かべるのは、親切にしてくれた街の門番や、宿のおばちゃん、冒険者ギルドの受付のお姉さんに、アリアさんや領主の顔などなどだ。

「――行ってきます」

ふと、そんな言葉が口をついて出た。柄にもないなと自分でも思って、苦笑する。

「大地くん、どうかした？」

「先輩、何ぼーっとしてんすか！　遅れてるっすよ！」

「ああ、ごめん。今行きます」

先に進んでいた風音さんと弓月が声を掛けてくるので、俺は小走りでそれを追いかけた。

今日からまた、新たな冒険の旅の始まりだ。

第三章

ドワーフ大集落ダグマハルに向けた、予定一週間ほどの旅が始まった。

それまで拠点としていたフランバーグの街を出て、まずは北西へと向かって街道を進むこと一日半。道中ではモンスターに遭遇するなどのアクシデントもなく、俺たちは無事、次の街であるルクスベリーの前までたどり着いた。

ルクスベリーは、フランバーグと比べるとかなり規模が大きく、街の広さも人の数も段違いだという。

この世界では、街の人口が五千人に満たないフランバーグ程度でも「都市」に分類されるようだが、その三倍ほどの規模があるルクスベリーは「大都市」の分類になるとのこと。

その大都市ルクスベリーを囲う堅牢《けんろう》な市壁には、全部で四ヶ所の門がある。エスリンさんに連れられた俺たちは、そのうちの一つ、南東の門をくぐって市内へと入った。

夕焼け空が藍色《あいいろ》に染まりはじめた頃合いだというのに、門前から延びる目抜き通りは、まだまだ賑《にぎ》やかな様子だ。人々や馬車が行き交う中、道端の露天商たちはランプに灯《あか》りをつけ、いまだに客への呼びかけを続けている。

エスリンさんについてしばらく通りを進んでいくと、やがて雇用主の女商人は一軒の宿へと入っていく。彼女は番頭と交渉し、俺たちのぶんまで宿を取ってくれた。

「さ、ひとまずお疲れ様や。今日は宿でゆっくり休んで、また明日出発やね。ちなみに、あんたら三人は同じ部屋にしといたけど、それでええやろ？　仕事に支障のない範囲でなら、プライベートで何しても文句言わんよ。にひひひっ」

「あー、まあ……はい。ありがとうございます」

イチャイチャハーレムバカップルだと思われているので、この扱いである。まあ間違っているとも言い難《がた》《い》いが。

「ねぇ大地《だいち》くん、ひょっとして私たち、四六時中そういう感じだって思われてる？」

「思われてますね。確実に」

「うちは先輩とべたべたするの好きだからいいっすけどね。温《ぬく》もりが恋しいお年頃っす。あとグリちゃんのこともモフモフしたいお年頃っす」

「あ、それ大事。グリちゃんは大地くんとセットだから、一緒の部屋じゃないとモフモフできないもんね」

「クピッ、クピッ！」

「俺いま、ちょっとこいつに嫉妬《しっと》してます」

「あー、ごめん〜。大地くん拗《す》ねないで〜。もちろん大地くんのことが一番だよ〜」

とまあ、何の言いわけもできないバカップルぶりを晒《さら》しつつ、その日は解散となった。

ちなみに、このルクスベリーの街の市門をくぐった時点で、俺たちはミッションを一つ達成していた。


ミッション『人口1万人以上の街に到達する』を達成した！

パーティ全員が3000ポイントの経験値を獲得！


新規ミッション『人口3万人以上の街に到達する』（獲得経験値10000）が発生！

▼現在の経験値
六槍《むそう》大地……248444／267563（次のレベルまで：19119）
小太刀《こだち》風音《かざね》……264056／267563（次のレベルまで：3507）
弓月《ゆづき》火垂《ほたる》……271441／303707（次のレベルまで：32266）

この異世界に来た当初と比べると、レベルもかなり上がっていて、1レベルアップするのに必要な経験値も大きくなってきている。もう3000ポイント程度の経験値では大きな影響力はないが、それでもコツコツ経験値を貯《た》めていくことが大事なのだ。

さて、エスリンさんらと別れて、その日の夕食時。

酒場を兼ねた大衆食堂で、俺たち三人がテーブルを囲んで夕食をとっていると、賑やかな店内の一角からこんな会話が聞こえてきた。

「そういやお前、聞いたか？　今この街に駐屯《ちゅうとん》してる『黒狼騎士団《こくろうきしだん》』の団長の話。どえらい美少女の騎士様なんだってよ」

「ああ、聞いた聞いた。でも団長っつっても、いいとこのお嬢で、お飾りだって話だろ」

「そうそう。偉い人たちも何考えてんだかね」

「ま、むさ苦しい冒険者上がりの騎士たちを、紅一点《こういってん》のお嬢様が率《ひき》いているとなりゃあ、見栄えはするんだろうけどな」

「ハハハッ、ちげぇねぇ」

近くのテーブルで飲んだくれている男たちが、そんな話題で盛り上がっていた。

それに耳をそばだてていた弓月が、フォークに刺したソーセージをぴこぴこさせながら口を開く。

「この世界に『騎士』とか『騎士団』ってあったんすね。『冒険者上がり』って言ってたっすけど」

「あ、それ私、小耳にはさんだことある。経験を積んで十分な実力を身につけた冒険者が、国や有力貴族に雇われたものが『騎士』って呼ばれるらしいよ。普通の兵士の五倍以上のお給料なんだって」

「でもいいとこのお嬢で冒険者って聞くと、アリアさんを思い出しますね。アリアさんがどこぞの騎士団に入ったなんて話は聞いてないし、別の人でしょうけど」

「いいとこのお嬢で冒険者なんて、どう考えてもレアキャラっぽいっすけど。結構ごろごろしてるもんなんすね」

そんな話をしつつ夕食を終え、その日は宿に泊まり、翌日を迎えた。

だがそこで、俺たちはまたぞろ、一つのアクシデントに見舞われることになるのである。

＊＊＊

都市ルクスベリーの宿屋でゆっくりと一泊して、翌朝。

元の世界への帰還まで、あと８８日。

エスリンさんたちと合流し、彼女に従って北西の門から街を出ようとしたのだが――

「は？　この門、通行止めなん？」

エスリンさんがそう聞くと、北西の門を守る門番はこう答えた。

「ああ。この先の街道に『オーガの変異種』が出現して、Ｂランクの冒険者パーティがあわや全滅寸前で逃げ帰ってきたって話でな。黒狼騎士団が討伐《とうばつ》に出ることになっているから、それが終わるまでこの門は通行止めなんだ」

「変異種」というのは、突然変異的に現れる野良《のら》のボスモンスターみたいなものだ。

俺たちの世界のダンジョンでも、ごくごく稀《まれ》に変異種モンスターが出現すると聞いたことがある。俺たちは一度も遭遇したことはなく、その程度にはレアな存在だが。

変異種は総じて、通常種とは段違いの高い戦闘力を持つが、何度も普遍的に出現するモンスターではない。一度倒してしまえば、同じ場所に同じ変異種モンスターが再出現することは、基本的に起こらない。

そのあたりの法則は、俺たちの世界もこの世界も同じのようだが――

「そんなん困るわ。あたしら商人にとって、時は金なりよ。これ以上の予定にない足止めはホントあかんて。干からびてしまうわ」

「そう言われても、決まりは決まりだからな。通せないよ」

「何日かかるん？　明日には出れる？」

「どうとも言えないな。今日中に終わるか、二、三日かかるか。あるいは一週間以上ということも」

「そんなぁ～」

どうにか出られないか交渉するエスリンさんだが、そもそも門番の権限で勝手に通過を許可することはできないらしく、埒《らち》が明かない状況だった。

別の門から出て、森や川などが遮る道なき道を強行突破する手もないではないのだが、その場合はかなり険しい道のりになるだろう。というか鉱石を積んだ台車のことも考えれば、ほとんど無理ゲーに近い気がする。

と、そこに――

「どうした。何を揉《も》めている」

凛《りん》とした少女の声が、背後から聞こえてきた。

さらにガチャガチャと鎧《よろい》や武器の鳴る音や、ぞろぞろという多数の足音。

声の主のほうへと視線を向けた門番は、背筋を伸ばし、びしっと敬礼《けいれい》をする。

「黒狼騎士団の皆様、お待ちしておりました！　この商人の一行が、門を通させろとしつこいものでして」

「そうか。見たところ、そちらの三人は冒険者のようだな」

振り向いてみれば、街の目抜き通りを集団で闊歩《かっぽ》してきたのは、冒険者風の装備をした一団だった。総勢で七人。

先頭に立つのは、銀髪《ぎんぱつ》緑眼《りょくがん》の美少女だ。年の頃は、俺たちと比べてもさらに若いぐらい——十五、六歳ほどに見える。白銀の甲冑《かっちゅう》に身を包み、剣を佩《は》き、軍馬にまたがっていた。

その背後についているのは、いずれも屈強な男たちだ。鎖かたびら《チエインメイル》や鱗札鎧《スケイルアーマー》を身にまとい、斧《おの》や槍、弓など思い思いの武器を装備している。角付き兜《ヴァイキングヘルム》をかぶっている者がちらほらいるせいもあってか、騎士団というよりは野党や山賊とでも呼んだほうがしっくりくるビジュアルだったりもするが。

彼らは先頭の少女ともども、俺たちと同じ「力」を持った者たちのようだ。

実力のほどまでは、正確には分からない。ただ一般に、「騎士」として雇われるのは熟練の冒険者だけらしいので、全員25レベルでカンストしていると見るべきだろう。男た

ちから感じる威圧感からも、その予想がおそらく当たっているであろうことが窺《うかが》える。

しかし声をかけてきた馬上の少女だけは、それほどの実力はないような気がした。甲冑を身につけた体の動きもどこかぎこちなく、鎧に負けている印象だ。虚勢《きょせい》を張っただけの、未熟な少女――そんな印象を受けた。

なお「騎士団」といっても、ほかに何十人、何百人と兵隊がいるわけでもない。力を持った者たちによる少数精鋭の公的部隊というのが、この世界における騎士団のようだ。

ところで、目の前の門を進めなくて困るのは、何もエスリンさんだけではない。

この異世界にいられる日数が限られている俺たちも、無為に何日も過ごすわけにいかないのは一緒だ。

俺はそれを踏まえて、馬上の少女に返事をする。

「ええ、俺たちは冒険者です。あなたたちは『黒狼騎士団』ですよね。これからあなたたちは、この先に現れたという『オーガの変異種』を討伐しにいく――ですね？」

「いかにも。我々が討伐任務を完遂《かんすい》するまでは、この門の通行は許可できない」

少女からは、杓子定規《しゃくしじょうぎ》な応答が返ってきた。

だがここで怯《ひる》むわけにはいかない。

「でしたら俺たちも、その討伐に参加させてもらうというのはどうでしょう？」

「なに……？」

「俺たちの雇い主は、先を急いでいます。そして俺たちは、三人パーティでもAランクのクエストを問題なくこなせる程度の実力を備えていると自負しています。皆さんの足を引っ張ることはないと思います。こちらの都合なので、報酬も要求しません」

「ふむ……」

少女は籠手《ガントレット》に覆われた手を口元にあて、考え込む仕草を見せる。

だがそこで、彼女の背後にいた屈強な男たちのうちの一人が、ずんずんと前に進み出てきた。そして、こう怒鳴りつけてきた。

「ダメだダメだ！　お前らみたいな若い冒険者は、ちょっと力がついてくるとすぐに調子に乗りやがる。Aランククエストを三人でこなせるだぁ？　若造どもが舐《な》めたことぬかしてんじゃねぇよ。おら、ここは通行止めだ。散った散った」

男はしっしっと、俺たちを追い払うように手を振ってくる。

風音さんと弓月がムッとしたのを背中に感じたので、俺はそれを制しようとしたが——

「いや待て、副団長。この冒険者の言うことは一理ある。それに私たちとしても、戦力は大きいほうが望ましい。違うか？」

そのとき先に声を上げたのは、馬上の少女だった。意を決して意見を言ったという様子で、声が少し上擦《うわず》っていた。

一方の「副団長」と呼ばれた男は、大きくため息をつく。

それから後ろの五人に向かって、肩をすくめるジェスチャーをしてみせた。

「だとよ。団長様のありがたいお言葉だ」

するると後ろの五人からは、次々とバカにしたような笑い声がもれる。

そして「副団長」は、馬上の少女に向かって、あきれた様子でこう続けた。

「あのな、お嬢。お偉方に言われてるから、団長として最低限の顔は立ててやってるつもりだけどよ。勘違いしてもらっちゃ困るんだよ」

「…………」

馬上の少女は、口をつぐんでうつむく。その顔は真っ赤《まか》になっていた。

「副団長」は、馬上の少女に向かって言葉を続ける。

「いいか、お前は現場のことを何も知らないお嬢だ。お前はこの黒狼騎士団の顔として、素直に『お飾り』をやってりゃいいんだよ。モンスターとどう戦うかは、俺たちの管轄《かんかつ》だ」

「わ、私だって、モンスター討伐の経験ぐらいは――」

「護衛に守られながら経験値を稼ぐお遊戯《ゆうぎ》のことを、モンスター討伐とは言わねぇんだよ。分かるかお嬢？」

「ううっ……。で、では教えてほしい、副団長。私の意見のどこが間違っているのか」

「チッ、めんどくせぇな。そもそも意見が間違ってるとか間違ってねぇとかじゃねぇんだよ。お前が部隊の方針に口出ししてくること自体が迷惑なんだ。分かるか？」

「し、しかしそれでは、私は本当に『お飾り』になってしまう」

「だからそれでいいっつってんだよ。お嬢はツラぁいいんだから、先頭に立って民衆に愛《あい》想振《そ》りまいてろ。現場は俺らの管轄だ、分かったな？」

「…………」

馬上の少女は、悔しそうにうつむいてしまう。

何だか事情が複雑そうだが、この流れの中で、俺たちにとって重要なことが一つあった。

どうやらこのままでは、俺たちは討伐への参加ができそうにない、ということだ。

そうなっては困るので、俺は踏み込んで口出しをすることにした。

「あの、『副団長』さん。俺からもお聞きしたいんですが」

「あぁん？　なんだ冒険者、部外者は引っ込んで──」

拒否しようとしたようだが、そうはいかない。

みなまで言わせずに、こちらの主張を繰り出していく。

「俺たちも冒険者として、それなりの実戦経験を積んできたつもりです。『お遊戯』ではなく、俺たち自身の力によってです。実力はうちの雇い主が知っています。少なくともBランクのクエストをゆうにこなせることは実証済みです」

エスリンさんに視線を振ると、雇用主は俺の意を汲《く》んで、鷹揚《おうよう》にうなずいた。

「あたしも何組かの冒険者に仕事を依頼したことあるけど、その三人の実力は折り紙付きや。三人でAランクいけるっちゅうのも、あながち大口叩《たた》いてるばかりとも思えんよ」

それを聞いた「副団長」は、渋柿でも食べたかのように顔をしかめる。

Aランククエストは、本来ならば「25レベル冒険者」「四人以上」が適正とされている。

それを三人でこなせるということは、熟練冒険者の中でも、かなりの実力者揃《ぞろ》いであることを示している。すなわち、「黒狼騎士団」のメンバーの実力と同格か、それ以上であると言っているようなものだ。

……いやまあ、めんどくさいからステータスを見せて限界突破していることを証明してもいいんだけど、それもそれで別の面倒事が起こりそうだしな。その手は最後の切り札として残しておきたい。

俺たちの話を聞いた「副団長」は、不愉快そうに顔をしかめていたが、次には「で、何が言いたい」と聞いてくる。俺はこう切り返した。

「その『経験を積んだ冒険者』である俺たちにも、分からないんですよ。こちらの団長さんが言っていた意見、どこか間違っていますか？　問題の変異種の戦力は、正確に把握できているんでしょうか。不測の事態に備えて、帯同する戦力は可能な限り大きいほうが望ましいと思うんですが」

「ぬぐっ……。いや、だからそれは……普段と違うやつが混ざると、俺たちの調子が狂って連携に問題が出るっつーか、なんつーか……」

「副団長」はごにょごにょと、歯切れの悪い言いわけを始めた。

それはつまり、「団長」の意見の内容そのものに問題があるのではなく、「彼女が意見を言ったことが気に入らなかったから」ケチをつけたのだと如実に物語っていた。

その後も「副団長」はごにょごにょと言い続けていたが、やがて頭をかきむしると、こう言い放つ。

「あーっ、もう、分かったよ！　そんなについてきたけりゃ、勝手についてこい！　だがテメェらの雇い主はテメェらで守れよ。お嬢もそれで文句ねぇな？」

「あ、ああ、もちろんだ。それでは商人たちと、冒険者の諸君。短い間になると思うが、よろしく頼む」

「ええ、こちらこそよろしくお願いします」

そうして俺たちは、この場で無駄に足止めを受けることなく、先へと進む切符を手に入れたのだった。

なおこのとき、特別ミッションも発動していた。


特別ミッション『黒狼騎士団と協力してオーガの変異種を討伐する』が発生！

ミッション達成時の獲得経験値……10000ポイント

なんか人間関係がいろいろ面倒くさそうだが、短い付き合いだろうし、適当に切り抜けることにしよう。

＊＊＊

黒狼騎士団の七人と、エスリンさんとその従者、それに俺たち三人――合計十四人の一行は、ルクスベリー北西の門を出て、街道を進みはじめた。

この街道の途中、次の街までの経路上に、オーガの変異種が出現したそうだ。

変異種モンスターも、通常のモンスターと同様、そのテリトリーから大きく離れることは稀らしい。ゆえに再びこのあたりに出没する可能性が高いとのこと。

運よく今日じゅうに遭遇できればよし。そうでなければ、黒狼騎士団はさらに数日の警戒行動を続けることになるし、俺たちも特別ミッションを達成できない。

ただその場合は、このミッションは無視して、俺たちはそのまま次の街に向かうつもりでいた。経験値1万は惜しいが、何日もかけて達成したいほどのものでもないし、エスリンさんの都合との兼ね合いもある。

朝に出立し、麗《うら》らかな陽光が落ちる森の中の街道を進むこと、およそ二時間。

そこで一行は、最初のモンスターの群れに遭遇した。

オーガが五体。いずれも通常種だ。

この世界でオーガに遭遇するのは、これで二度目だ。人間の五割増しの背丈を持った巨体が誇るのは、筋骨隆々《きんこつりゅうりゅう》たる赤銅色《しゃくどういろ》の肉体。見た目はごついが、今の俺たちにとってはさほどの強敵でもない。

それが右手側の森の奥から二体、左手側の森の奥から三体現れ、左右から挟み撃ちをされる形になったが――

「いきなり変異種に遭遇ってことはねぇか。だが妙に数が多いな」

「副団長」がそうつぶやく。彼らもまた、オーガに遭遇しても、落ち着いた様子だった。

このあたりの一帯は、もとよりオーガが群れで出現する地帯らしい。しかし通常は、一度に遭遇する数は二体から四体程度。五体出現するのはイレギュラー寄りだ。

俺は「副団長」に聞く。

「で、獲物は早い者勝ちってことでいいですか?」

「ハッ、言うじゃねぇか若造。いいぜ。横入りさえしなけりゃ、魔石は倒したやつの取り分だ。――おらテメェら、ガキどもに舐められんじゃねぇぞ!」

「「「「おう!」」」」

「副団長」の合図で、黒狼騎士団の面々が三々五々バラバラに動き始める。

ただ連携が取れていないわけでもなさそうだ。各自がどう動くかを把握しながら、阿吽《あうん》の呼吸で連携をはかっているように見える。

ちなみに「団長」――馬上の甲冑少女は、その輪の中には入れていない模様。彼女はオーガの出現に応じて、慌てて剣を抜いたものの、左右から来るオーガの群れにどう対応していいか分からず戸惑《とまど》っている様子だった。

この黒狼騎士団、やはり「団長」はお飾りで、「副団長」が実質的なリーダーというのが実情のようだ。

ともあれ、俺たちも負けてはいられない。

「風音さん、弓月。単体攻撃で各個撃破。黒狼騎士団の動きを見て、邪魔はしないように」

「あははっ、難しいこと言うね大地くん」

「でも了解っすよ」

早い者勝ちとは言ったものの、どう見ても我の強い黒狼騎士団の邪魔をしたら、面倒なことになるのは目に見えている。

かと言って連携を申し出ても、話がうまくまとまるとも思えない。相手は俺たちのことを、口先だけの生意気な若造ではないかと疑っているのだから。

だったらこっちが相手に合わせて、連携をとってやればいい。そういうことができる程度の実力を、今の俺たちは持ち合わせている。

というわけで、俺たちは黒狼騎士団が動きやすいように援護しつつ、戦闘を行った。

その中で、二体のオーガを撃破することに成功。

俺の【三連衝《さんれんしょう》】や弓月のフェンリルボウなら一手で撃破できる相手なので、戦況を見極めつつこの程度の戦果をかっさらうことは造作もない。

一方で黒狼騎士団のメンバーは、合計で三体のオーガを撃破。

人数差も考慮した上で、彼らにもそれなりに花を持たせることができたと思う。

そしてちゃっかりと、ミッションも一つ達成だ。


ミッション『オーガを3体討伐する』を達成した！

パーティ全員が5000ポイントの経験値を獲得！

新規ミッション『ヒルジャイアントを1体討伐する』（獲得経験値10000）が発生！

新規ミッション『ファイアジャイアントを1体討伐する』（獲得経験値40000）が発生！

新規ミッション『フロストジャイアントを1体討伐する』（獲得経験値50000）が発生！


小太刀風音が35レベルにレベルアップ！

▼現在の経験値
六槍大地……253564／267563（次のレベルまで：13999）
小太刀風音……269056／303707（次のレベルまで：34651）

弓月火垂……276561／303707（次のレベルまで：27146）

オーガは以前に1体だけ倒していたから、これで3体討伐達成というわけだ。

そうして戦闘を終え、魔石を回収していると、「副団長」がずんずんと俺たちのもとにやってきた。

何だろう、何かドジったかなと思っていると——「副団長」は俺の横につき、その腕をぐいっと俺の肩に回してきた。

「ハッハッハ、やるじゃねぇかお前ら！　思い上がった若造かと思っていたが、とんだ食わせ者だ。お前らみたいな実力ある冒険者は歓迎だぜ」

「ど、どうも」

「お前ら、俺たちが戦いやすいようにしながら、自分たちの戦果ももぎ取っていったんだろ？　なまじの実力でできることじゃねぇ。認めるぜ、お前らは間違いなく腕利《うでき》きの冒険者だ。ツラのいい女を二人も連れたチャラチャラした野郎かと思ったが、人は見た目によらねぇもんだな！」

「あ、はい。ありがとうございます」

どうやら俺たちの実力を認めてもらえたようだ。風音さんと弓月の周囲にも、黒狼騎士団の団員たちが集まって、二人の戦いぶりを称賛していた。

よしよし、これでだいぶやりやすくなったぞ。侮《あなど》られたままだと、連携をとるにも無駄に気を遣わないといけないからな。

黒狼騎士団の面々も、実力は十分であるように見えた。

個々の実力では、ドワーフ集落やエルフ集落の熟練戦士たちと同格ぐらい。さらに騎士団全体でも、前衛、射撃手、魔法火力、回復役などの役割バランスが良く、人数が六人もいればそれなりの強敵とも戦えるだろう。変異種モンスターの討伐部隊として選ばれただけのことはあるなと思った。

さてこうなると問題は、一人だけだ。

その一人——甲冑姿の少女は、今は黒狼騎士団の団員たちから叱責を受けていた。

「おいお嬢、戦闘中にうろちょろすんなって、いつも言ってんだろ。邪魔なんだよ」

「す、すまない。だがそれでは、私はいつまでも未熟なままで——」

「それでいいんだっつってんの。いい加減分かれよな」

「そうそう。俺たちゃ団長のお守《も》りじゃねぇんだよ。分かる、お嬢？」

「…………」

馬上の少女は悔しそうにうつむき、瞳に涙をためていた。

それを見た風音さんと弓月が、俺のもとに寄ってきて小声で話しかけてくる。

「ちょっと可哀想《かわいそう》だね。何とかしてあげられないかな」

「仲間外れはつらいっすよ。バイト先でぼっちだった先輩なら分かるはずっす」

「俺は別に仲間外れってほどでもなかったが。あと事あるごとに俺をディスるのをやめないか後輩」

「いやっすね〜。これは先輩にじゃれてるんすよ。ねーっ、グリちゃん？」

「クピッ、クピッ！」

弄《いじ》ってやっているんだぞ的な、いじめっ子発言をする我が後輩。

俺の肩に乗っているミニグリフォンも、同意するように元気に声を上げる。ううっ、お前だけは俺の味方だと思ったのに。

ちなみにこのグリフォンは、今のところ戦闘要員としては稼働させずにいる。黒狼騎士団の面々も、ただのペットだと思っているようだ。

それはそうと――

「弓月、お前いつかぎゃふんと言わせてやるから覚えてろよ」

「な、なんすか？　うちグリちゃんと一緒に調教されるっすか？　ひぃっ、グリちゃん、うちらは同じペット枠なんすよ〜！」

「大地くん、鬼畜だなぁ。火垂ちゃんをペットみたいに調教して分からせたいだなんて」

「あの、根も葉もない冤罪《えんざい》を広めるのはやめてもらえませんかね？」

黒狼騎士団の方々が耳をそばだてていますよ。

この世界での俺の人物像が、どんどん捻《ね》じ曲《ま》げられていきそうだ。

＊＊＊

最初の戦闘を終えた一行は、再び街道を進んでいく。

さらにしばらく進んだところで、二度目のオーガの群れに遭遇した。今度は六体。

相変わらず数がイレギュラーだが、これも難なく撃破。

オーガの強さは、元の世界のダンジョン森林層で戦った、サーベルタイガーと同程度だ。

決して弱いわけじゃないが、数で負けていなければ苦戦するほどの相手でもない。

ただ相変わらず、「団長」は闇雲にオーガに斬りかかろうとして黒狼騎士団の連携を乱し、「お嬢、邪魔だ！」などと叱責されていた。

確かに、風音さんたちが言うように、見ていてちょっとやるせないものがあるな。

その「団長」には、風音さんと弓月が積極的に話しかけるなどしていたが、彼女は浮かない顔をして、わずかに愛想笑いをしながら首を横に振るばかりだった。

そんな中で、俺にもお鉢《はち》が回ってきた。

「大地くんも、何か声をかけてあげて」

「えぇえぇえっ、俺ですか⁉」

「そーっすよ。先輩ならぼっち同士、気が合うかもしれないっす」

「弓月、お前のことはいつか本気で調教してやりたくなってきたよ」

風音さんと弓月が、俺の背中を押して「団長」と話すようにけしかけてきたのだ。

しょうがないので、俺も馬上の甲冑少女に声をかけにいった。

といっても、風音さんや弓月のようなコミュニケーション強者でない俺に、多くを期待されても困るのだが。

「や、やあ。大変そうだね」

そんなどうしようもない声かけからスタートである。コミュ弱舐めんなよ。

いや「副団長」に交渉を仕掛けたみたいに、確たる目的があって人と話すのは言うほど不得手でもないんだけど、雑談系が苦手なのだ。

だが「団長」は、思うところがあったのか、こんな返事をしてきた。

「あなたも、私のことを滑稽《こっけい》だと思うか？」

まだ若い少女の声で紡《つむ》がれる、硬くこわばった言葉。その中には、自嘲《じちょう》の響きが隠れていた。

それで何だか親近感が湧いた。確かにこれは、ぼっち気質の俺が適任かもしれないな。

俺は黒狼騎士団の「副団長」以下にはなるべく聞こえないように、馬のそばに寄って言葉を返す。

「いや、俺もさ。今でこそ風音さんや弓月がそばにいてくれるけど、もともと人付き合いがあまりうまくなくて。ちょっと分かるかも」

「そうなのか？」

「ああ。ていうか、この状況はどう低く見積もっても人生ハードモードだろ。なんでこんなことになってるんだ？」

「ハード……なんだって？」

「状況の難易度が高すぎるってこと。キミ――ごめん、名前聞いてなかった。俺は大地。六槍大地」

「私はティア。ティア・グリーンフィールド。黒狼騎士団の『団長』の地位を与えられてはいるが、見てのとおり、実力不足の『お嬢』だ」

そう言って、馬上の甲冑少女ティアは、彼女が置かれている状況について語り始めた。

ティアはグリーンフィールド家という男爵家――下級貴族の家に生まれた令嬢だった。下級とはいえ貴族家の娘だ。本来ならば、ほかの貴族家の嫡男《ちゃくなん》と結婚して、それなりに優雅に暮らしていたはずの人種である。

しかし何の因果か、彼女には覚醒者としての力が与えられてしまった。それに加えて、彼女は凛とした美貌《びぼう》の持ち主であった。

ティアはある種、アイドルのような存在として、美貌の戦士となるべく育てられた。護衛の冒険者を雇ってモンスター討伐に向かい、保護下でレベルを上げるなども試みられた。

そんな彼女が、たまたま国王の目にとまってしまった。

そのとき国は、黒狼騎士団という直属の騎士団に、一つの小さな問題を抱えていた。

実力は十分だが、見た目も性格も粗野《そや》なごろつきのような集団である黒狼騎士団を、国を支える騎士団として遜色《そんしょく》のない立派な存在にしたい――そう考えていた国王は、半ば思い付きで、ティアを黒狼騎士団の「団長」の地位にねじ込んでしまった。

ティアが黒狼騎士団の顔として屈強な男たちを率いるようになれば、華やかかつ立派で見栄えのする騎士団になるだろう。そう考えたのだ。

そんなわけで、鶴の一声で黒狼騎士団の団長に就任することになったティア。彼女の両親も、娘の名誉と褒美に大喜びだ。

だがそこには、いくつかの問題があった。

ティアは幼い頃から男勝りで、正しいことは正しい、間違っていることは間違っていると主張するタイプの娘だった。ようは我が強いタイプということ。

加えて黒狼騎士団の面々も、彼女の団長就任を歓迎しなかった。

今の「副団長」が、もともとの黒狼騎士団の団長だ。王命だから仕方なく、新たな「団長」を形だけは受け入れたものの、ティアのことを真に自分たちのリーダーであるとは認めていない。

「私に実力がないのは事実だ。モンスターとの戦いにおいては、副団長たちの言い分が概《おおむ》ね正しいのだろうとも。だが私は『お飾り』にはなりたくない。それで気が急《せ》いて、空回りして、今のあり様だ。しかし――」

そこでティアは言葉を切り、じっと俺を見つめてきた。

そして、こう口にする。

「嬉《うれ》しかったんだ。街を出立する前の門のところで、あなたが――ダイチが言ってくれたこと。『団長の意見のどこが間違っているのか』って。この騎士団の団長になってから、初めて自分の考えが認められたと思ったのだ」

「ああ。いや、あれは――」

俺たちの都合で言ったんだけどな。

しかしどうも彼女にとっては、とても重大なことだったらしい。

ともあれ、ティアの問題はだいたい分かった。

彼女は自分の問題点は、ほぼ理解している。その上で制御ができていない。なんとか頑張ろうとしても、頑張った分だけ空回りして状況が悪化してしまう。

そして何より、自分のやること為《な》すことすべてが認められない状況がつらいんだろう。

「お飾り」であることをティア自身が許容できれば、いくらかマシな状況になりそうな気もするが、彼女の性格からしてそれも難しそうだ。

自分らしく生きられないのは、まあまあつらい。俺も陽キャにならないと生きられないって言われたら、部屋で一人むせび泣いてしまう自信がある。

やっぱり最初の見立て通り、状況そのものがハードモードすぎる気がするな。

だったらその「状況」のほうにアクセスしてみるか。

――と思ったところで、脳内でピコンッと音がして、目の前にメッセージボードが表示された。

特別ミッション『黒狼騎士団の団長と団員たちの仲を取り持つ』が発生！

ミッション達成時の獲得経験値……２０００ポイント

えええええーっ……。こんなのもミッションになるの？

ちょっと気勢が削《そ》がれたが、まあいい。

俺は改めて、次なるターゲットのもとへと向かった。

＊＊＊

「ああ？　俺らがなんでお嬢をいじめるのかって？」

黒狼騎士団の「団長」ティアからひと通り話を聞き終えた俺は、今度は「副団長」に話を聞いてみることにした。昼食休憩をとっているときのことだ。

「副団長」――名前はジェイコブさんというらしい――はサンドイッチを無造作に口に放り込みながら、俺の質問に答える。

「俺たちだって別に、いじめてるってわけじゃ……いや、まあそう見えちまうか。でもな、ちげぇんだよ。分かるだろダイチたちなら。あんなろくな冒険者経験もないお嬢が、自分たちの指揮官だっていきなり現れて、納得できるか？」

「うーん。まあ、気持ちは分かりますけどね」

バイト時代を思い出してみて、自分よりも実力がないやつに偉そうに指示されたらと想像すると、それはまあカチンとくるよなとは思う。

しかも「副団長」たちの年齢は、いずれも二十代の後半から三十代ぐらいに見える。前述の要素に、「自分よりもはるかに年下の女性」という要素も加わると、感情的に難しそうなことは分かる。

「でも彼女、見ていて可哀想なんですよ。もうちょっとどうにかなりませんか」

「いや、そうは言うけどな。お嬢だって悪いんだぜ？　いちいちしゃしゃり出てきて、偉そうに団長ヅラしやがる。戦場でもうろちょろして、鬱陶《うっとう》しいったらありゃしねぇ。もっとこう、俺たちの言うことにおとなしく従ってくれりゃあいいものをよ」

「それも分からなくもないですけど。ジェイコブさんたちにとって彼女は、曲がりなりにも上司なんですよね？」

「そうなんだがよ。分かるだろ、この俺たちのやるせない気持ち」

「まあ、ある程度は分かりますけど」

このジェイコブさんも、黒狼騎士団のほかの団員たちも、「立派な大人」ではないんだよな。図体《ずうたい》の大きな子供っていうか。

気持ちは分かるし、俺も他人のことをとやかく言えるほど立派な人間でもないが。

「それでも何かこう、彼女と仲良くできる方法はありませんか」

『仲良く』ぅ～？　なんでそんなことしなきゃいけねぇんだよ」

「だって大の大人が六人がかりで、一人の少女をいじめてる感じですよ？　ちょっとヤバいですって」

「うぐっ」

　ぐうの音も出なかったようだ。

　ジェイコブさんはバツの悪そうな顔をして、ぽりぽりと頬をかく。それから大きくため息をついて、こう返してきた。

「分かった、分かったよ。俺たちが、いや、俺たちも悪い。でもあのお綺麗《きれい》な澄まし顔で偉そうにされるとよ、どうもこう反感がむくむくっと湧いてきちまうんだよ。戦場でも邪魔くせぇ動きするし」

　言い分が最初に戻ったな。まあ進歩はしているが。

「じゃあ、こういうことですか？　ティア――『団長』には偉そうにしないで、ジェイコブさんたちに対してもっと敬意を払ってほしい。それから戦場では、勝手な行動をせずに自分たちとしっかり連携を取ってほしい、と」

「そう！　そういうことなんだよ！」

　わが意を得たりとばかりに、立ち上がって声を上げるジェイコブさん。少し離れた場所で食事をしていたティアや風音さんたちが、こっちに注目する。

　ジェイコブさんはそれに気付いて、こほんと咳払《せきばら》いをして座りなおした。

「分かりました。じゃあティアには俺からも、話をしてみます」

「すまん、頼む。俺たちもよ、別にお嬢をいじめたいわけじゃねぇんだよ。そこは分かってくれよな」

「ジェイコブさんたちが悪い人じゃないのは分かります。じゃなければ俺も、こうして話なんてしてないですし」

というわけで、「副団長」ジェイコブさんからの聞き取り調査、終了。

昼食を終え、進軍を再開してから、俺は再び「団長」ティアに話しかける。

話す内容をある程度選びつつ、ジェイコブさんから聞いたことをひと通りティアに話すと、馬上の甲冑少女は目を丸くした。

「副団長が、そんなことを？」

「うん。ティアに偉そうにされるのと、戦場でうろちょろされるのがどうも苦手らしい」

「むぅ……。偉そうにしていたつもりはないのだが、そんな風に思われていたのか。それに、戦場でうろちょろ……でも今のままでは、私は未熟なままだ。ダイチ、私はどうすればいいだろう？」

「そうだな。とりあえずジェイコブさんたちを『学ぶべき先輩』だと思って、教わる姿勢と敬意を持って接してみたら？」

「教わる姿勢と敬意……いやしかし、ルクスベリーの門での騒動のときも、私は副団長に『教えてほしい』と言ったのだ。私が未熟であるならば、学習したいと」

ああ、そういえば。そんなことを言っていた気もする。

まああのときは、向こうも意固地になっていたタイミングだろうからな。

「今度は多分、大丈夫だよ」

「そ、そうなのか？　信じるぞ？」

「うん。でも俺のあて外れだったらごめん」

「そ、それは困る！」

「あはははっ。まあ、今より悪くはならないと思うよ」

そんなわけで、ティアは俺に背中を押されて、「副団長」ジェイコブさんのもとに歩み寄って話をした。ちなみに馬上からだと、物理的に上から目線で良くないと思ったので、馬から降りて話すことを勧めた。

ティアとジェイコブさんは、ぎこちなくいくつかの話をした後、互いにこう言った。

「すまなかった。私は自分のことでいっぱいいっぱいで、あなたたちに払うべき敬意を失していたようだ」

「いや、こっちこそ悪かったよ嬢ちゃん。今までのこと、謝らせてくれ。本当に悪かった」

「団長」と「副団長」は、互いに頭を下げ合う。

さらにほかの団員たちもティアのもとに集まって、これまでのことを謝っていた。ジェイコブさんが、俺との話を伝えていたようだ。

そこには確かに、新たな輪が生まれているように見えた。笑顔のティアと、彼女を取り囲む同じく笑顔の団員たち。

それを見た風音さんと弓月が、満足そうに微笑《ほほえ》む。

「よかったね。さすが大地くんだ」

「やっぱりぼっち属性の先輩案件だったっすね」

「一言多いぞ後輩」

俺が軽く小突いてやると、弓月はぺろっと舌を出して茶目っ気を見せる。

俺の肩のミニグリフォンが、「クピッ、クピッ！」といつものように鳴いた。

そして――ピコンッ。


特別ミッション『黒狼騎士団の団長と団員たちの仲を取り持つ』を達成した！

パーティ全員が２０００ポイントの経験値を獲得！

▼現在の経験値
六槍大地……２５５６４／２６７５６３（次のレベルまで：１１９９９）
小太刀風音……２７１０５６／３０３７０７（次のレベルまで：３２６５１）
弓月火垂……２７８５６１／３０３７０７（次のレベルまで：２５１４６）

今更ながらに、ミッションって何なんだろうねと思う。まあ経験値をもらえるなら何でもいいんだけどさ。

さて、それからしばらく街道を進んでからのことだ。

あるとき風音さんが急に表情を引き締め、周囲の森へと視線を走らせる。

「大地くん」

「モンスターですか？」

「うん。数が多い。全部で七体——ううん、八体か。左右の森の奥、それに正面からも」

黒狼騎士団の【気配察知】持ちの団員も、ほかの団員に向けて注意を飛ばしていた。

厄介《やっかい》な人間関係が片付いたら、今度はモンスターとの戦闘というわけだ。

しかもそれは、俺たちや黒狼騎士団にとっての「本命」の相手だった。

＊＊＊

モンスターどもはすぐに、視認できる場所まで姿を現した。

右手側と左手側、それぞれの森の奥から、オーガが数体ずつ。

それに加えて、街道の前方に姿を現した、一体の「特異な存在」がいた。

オーガに似ているが、図体はさらに一回り以上大きい。通常種のオーガでも俺たちの五割増しの背丈があるのだから、ほとんど巨人だ。肌の色も異なっている。オーガが赤銅色の肉体を持っているのに対して、その特異な存在は不気味な紫色だ。

街道の先に現れた一体——オーガの変異種モンスターの圧力を感じてか、黒狼騎士団の面々が緊張の色を見せる。

「チッ、ありゃ手ごわいぞ。【モンスター鑑定】どうだ？」

「モンスター名は『オーガウォーロード』。強いな。ドラゴンってほどじゃないが、ワイバーンやキマイラ並みのステータスがありやがる」

「マジかよ。それをこの数のオーガと同時に相手しろって？　ったく、最近イレギュラーが多いとは聞くが、サービスが過ぎるだろうに。——おいお嬢、じゃなかった、団長。それにダイチ。お前らの言い分が見事に大当たりだ。余分に戦力を持っておいて正解だったみたいだぜ。だがどう戦う？」

「副団長」ジェイコブさんが、俺に戦い方を相談してきた。

こんなこと、黒狼騎士団と行動を共にしてから初めてのことだ。ジェイコブさんと話をしたことが原因か、それだけ敵がヤバいことの証左か。

「俺たちは雇用主のエスリンさんたちを守らないといけないので、左右の雑魚《ざこ》オーガ担当ですかね。正面の変異種は、黒狼騎士団に任せて大丈夫ですか？」

「そりゃ助かる。雑魚さえどうにかしてくれりゃあ、あいつ一体ぐらいは朝飯前よ」

「じゃあ、そういうことで」

「おう。団長はダイチたちについて、周りの雑魚オーガと戦ってくれ。無理はすんなよ」

「わ、分かった。ダイチ、カザネ、ホタル、すまないが、よろしく頼む」

「オッケー。副団長も言ってたけど、無理はしないでね」

「オーガの数は、右から三、左から四っすね。でもいいんすか、先輩？　ボスをあっちに任せちまって」

「ああ。今回は俺たちが裏方に回ったほうが、全体がうまく回ると思う。ミッションの内容的にも、たぶん大丈夫だろ」

ミッションの文面には『黒狼騎士団と協力してオーガの変異種を討伐する』とあったから、おそらく黒狼騎士団が変異種を倒しても、ミッション達成にはなると思う。もしならなかったとしても、それを踏まえて今後の指針にできるしな。

「よし、テメェら、いくぞ！」

「「「「おう！」」」」

黒狼騎士団の六人がオーガの変異種――オーガウォーロードに対して戦闘を開始した。

前衛に出る者は駆け出していき、射撃や魔法を使う者は後ろからそれを援護する。

黒狼騎士団は、曲がりなりにもプロだ。それが【モンスター鑑定】の結果を踏まえて大丈夫と言ったのだから、あっちは任せていいだろう。

俺たちはエスリンさんたちを守りつつ、雑魚オーガを撃破していくことにする。

なおグリフォンは、場が混乱しそうだからやはり戦闘には参加させず、エスリンさんに渡して待機させた。

「【ロックバズーカ】！」

「【ウィンドスラッシュ】！」

「フェンリルアロー！」

左右からずしんずしんと駆け寄ってくるオーガの群れに対して、まずは魔法やフェンリルボウによる遠隔攻撃を放って、ダメージを与えていく。

弓月のフェンリルボウによる一撃は、左手側の一体をあっさりと撃沈させた。

「風音さん、そっちは任せます！」

「うん、了解！」

俺と風音さんで手分けして左右を受け持ち、武器攻撃でさらに一体ずつのオーガを撃破。

これで残りは、左右二体ずつ。

オーガ二体程度なら、俺や風音さんの今の実力なら、それぞれ接近戦で問題なく相手できる。弓月の援護もあるなら、なおさらだ。

オーガの攻撃をかわし、盾で受け止め、たまに直撃を受けてちょっとしたダメージをくらいながらも、俺たちはそう時間をかけずにオーガの群れをすべて魔石へと変えることに成功した。

ちなみに黒狼騎士団「団長」のティアも、風音さんのフォローのもとで、一体のオーガにトドメを刺していた。

「よし、片付いたな。変異種のほうは――」

「まだやってるみたいだね。順調にダメージを与えてるけど、決定打には届かないって感じかな」

黒狼騎士団vsオーガウォーロードの戦いを見ると、そちらはいまだ激闘が続いていた。

黒狼騎士団の側は、傷ついている者はいるが、治癒魔法を絡めて安定して戦っている。

対するオーガウォーロードは、単身では圧倒的な暴れっぷりを見せつつも、その全身のあちこちの傷からは黒い靄《もや》が漏れ出ていた。

あとは時間の問題で、遠からず黒狼騎士団が勝利しそうに見える。

ただその間に、どんなアクシデントが起こらないとも限らない。

俺は風音さん、弓月とともに戦場へと駆け寄り、副団長ジェイコブさんに声をかける。

「ジェイコブさん、俺たちも手伝っていいですか」

「うぉっ、そっちはもう終わったのかよ⁉　倒した魔石は俺たちのボーナスになるんだが──まあいい、手が空いたんなら頼む！」

「了解です。魔石は譲りますよ。──風音さん、弓月！」

「うん！　──はぁあああっ！」

「了解っす！　凍《い》てつけ、フェンリルアロー！」

「よし。くらえ、【三連衝】！」

風音さん、弓月、俺の連続攻撃が、オーガウォーロードに次々と突き刺さる。

決着はあっという間についた。俺の【三連衝】がトドメとなって、変異種モンスターは黒い靄となって消滅していった。

ここで俺は、オーガウォーロード撃破による経験値でレベルアップ。35レベルに。

オーガウォーロードが消滅したあとには魔石が落ちたので、俺はそれを拾って、ジェイコブさんに渡してやる。

「どうぞ。これは黒狼騎士団の皆さんの功績です」

「お、おう、いいのか？　じゃあ今日の酒代として、ありがたくもらっておくぜ」

「ええ。よければ『団長』も混ぜてあげてください」

「そうだな。お嬢が俺たちなんぞと一緒に飲みたがるかどうかは分からねぇが」

ジェイコブさんがちらりとティアのほうを見る。オーガを一体撃破した戦果に興奮していたティアは、視線を向けられて不思議そうに首を傾《かし》げていた。

一方では、黒狼騎士団の【モンスター鑑定】担当が、オーガウォーロードが消え去ったあとを見つめて呆然《ぼうぜん》と声をあげる。

「おいおい、嘘《うそ》だろ……？　やつのHP、まだ300近くも残ってたんだぞ。それをたったの三手で……どんな攻撃力してんだよお前ら」

「えーっと……その辺は、企業秘密ってことで」

曖昧《あいまい》に笑って誤魔化した。装備やスキルが充実している上に、もう35レベルだからな。

驚かれるのも無理はない。

なおミッションも、もちろん達成だ。

特別ミッション『黒狼騎士団と協力してオーガの変異種を討伐する』を達成した！

パーティ全員が10000ポイントの経験値を獲得！

▼現在の経験値
六槍大地……280924／303707（次のレベルまで：22783）
小太刀風音……281296／303707（次のレベルまで：22411）
弓月火垂……289041／303707（次のレベルまで：14666）

オーガウォーロードの撃破経験値がかなり大きかったようで、パーティ内の経験値差もだいぶ縮まった感じだ。

さて、討伐対象を撃破したので、黒狼騎士団ともお別れだ。騎士団はルクスベリーへと帰還し、俺たちはエスリンさんとともに次の街へと向かうことになる。

俺が代表して、黒狼騎士団の「団長」「副団長」と順番に握手を交わす。

「じゃあティアもジェイコブさんも、ほかの団員の皆さんもお元気で」

「ああ。ダイチたちには、本当に世話になった。感謝の言葉もない」

「俺たちもずいぶん世話になっちまったな。助かったぜ。またな、ダイチ。それにそっちの嬢ちゃんたちも」

そうして黒狼騎士団は立ち去っていった。

「お飾り」であった馬上の甲冑少女は、今も屈強な男たちに囲まれてアイドルのように輝いていたが、当初と違って団員たちと和やかに語り合っている姿が印象的だった。

「じゃ、うちらも行こか」

「そうですね」

エスリンさんの声で、俺たちは黒狼騎士団に背を向けて街道を進んでいく。

今日も出番がなかったグリフォンが、「クピッ、クピッ！」と無邪気そうに鳴いていた。

第四章

都市ルクスベリーを出立してから一日半。

街道を進んできた俺たちとエスリンさん一行は、次の街へとたどり着いた。

市門をくぐると、賑《にぎ》やかな喧騒《けんそう》を浴びる。

ランデルバーグという名のこの街の雰囲気は、これまでに見てきた二つの街のそれと大きな違いはない。行き交う人々の中には異種族が混ざり、馬車が往来し、露天商の客引きの声と客の値切りの声とが交錯《こうさく》し……とまあ、そんないつもの様子だ。

夕方ごろに街にたどり着くと、ルクスベリーのときと同じく、エスリンさんは俺たちの分まで宿をとってくれた。

「それじゃ、今日もお疲れ様や。あとは自由行動でええよ。街の観光でも何でも好きにしてな。明日の朝、出発の時間さえ守ってくれればええから」

クライアントから自由行動の許可が下りた。俺と風音《かざね》さん、弓月《ゆづき》の三人は、部屋で一休みした後、夕食の時間までしばらく街をぶらつくことにした。

屋台で串焼きやスープなど、あれこれ買い食いをしながら街の中央通りを歩く。

夕飯前にお腹いっぱいになりそうだなと思いつつ、それもいいかと達観していると、そこでちょっとした事件に遭遇した。

「あっ、このガキ、待ちやがれ！　おい、泥棒だ！　誰か捕まえてくれ！」

そんな声が聞こえてきたかと思うと、道の先から一人の少年が、人々の間を縫ってこちらに向かって駆けてきた。

見たところ十歳にも満たない子供だ。雑踏《ざっとう》の中だというのに、するするとすばしっこい動きで、人にぶつからないように走ってくる。お腹に抱えるようにした布包みの端からは、赤いリンゴが見え隠れしている。五、六個ほど詰まっていそうだ。

声を上げたのは果物売りの屋台の店主のようだが、その大柄な体が災《わざわ》いして、人混みの中で少年を追いかけるのに苦労していた。

「へへっ、バーカ！　捕まるもんか！」

少年は後ろをチラと見て、嘲笑《あざわら》うように言い放つ。

このままだと逃げ切ってしまいそうだ。

「むっ、万引きかな。子供だからって良くないよね。大地《だいち》くん、これちょっと持ってて」

「え、はいっ――むぐっ⁉」

風音さんが、食べかけの串焼きの残りを、俺の口に放り込んできた。

今さら間接キスにドキドキしてしまう俺。非モテの魂はいつまでも残っている。

「風音さん、あーいうところがあざといっすよね」

「むぐむぐっ……ごくんっ。だな。ときどき風音さんに魔性の魅力を感じるよ」

「じゃあ、代わりにうちは、先輩の串焼きを食べさせてほしいっすよ。あーん♪」

「なんのこっちゃ。まあいいけど。ほれ」

「はむっ♪　もぐもぐ。んー、先輩の味がするっす♪」

「猟奇的なことを言うな。まあ嬉《うれ》しそうで何よりだよ」

俺と弓月がそんなやり取りをしている間にも、風音さんは少年の進路に向かっていた。

少年が目の前まで来たところで、通せんぼをするように両手を広げてみせる。

「ストーップ！　ここは通さないよ。盗んだものをお店の人に返しなさい」

「なっ……!?　なんだよ、どけよこのブス！　変なカッコしやがって！」

「は……？　ブ、ブス？　変な格好……!?」

風音さんは激しくショックを受けた様子だった。

その隙をついた少年は、風音さんの横をするするっと抜けていく。

だが少年の言葉を耳にして、おそらく言われた本人以上に怒髪天《どはつてん》をついた者がいた。

誰あろう、俺である。

「おいクソガキ」

「あっ……！」

そのまま逃げ去ろうとしていた少年を、俺は探索者《シーカー》のスピードと運動神経をフル活用して取っ捕まえる。

首根っこを捕まえられた少年は、布包みを大事そうに抱えたまま、ジタバタと暴れた。

「な、何すんだよ！　離せ！」

「黙れ。事実と反する発言をしたことを謝罪しろ。さもなければこのままくびり殺す」

「ヒッ……！」

「先輩、言葉が汚いっすよ。ていうか言ってることが完全に悪者っす」

「仕方ないんだ弓月。こいつが悪い」

弓月がやってきて俺を宥《なだ》めようとするが、そんなもので俺は止まらない。

やがてショックから立ち直ったらしき風音さんも駆け寄ってくる。

「だ、大地くん、どうどう。私は気にしてないから。ちょっとショックは受けたけど、子供が言うことだし」

「風音さん。たとえ子供だとしても、言っていいことと悪いことがあるんですよ」

「とにかく大地くん、ストップ、ストップだよ」

あやうく本当に殺しそうな勢いだったせいか、風音さんと弓月が二人がかりで俺から少年を引っぺがした。俺は風音さんに羽交い絞めにされ、少年は弓月が取り押さえる。

少年は俺の態度が怖かったのか、弓月に抱きついてガタガタと震えていた。

おいクソガキ弓月も俺んだぞやっぱり殺されたいのか、などと醜《みにく》い独占欲丸出しの殺意が湧いたが、風音さんに羽交い絞めにされていたおかげでちょっとだけ落ち着いた。人の温かさは、怒れる心をも柔らかく包み込んでくれるのか、などと詩人になった俺であった。

そうこうしているうちに、屋台の店主が追いついてきた。少年は「あ、やべっ」と言って逃げ出そうとしたが、弓月に捕まえられていて逃げられない。

「あんたたち、助かったぜ。ありがとうよ。ったく、このガキが。おら、さっさと盗んだもん返せ」

店主の男は、少年が大事に抱えていた布包みを無理やりぶん取った。

すると少年は、泣きそうな顔になってまた暴れはじめる。

「か、返せよ！　それは先生に食べさせるリンゴなのに！」

「はあ？　盗《ぬす》っ人《と》のガキが何言ってやがんだ。……つかお前、どこかで見たと思ったら、孤児院のガキか。一発ぶん殴ってから憲兵《けんぺい》に突き出すつもりだったが、そういうことか。かと言って、盗みを働いたやつにリンゴをくれてやるわけにもいかねぇし、まいったな」

店主は困った様子で頭をかく。

果物を盗んだ子供、先生に食べさせる、孤児院——事情はよく分からないが、単語の断片を拾い集めるとなんとなく、どういうことなのかが見えた気がした。

俺は財布を取り出し、店主に問う。

「リンゴ、いくらですか？」

「ん？　このリンゴなら、一個につき銅貨2枚だが」

「じゃあこの銀貨で、五個ください」

「あー……兄ちゃん、ひょっとして底抜けのお人好《ひとよ》しかい？」

「いえ、今だけの偽善です」

「ははは、気に入ったぜ兄ちゃん。サービスで六個入りだ。毎度あり」

店主は俺から銀貨1枚を受け取って、代わりに少年から奪った布包み――リンゴが六個入っている――を渡してきた。

それから店主は、弓月が捕まえている少年の頭にげんこつを置いて、ぐりぐりとやる。

「おう坊主。今度やったら、次こそただじゃ済まさねぇからな。ほかの店でも盗みなんかするんじゃねぇぞ」

「…………。……でも、それじゃあ……」

少年は不服そうだった。瞳に涙をためて、歯を食いしばっている。

それを見た店主が、顔をしかめる。

「ちっ、またやりそうだなこのガキ。やっぱり憲兵に突き出すしかねぇか」

店主がそうつぶやいて、再び頭をかいたときだった。

「おい、どうした。何か事件か？」

革鎧《かわよろい》と棍棒《こんぼう》で武装した憲兵らしき青年が、人垣をかき分けてやってきたのだ。

＊＊＊

憲兵とは、俺たちの世界における交番詰めの警官――駐在《ちゅうざい》さんのようなものだ。

冒険者のような「力」を持った者ではなく、もっぱら街中で起こる一般人相手の問題に対処する役割を持つ。それだけに、騎士などと比べると賃金ははるかに安いらしい――とかいう話はさておいて。

「なるほどな、だいたい話は読めた。おいエヴァン、どうあれ盗みはダメだ。反省しろ」

そう言って、盗みを働いた少年の髪をわしわしとかき混ぜるのは、憲兵の青年だ。

名前はギルバート。年の頃は二十代前半から中頃ぐらいに見える。褐色《かっしょく》の髪と瞳を持ち、さわやかな印象だ。端的に言ってモテそう。

俺たちは今、盗みを働いた少年エヴァンや、憲兵のギルバートさんとともに、孤児院へと向かう通りを歩いているところだ。果物売りの店主がギルバートさんに事情を説明したところ、少年を孤児院まで送り届けることになったのだ。

これだけなら、俺たちは別についていく必要もなかったのだが、図らずも同行する流れになってしまった。

というのも、こんな特別ミッションが現れたからだ。

特別ミッション『孤児院にリンゴを届ける』が発生！
ミッション達成時の獲得経験値……１０００ポイント

獲得経験値１０００ポイント。いかにもどうでもいい、お使いミッションという感じだ。

とはいえ貰《もら》えるものは貰っておこうということで、今ここである。

それはさておき。やんわり叱られた少年は、憲兵の青年に食ってかかる。

「でもギル兄ちゃん、先生が病気なんだ。いいもの食わせてやらないと」

「そりゃ分かるが、だとしても盗みはダメだ。ていうか食べ物を買うお金、もうないのか？　その、あれだ。誰かが孤児院にお金を置いていってくれてるって聞いたぞ」

「兄ちゃんさぁ……。でも今月はもうほとんどないって。あいつらが全部持っていくから」

「借金取りの連中か」

「うん」

少年エヴァンと憲兵の青年ギルバートは、どうやら旧知の仲のようだ。互いに親しげな雰囲気で語り合っている。

そのせいか、盗みに対してそれでいいのかというぐらい甘い対応な気もするが、その辺はよそ者の俺たちが口出しすることでもないかと思って、とりあえずスルーしておく。

あれこれ話しながら歩いていると、やがて俺たちは、一軒の住居の前にたどり着いた。

ボロボロの木造住居で、広さだけはそこそこあるといった建物だ。話にあった「孤児院」だろう。

建物の前では、数人の子供たちが駆けずり回って遊んでいた。男子も女子もいて、年の頃はいずれも十歳に満たない感じだ。

「わーっ、ギル兄ちゃん、今日もいらっしゃーい」

「あのね、ギル兄ちゃん、先生が病気なの。どうしたらいい？」

「あれ、こっちのお兄さんとお姉さんたちは誰？」

「わっ、何この動物！　かわいいーっ！」

子供たちは物怖《ものお》じせず、次々に話しかけてくる。特にグリフォン（もちろん仔犬《こいぬ》サイズ）が大人気で、子供たちに揉《も》みくちゃにされて目を回していた。

ギルバートさんは、そんな子供たちに聞く。

「カレン先生は中か？」

「うん。今日はお食事作るときしか起きてこなくて、ずっと寝てるよ」

「分かった。エヴァンのこと、カレンさんからも叱ってもらおうかと思ったけど、今日はやめておいたほうがいいか。とりあえず様子だけ見ておこう。邪魔するよ」

「はぁーい」

「いらっしゃいませー」

「お兄さんやお姉さんたちも、お客さんだよね？」

「あ、はい」

「うん、ありがとう。お邪魔します」

「じゃあ中に入れてもらうっすよ。ていうか先輩、何で子供たち相手に敬語なんすか？」

「う、うるさい。子供はどう接していいか分からなくて、苦手なんだよ。ていうかお前のその喋《しゃべ》り方《かた》は敬語じゃないのか」

「これはうちのアイデンティティっすから」

そんな賑やかなやり取りがありつつ、俺たちも建物の中へ。

住居の中にもさらに数人の子供がいて、それに絡まれながら、ギルバートさんとエヴァン少年は奥の寝室へと向かっていく。俺たちもそのあとに続いた。

たどり着いた寝室は、孤児院内の部屋の中でも特に広く、数台のベッドが置かれていた。

そのうちの一台に、一人の女性が横たわっている。

年の頃は、二十代後半ぐらいだろうか。綺麗《きれい》な銀髪の持ち主で、かなりの美人だが、少しやつれているようにも見える。今はハァハァと熱っぽく息を吐いていた。

「カレンさん。大丈夫ですか」

ギルバートさんが声をかけると、ベッドに横たわっていた女性は、閉じていたまぶたをゆっくりと開く。宝石《サファイア》のような青い瞳が印象的だ。

「あ……ギルバートさん。はい、ただの風邪《かぜ》だと思います。二、三日寝ていれば、良くなるかと」

「それならよかった。無理をしないでください」

「ありがとうございます。でもギルバートさん、お仕事中ですよね。何かありましたか？」

カレンと呼ばれた女性は、ベッドの上で静かに身を起こす。その目が俺たちの姿を見つ

けて、不思議そうに首を傾《かし》げたので、軽く会釈《えしゃく》をしておく。

彼女に話しかけるのは、やはり憲兵の青年だ。

「いえ、ちょっとエヴァンのやつが。また元気になったらお話しします」

「あまり良いお話ではなさそうですね。ところで、そちらの方々は？　旅の冒険者のようにお見受けしますが」

そう聞かれたので、俺はリンゴの入った布包みを掲げてから、近くの台の上に置く。

「はじめまして。ちょっと縁があったもので、立ち寄らせていただきました。これはお近付きのしるしです」

「えっ……？　あ、ありがとうございます。でもそれは、うちの布包み……どうも複雑な事情がありそうですね」

俺は曖昧《あいまい》に笑って応える。エヴァン少年は、居心地《いごこち》が悪そうにもじもじとしていた。

そしてここで、いつものピコンッという通知音。


特別ミッション『孤児院にリンゴを届ける』を達成した！

パーティ全員が１０００ポイントの経験値を獲得！

▼現在の経験値
六槍《むそう》大地……２８１９２４／３０３７０７（次のレベルまで：２１７８３）

小太刀《こだち》風音……282296／303707（次のレベルまで：21411）
弓月火垂《ほたる》……290041／303707（次のレベルまで：1366）

お使いミッション達成である。これでこっちの用事は済んだな。

状況的になんとなくモヤモヤとはするが、俺たちはこれでお暇《いとま》するべきだろう——と、
そんなことを考えていたときだった。

「はっ、相変わらず汚らしい孤児院だぜ」

「おらガキども、どけどけ。蹴り飛ばすぞ」

建物の外から、粗野《そや》な男たちの声が聞こえてきたのだ。

＊＊＊

「なんだよお前ら！　また来たのか！」

「出ていけ！　お前たちは、先生をいじめるから嫌いだ！」

外から聞こえてくる子供たちの声。

やがてずかずかと、寝室まで上がり込んできた者たちがいた。男が四人。

前に立つのはチョビ髭《ひげ》の小男だ。その背後にはチンピラ風の三人の男が控えている。

ただその三人のチンピラ風のうち、一人は格が違うように見えた。冒険者と同じ「力」

を持っていると感じる。用心棒というやつだろうか。

先頭に立つチョビ髭の小男が、こう切り出した。

「やあカレン院長。そろそろこの場所を手放す準備はできましたかな？」

自身のチョビ髭をいじくりながら、甲高い声を発する小男。

対する院長は、険しい表情で言葉を返す。

「デイモンさん、今月分の返済はもう済んだはずですが、何の御用でしょうか。私がこの孤児院を手放すつもりがないことは、先日もお話ししたとおりです。この場所がなくなれば、うちの子たちが生きるための場所が失われてしまいます」

「ほうほう。だがカレン院長、契約書はちゃんとお読みになられましたかな？」

「契約書……？　以前にデイモンさんの前で確認させていただいたと思いますが、それが何か」

「いやいや、どうかな。もう一度確認をされたほうがいい。何か勘違いをしておられるようだ」

「いったい何を……少々お待ちください」

院長は熱っぽい表情で、億劫《おっくう》げに立ち上がった。一度、立《た》ち眩《くら》みをしたようにふらついたが、ギルバートさんに支えられてどうにか持ち直す。

「だ、大丈夫です。ありがとうございます」

院長は恥じらうように頬《ほお》を染め、憲兵の青年から視線を逸《そ》らしてつぶやく。

ギルバートさんは「っと、失礼」と言って、慌てて院長から手を離した。彼の頰も、少し赤らんでいた。

さておき。院長は寝室を出ていくと、しばらくして、紐《ひも》で縛って丸められた羊皮紙を手にして戻ってきた。

その際にチンピラ風のうちの一人――例の「力」を持ったやつ――が廊下に顔を出して、院長が出ていったあとを見ていたのが少し気になった。

戻ってきた院長は、羊皮紙の紐をほどいて開き、そこに書かれている内容を注意深くあらためる。

「特におかしなことは、書かれていないと思いますが」

「おやぁ、左様ですかな？　もちろん『おかしなこと』などは、書かれていなくて当然ですが。そちらの内容を確認させてもらってもよろしいですかな？　万が一、私どもが持っているものと食い違っていてはいけない」

「分かりました。どうぞご確認ください」

院長は羊皮紙に書かれた文面を、小男に向けて見せた。

小男はそれをまじまじと見て、ふむふむと言ってチョビ髭をいじる。

「やはり、私どもが持っているものと同じ内容ですな」

「ですから、いったい何だと言うのですか」

「いやいや、分からぬのならそれも結構。また出直させていただこう。――おいお前ら、行くぞ」

そう言って、男たちは立ち去ろうとした。それを険しい表情で見送るカレン院長とギルバートさん。

だが一人、不用意な者がいた。

エヴァン少年が、男たちが出て行こうとしたところで、こう言い放ったのだ。

「もう来るな、バーカ！　お前たちなんか死んじまえ！」

カレン院長が慌てて抱きとめて口をふさいだが、間に合わなかった。

男たちはぴくりと反応し、足を止める。

「――あぁん？　おいガキ、今なんつった」

小男の後ろに控えていたチンピラ風のうちの二人が、ずかずかとエヴァン少年のもとまで歩み寄った。

「おいガキ、もういっぺん言ってみろ」

「債権者であるデイモンさんに、お前なんて言ったよ？」

「ぷはっ！　もう来んなっつったんだ、この――むぐぐっ」

「や、やめなさい、エヴァン！　すみません。この子にはよく言って聞かせておきますから、どうか」

「『どうか』じゃねぇんだよ院長先生よぉ～？　そのガキは債権者であるデイモンさんに暴言を吐いたんだぜ？　それがどういうことなのか、体にきっちり分からせてやらねぇといけねぇだろうが」

「そうそう。やっていいことと悪いことは、ちゃあんと分かってねぇと、まともな大人になれねぇからな。これも教育ってわけだ」

「や、やめっ――――！」

二人のチンピラ風の男は、二人がかりでカレン院長から少年を引きはがすと、院長をベッドに突き飛ばそうとした。

だがその事態は、さすがに俺たちも見過ごせない。

俺と風音さんと弓月、それに憲兵のギルバートさんが同時に動いて事態を止めると、チンピラ風の二人は戸惑《とまど》った様子を見せた。

連中の首魁《しゅかい》らしきチョビ髭の小男が、にわかに不愉快そうな表情を見せる。例の「力」を持った男も動こうとしたようだが、それを小男が手で制した。

小男はチンピラたちに「やめろ。戻ってこい」と指示する。チンピラたちは渋々といった様子で、小男の背後に戻った。

小男はチョビ髭をいじりながら、俺たち一同を見渡して言う。

「キミはたしか、憲兵のギルバートくんだったかね？　そちらの三人は見ない顔だが、旅の冒険者と見えるな。ともあれ、これは債権者である私と、債務者であるカレン院長との問題だ。無関係の者たちは手出しをしないでもらいたい」

「あんたらが暴力を振るおうとしなけりゃ、そのつもりだったさ」

即座に反論したのは、ギルバートさんだ。

だがチョビ髭は、しゃあしゃあと言葉を返す。

「そこの少年は我々に暴言を吐いたのだがね？　言葉の暴力はいいと言うのかね？　公権力が一方の当事者に肩入れするとはいただけないな。そうは思わないかね、んん？」

「…………」

「ふんっ、まあいい。私は寛大だから、今回だけは大目に見よう。躾《しつけ》がなっていない子供には、きっちり教育をしておいてくれたまえよ」

そう言って男たちは、今度こそ立ち去っていった。安堵《あんど》した様子を見せるカレン院長やギルバートさん。

一方そこで、俺たち三人には寝耳に水の事態が起こった。

ピコンッと脳内で通知音が響き、目の前にメッセージボードが現れる。


特別ミッション『金貸したちを尾行する』が発生！

ミッション達成時の獲得経験値……２０００ポイント

「「「？？？」」」

俺、風音さん、弓月の三人は、みんなで顔を見合わせたのだった。

＊＊＊

ミッションが出たので、金貸したちを追いかけてみる。

少量だろうが、貰える経験値は貰うということ。俺たちは現金なのだ。

ただし尾行――つまり隠密《おんみつ》行動なので、弓月はグリフォンとともにお留守番だ。「うちばっかり、いつも仲間外れっす」と弓月が不貞腐《ふてくさ》れはするが、これぱかりは仕方がない。

というわけで、孤児院を出た金貸したちを、【隠密】スキルを発動した俺と風音さんが尾行していく。尾行対象のうち一人は冒険者相当なので侮《あなど》れない。人混みの中でなるべく距離を取って追跡をした。

するとあるところで、四人の男たちは大通りから脇の細道へと入った。俺と風音さんは彼らを見失わないよう、小走りで追いかける。

四人の男たちは、路地裏の突き当たりで立ち止まっていた。そこで何やら話を始めたので、俺たちは物陰に潜んで、現場の覗《のぞ》き見《み》と盗み聞きを試みる。

話し始めたのは、一行の首魁と思《おぼ》しきチョビ髭の小男だ。名前はデイモンとかいったか。あれが金貸し本人で、ほかの三人は雇われ人なのだろう。

「ロドニーよ、契約書がしまわれている部屋はしっかり確認したな？」

金貸しデイモンが語りかけたのは、三人のチンピラ風のうち、冒険者の力を持つと思われるやつだ。

　ロドニーと呼ばれた用心棒らしき男は、ニヤリと笑う。

「ああ、デイモンの旦那。で、俺は何をすればいいんだ？」

「ふふふっ。お前には今日の夜中に、孤児院に忍び込んでもらう。そしてあの契約書を、これとすり替えてくるのだ」

　そう言って金貸しデイモンが取り出したのは、先ほど孤児院の院長が出した契約書とそっくりの丸めた羊皮紙だ。用心棒ロドニーはそれを受け取ると、紐をほどいて開き、そこに書かれている内容を確認する。

「旦那が持っている控えに、文面を書き加えたってわけか。なになに、『債権者はいつでも貸付金の即時全額返済を求めることができる。債務者がこれに応じない場合、債権者は抵当物件の評価額から貸付金残高を差し引いた額を支払うことにより、ただちに抵当物件の所有権を得る』――ぷっ、ひっでぇな。さすがデイモンの旦那だ」

「ふんっ、あの孤児院は取り壊して使う予定で、すでに商談が進んでおるのだ。何としてでも手に入れなければならん。私の計算ではとうに支払い不能になって、明け渡しが済んでいるはずだったのだがな」

「あの孤児院出のガキをたぶらかしてギャンブル漬けにして、院長を保証人にさせたんだったか？　んで、当のガキは今や行方《ゆくえ》知れずと。旦那はあくどいねぇ」

「くくくっ、搾取《さくしゅ》されるのは、そいつが愚かだからだ。人情ごっこなどというお遊びに興じる愚か者には、こうして授業料を取って、この世の真理を教えてやるのが優しさというものよ」

「ははは、この世の真理は『弱肉強食』ってか？　ところで忍び込むのはいいが、俺は【隠密】スキルなんか持っちゃいねぇ。一般の盗賊技術はあるがな。万が一、ガキにでも見つかったときはどうする。口を封じてもいいか？」

「ふんっ、あまり事が大きくなっても面倒だ。隠蔽《いんぺい》できるように考えておけよ」

「くくくっ、分かったよ旦那」

そこで俺の脳内で、ピコンッと音が鳴った。

話を終えた男たちが戻ってきそうだったので、俺は風音さんとともにその場から退散した。

メッセージボードに表示されたのは、予想通りの内容だった。


特別ミッション『金貸したちを尾行する』を達成した！

パーティ全員が２０００ポイントの経験値を獲得！

▼現在の経験値
六槍大地……２８３９２４／３０３７０７（次のレベルまで：１９７８３）
小太刀風音……２８４２９６／３０３７０７（次のレベルまで：１９４１１）

弓月火垂……２９２０４１／３０３７０７（次のレベルまで：１１６６６）

俺と風音さんは表通りに出る前に、探索者《シーカー》の超常的な運動能力を利用して、近くにあった住居の屋根に上った。

そこから【隠密】状態で路地を見下ろし、通り過ぎていく四人の男たちを見送る。

「それにしてもさぁ。あいつら感じ悪いと思ったけど、もろに悪党じゃん。大地くん、どうする？　ここで叩《たた》きのめす？　冒険者相当が一人だけなら、私たち二人がかりなら余裕で叩けると思うけど」

「いえ。それだと単に、俺たちが街中であいつらに暴行しただけの犯罪者になります。とりあえず孤児院に戻りましょう」

「ん、了解。あいつらの悪事をどうにかすること自体は、反対じゃないってことね」

「まあ、このまま見て見ぬふりはないかと」

俺と風音さんは、孤児院へと帰還する。

あたりには夜の帳《とばり》がゆっくりと下りはじめていた。

＊＊＊

尾行ミッションを終えた俺と風音さんは、孤児院へと帰ってきた。

「あーっ、先輩たち、やっと帰ってきたっす。遅いっすよー」

「クピッ、クピーッ」

「ほら、グリちゃんもそう言ってるっす。ねー、グリちゃん」

「クピーッ」

孤児院の寝室では、弓月とグリフォンがそう言って俺たちを出迎える。心なしか両者が結託《けったく》して、一人と一体を仲間外れにしたことを非難しているように見えた。

また弓月は、少し見ないうちに子供たちからずいぶん懐かれたようだった。

「ホタルーっ、もっと遊ぼうよー」

「そうだよホタル姉ちゃん。鬼《オーガ》ごっこ……だと勝てないから、かくれんぼしようぜ」

「なあなあ、ホタル姉ちゃんって、大人のくせにおっぱいあんまないよな」

ふにょん、ふにょん。

「あーっ、どこ触ってるっすか！　このエロガキ、いい加減にするっす！」

「痛《い》って！　ホタル姉ちゃん本気でぶった⁉」

「探《シー》、じゃなかった、冒険者のうちが本気で殴ったら、脳天カチ割れてるっすよ」

「よし弓月、そこをどけ。俺が代わりに全力でぶん殴ってそのガキの頭を叩き割ってやる」

「どうどう、大地くん、落ち着いて。子供のやることだから」

また風音さんに羽交い絞めにされた。

止めないでくれ風音さん俺の弓月に何してくれてんじゃこのクソガキャあぶっ殺しちゃる、とかなんとか男子の醜い独占欲パートⅡを発揮しつつ。

さておき俺たちは、子供たちを部屋の外に出して扉を閉め、真面目《まじめ》な話を始める。

その場に残ったのは俺、風音さん、弓月、カレン院長と、憲兵のギルバートさんだ。

ちなみにギルバートさんは仕事中のはずだが、「ま、サボった分はあとで怒られるさ」と達観した様子だった。それでいいのかと疑問には思ったが、ただこの話は彼にも聞いてほしかったので、ちょうどいい。

俺と風音さんは、見聞きしてきたことを話した。具体的には、金貸したちがこの孤児院の借金の原因を作ったらしきことや、今日の夜中に孤児院に忍び込んで契約書をすり替えようとしていることをだ。

それを聞いたカレン院長は絶句し、ギルバートさんは怒りに打ち震えた。

「野郎、まさかそんな悪事を……！　曲がりなりにも善良な市民ってツラしやがって、やってることは犯罪も犯罪、真っ黒じゃねぇか」

「つまり先ほどのやり取りは、契約書の保管場所を確かめるために、私に取りに行かせたということですか」

「だと思います。そして契約書さえすり替えれば、あとは強引に押し切れると考えたんじゃないでしょうか」

「確かにそのやり方をされたら、俺たち憲兵も、デイモンのやつが嘘《うそ》をついていると決めつけて介入するわけにもいかなくなる。カレンさんの記憶違いだろうと言われたら、あとは水掛け論だ。客観的には物的証拠があるほうが強くなっちまう」

ぎりりと、ギルバートさんは拳《こぶし》を握りしめる。一見へらへらしているように見えても、正義感が強い人のようだ。

「先輩。ギルバートさんは、昔からこの孤児院によく遊びに来ていて、子供たちからも人気があるみたいっすよ」

弓月が俺に、そう耳打ちしてくる。まあ子供たちとも打ち解けているようだし、そんな感じだろうとは思っていたが。

「借金の原因は、彼らが言っていたとおりの事情なんですか？」

風音さんがそう聞くと、カレン院長はゆっくりとうなずく。

「はい。うちで育って、働ける歳《とし》になったので巣立っていった、デニスという子がいました。働きはじめてすぐの頃は、孤児院のために使ってほしいと幾《いく》ばくかのお金を渡してくれさえしていたんです」

カレン院長はそこで一度言葉を止め、表情を曇らせた。

それから重い口を開くように、言葉を継ぐ。

「でもあるときから、それがなくなりました。やがてあの子は、借金の保証人になってほしいと言ってきました。院長には絶対に迷惑はかけないからと。私はそれを信じてしまいました。愚かだと言われても、そこは否定のしようがありません」

「だがそれを、カレンさんが悪いで済ませたくはねぇな。騙《だま》されるほうが悪いなんてのは悪党の論理だ」

カレン院長の自責を、強い口調で否定したのはギルバートさんだ。

「だいたいその話じゃあ、デニスの借金そのものも、あいつらが仕組んだってことだろ。デニスのやつは、それっきり行方不明になっちまったが……ってことは、それ以上の『まさか』もあり得るか」

それを聞いたカレン院長が、沈んだ表情で目を伏せる。

ギルバートさんは、しまったという顔を見せた。

「すみません、カレンさん。配慮が足りなかった」

「いいえ、大丈夫です。続けてください」

首を横に振って、わずかに微笑《ほほえ》むカレン院長。病気のせいもあってか、その様子はどこか力ない。

ギルバートさんは、歯を食いしばって話を進める。

「だが問題は、やつらが悪事を働いている『証拠』が何もねぇってことだ。俺たち憲兵もデイモンのやつの黒い噂《うわさ》はいくつも聞くんだが、決定的な証拠になるものは見つからねぇ。一つでも証拠が摑《つか》めれば、そこから芋づる式に探れるだろうとは思うんだが」

「決定的な証拠というと——例えば、デイモンの手下が不当に住居に侵入し契約書をすり替える現場を、現行犯でおさえるとかですか？」

俺がそう口を挟むと、ギルバートさんは渋い顔でうなずいた。

「ああ。だが相手が冒険者相当の力を持っているとなると、俺たち憲兵だけじゃ取り押さえることもできねぇ。今から上に掛け合って、騎士か冒険者に助力を頼むとなると、間に合うかどうか」

ギルバートさんは、俺たち三人のほうを見た。

そして必死な様子で、こう訴えかけてきた。

「なあ、たまたま縁があっただけの旅人のあんたたちに、こういうことを頼むのが勝手なのは分かってる。だが頼む。今夜、俺たちに力を貸してくれないか。報酬はなんとか上に掛け合ってみるが……今の段階で保証はできない。無理だったら俺が借金してでも払うと言いたいところなんだが、事情があってそれも……難しい」

心底もどかしそうに、かつ申し訳なさそうに言ってくるギルバートさん。

そこで俺の脳内でピコンッと通知音が鳴り、メッセージボードが現れた。

一方では、そんな非日常な日常風景を横に置いて、弓月が再び俺に耳打ちしてくる。

「ギルバートさん、毎月こっそりこの孤児院にお金を置いていってるみたいっすよ。子供たちはみんな知ってるっすけど、ギルバートさんに口止めされて、院長には言わないようにって」

なるほど。一見チャラそうに見えて、わりと拗《こじ》らせているなこの人も。

俺は弓月に耳打ちを返す。

「てかギルバートさんとカレン院長、お似合いだよな。早くくっ付けばいいのに。弓月お前、ちょっとやらしい雰囲気にしてこいよ」

「今っすか？　ていうか先輩がそれ言うっすか？　ブーメランでかすぎないっす？」

そんな俺と弓月の様子に、不安げな表情を向けてくるギルバートさんとカレン院長。あああれ、俺たちが今の話を承諾するかどうかを、内緒話で相談していると思ってるな。

まあ報酬がちゃんと受け取れるかどうか分からない案件だ。プロの冒険者であれば自分たちの腕をタダで売るわけにもいかないし、これに二の足を踏むのは、ある種の正しい判断と言えるだろう。

そして、俺たちはというと——

＊＊＊

夜が更《ふ》け、街の多くの人々が寝静まった頃。

小さな灯《あか》りを持った人影が一つ、孤児院の前へとやってきた。

足音を忍ばせた人影は、懐《ふところ》から針金のような道具を取り出し、孤児院の扉の鍵穴に差し込む。少しの後、カチャンと小さな音が鳴って、扉の錠《じょう》が解かれた。

人影は静かに扉の取っ手を摑み、開いて、孤児院の中へと侵入していく。

「へへっ、チョロいもんだ。さぁて、孤児院のガキども。運悪くトイレに起きてきたりするんじゃねぇぞ。でねぇと首の骨をへし折っちまわなきゃいけなくなるからな。くくくっ」

そうつぶやいた人影は足音を忍ばせて、抜き足差し足、廊下を進んでいく。

彼は覚醒者としての力は持っているが、【隠密】スキルの所持者ではない。鍵開け技術や忍び足の技は、あくまでも一般の盗賊技術である。

やがて彼は、目標の部屋の前までたどり着いた。

夕刻、彼が雇い主とともにこの孤児院を訪れたときに、愚かな女院長は契約書がどこの部屋に保管されているかを、身をもって彼に教えてくれたのだ。

彼は扉の取っ手を掴み、施錠の有無を確認する。鍵はかかっていなかった。

「くくくっ、不用心だな。そんな無警戒だから、旦那にいいように食い物にされるんだぜ」

彼はためらわず扉を開き、部屋の中へと踏み込んでいく。

部屋に入ると、正面をランプで照らす。小さな部屋で、粗末な机と椅子、それに木箱が一つ置かれていた。木箱は貴重品入れなのか、さすがに施錠がなされている。

彼は再び針金のような道具を取り出して、鍵穴に差し込む。少しの後、カチャンと音がして、道具が引き抜かれた。

彼は木箱のふたを開き、その中から一枚の丸まった羊皮紙を取り出した。紐をほどき、それが目的のものであることを確かめる。

「間違いねぇ。万が一、別の場所に置きっぱなしだったら面倒だったが。律儀《りちぎ》なことで助かるぜ」

彼は懐から、目の前にあるものと酷似《こくじ》した丸めた羊皮紙を取り出し、それを元々あったものとすり替えようとして――

「――はい、そこまで。お疲れさまでした」

若い女の声。彼の首元には、鋭利に波打つ短剣の刃《やいば》が当てられていた。

さらに――

「文句なしの現行犯。言い逃れはできないし、逃げるのも不可能だ。あきらめるんだな」

同様に、若い男の声。背中にもまた、何らかの鋭利な刃の先が当てられていることを、侵入者の彼は感じていた。

「なっ……んだ……お前、たちは……⁉　いや、その声、聞き覚えがある……昼間にいた、旅の冒険者……！　まさか、てめぇら二人とも【隠密】スキル持ちだってのか⁉」

「ご名答～。ま、正解の賞品は何もないけどね」

黒装束《くろしょうぞく》を身にまとった女冒険者は、そう言ってにっこりと笑いかけてくる。あらためて見ると見惚《みと》れるほどの美貌《びぼう》だが、そんなことはこの期《ご》に及んで何の慰めにもならない。

少しして、ほかの人間たちも部屋までやってきた。

憲兵が二人、冒険者がもう一人、それに彼が愚か者と嘲笑った女院長の姿があった。

「くっ……嵌《は》められたのか俺は。なぜだ。このことは旦那と俺のほかに、二人しか知らないはず。誰かが裏切ったのか？」

「さあ、どうしてだろうな。神様から嫌われてるんじゃないか？」

若い冒険者の男はそう言って、侵入者を強靭《きょうじん》なロープで拘束した。

侵入者の男——金貸しデイモン子飼いの用心棒ロドニーは、抵抗が無益であることを悟っていたため、素直に縛られることしかできなかった。

＊＊＊

チュンチュン、チュンチュン。

木窓の隙間から差し込んでくる朝日に、顔をなでられた俺は、寝《ね》ぼけ眼《まなこ》で目を覚ます。

「んあ……もう朝か……ふわぁあああああっ……」

ベッドの上で身を起こして伸びをする。頭上にあるのは、異世界の宿の天井。

今日もまた、朝起きたら今までの全部が夢だった——なんてことはなかった。

ところでそんな俺の腰には、何者かに抱き着かれている感触があった。

柔らかくて温かくて、心地のいい何かが二つ。いや二人。

「うにゅう……大地くん……これ以上は、無理だよぉ……」

「むにゃむにゃ……先輩～、もう食べられないっすよ～」

二人の女子が、眠ったまま俺に抱き着いていた。どちらも衣服は身につけているが、ほどよくはだけていて、なんというかとてもアレである。

ていうか、なんでまた同じベッドで寝ているんだっけ。

ああそうか。昨晩は遅くまで孤児院で番をしていて、事が終わったのは深夜も遅くの朝に近い時間で。宿に戻ってきた頃には眠すぎて、なんかハイテンションなノリで、三人一緒のベッドに入って眠りについたんだったか。

俺は二人をやんわりと起こす。やがて風音さんも弓月も、まだ眠たそうな様子ながら目を覚ました。

「あ……おはよう、大地くん……うにゅう、眠い……」

「むにゃ……あ～、先輩だ～、おはようっす～……でもあと五分……」

「こらこら。今日もエスリンさんの護衛をしなきゃいけないんだから、しっかり起きろ」

「クピッ、クピィッ」

枕元にいたグリフォンも弓月に蹴りを入れるなどしつつ、どうにか起床した俺たち。

朝の準備をしてから、朝食をとるために階下の食堂に向かうと、そこでエスリンさんたちと合流する。

「おはようございます、エスリンさん。ほかの皆さんも」

「ん、おはよーさんや。……って、なんや自分ら、ずいぶん眠そうやな。昨日は夜遊びでもしてたんか？　それとも……にひひっ、やっぱり夜通し三人でお盛んやったんか？」

エスリンさんは指で輪っかを作り、そこに人差し指を入れたり出したりしてみせる。

俺は思わず、ため息を漏らしてしまった。

「エスリンさん、わりとそういうところ下世話ですよね……」

「まあ、夜遊びというかなんというか？」

「ちょっとした悪者退治っすかね」

「はあ。なんやよー分からんけど、護衛の仕事には差し支えん範囲にしてな。この先の街道にはミノタウロスも出るんやから」

「「はぁーい」」

そんなやり取りをしながら朝食をたいらげ、やがて準備ができたら出発だ。

宿を出て、街の通りを北門に向かって進んでいくと、その途中でとある商家に憲兵たちが押し入ってガサ入れをしている場面に遭遇した。

逃げられないように憲兵たちに拘束され、うなだれているのは、金貸しデイモンだ。自慢のチョビ髭も、力なく垂れ落ちている。

ガサ入れの現場にはギルバートさんもいて、俺たちの姿に気付くとサムズアップをしてきた。俺たちも同じように親指を立てて返す。

ギルバートさんも、昨日は俺たちと一緒に夜更かししたのに、朝早くからお仕事お疲れ様ですって感じだ。あるいは、あれからずっと眠らずの徹夜仕事なのかもしれないが。

——昨晩、俺たちは孤児院に潜伏して、住居侵入犯の現行犯逮捕に成功した。

俺と風音さんは、契約書が保管された部屋の死角に【隠密】スキルで隠れていたのだ。

ギルバートさんは夕方の話し合いの後、憲兵詰所に戻って信頼できる上司と相談。深夜にはその上司ともども張り込んで、犯行の現場を押さえてくれた。

住居侵入犯のロドニーという男は、黒幕を素直に吐けば減刑されると聞くと、すぐにぺらぺらと喋りはじめた。

その証言を糸口にして、事件の黒幕である金貸しデイモンの数々の悪事を明るみに出すべく、その家宅捜索が行われることになった。その結果が今ここ、というわけだ。

ちなみに俺たちへの報酬も、ちゃんと適正額が支払われた。

加えて俺たちには、「真の報酬」も与えられた。

特別ミッション『憲兵に協力して金貸しデイモンの陰謀から孤児院を守る』を達成した！

パーティ全員が５０００ポイントの経験値を獲得！

▼現在の経験値
六槍大地……２８８９２４／３０３７０７（次のレベルまで：１４７８３）
小太刀風音……２８９２９６／３０３７０７（次のレベルまで：１４４１１）
弓月火垂……２９７０４１／３０３７０７（次のレベルまで：６６６６）

ギルバートさんから協力を頼まれたときに、特別ミッションが出ていたのだ。そして深夜の逮捕劇で、ミッション達成となった。

まあ正直、これだけやって経験値5000ポイントは安いなと思う感覚がなくはない。真夜中の長時間張り込みと寝不足に見合うかというと……いや、贅沢《ぜいたく》になりすぎだな。

金貸しデイモンの商家を通りすぎたエスリンさん一行と俺たち。

しばらくすると、今度は孤児院の前を通りがかった。

「あ、ホタルだ！」

「ダイチ兄ちゃんとカザネ姉ちゃんもいる！」

「もう行っちゃうの？　またなー、ホタル姉ちゃんたち！」

ちょうど外に出ていた子供たちから、わいわいと声が飛んでくる。

一番人気は弓月だ。わが後輩は子供たちのもとに駆け寄って、抱きつかれたり、頭をなでたりしていた。その瞳に、ちょっぴりの涙がたまっているのが見える。

また子供たちの声を聞いてか、孤児院の中からは、カレン院長が出てきた。院長は昨日よりは元気そうで、俺たちに向かって深々と頭を下げてきた。

風音さんが「ちょっと行ってくるね」と断ってから、カレン院長のもとに駆け寄った。風音さんがカレン院長に何事かを耳打ちすると、院長は顔を真っ赤にしてわたわたした様子を見せた。風音さんはカレン院長の肩をぽんぽんと叩いてから、俺の隣へと戻ってくる。

院長はぷくーっと頬を膨らませ、顔を赤くしたまま拗《す》ねたような表情をしていた。風音さんはそれを見て、いたずらっ子のような笑みを浮かべる。

『ギルバートさんとお幸せに』って言ったら、あの反応だもん。大丈夫かな、あの二人」

「ははは。そういう話、あまりしてないのかもですね」

「そうだね。つい最近までの誰かさんみたいに」

「あう」

うーん、俺このネタで、風音さんと弓月から一生いじられそうだな。

しばらくして弓月も、子供たちと別れて戻ってきた。後輩の目元は、何度か服の袖で拭《ぬぐ》ったようで、少し赤かった。

「なんや自分ら、ずいぶん人気者やな。夜遊びって、あの子らとか？　さっき憲兵のお兄ちゃんとも、やり取りしとったみたいやけど」

エスリンさんがそう聞いてくるので、「まあ、そんなところです」と答えておいた。

俺たちは子供たちの声を背に受けながら、ランデルバーグの街をあとにする。

スタート地点であるフランバーグの街を出てから、丸四日が経過。ドワーフ大集落ダグマハルへの道のりは、半ばを越えていた。

第五章

第三の街、ランデルバーグを出立したエスリンさん一行と俺たちは、街道をさらに北上していく。

ただ街道といっても、ここまで来ると、立派な道が敷設《ふせつ》されているわけではない。森の中を貫く道は、最低限木々が取り払われた程度。地面はというと、もっぱら人の足で踏み固められたばかりの、むき出しの大地である。

「このルートは熟練の冒険者を連れとらんと通れんし、辺境に向かう田舎道《いなかみち》やからね。あんたらもちょい厳しいかもしれんけど、頑張ってな」

「「「うぃーっす!」」」

エスリンさんの言葉を受け、鉱石を載せた荷台をガラガラと引っ張っていた三人のムキムキ従者たちが、張り切った声をあげる。

なおグリフォンに引っ張らせようかと進言してみたこともあったが、ムキムキさんたちが「こいつは俺たちの仕事です!」「兄貴の大事なペットさんのお手は煩《わずら》わせやせんぜ!」と言うので、今はもう放置している。

そんな調子で、ランデルバーグを出立してから数時間後。

昼食休憩をとってから、しばらく進んだ昼下がりに、そのモンスターと遭遇した。

「ブモォオオオオッ！」

現れたモンスターは雄叫《おたけ》びをあげると、まるで猛牛のように突進してくる。あの勢いで突っ込んでこられたら、未熟な冒険者程度では、頭部から伸びた二本の角で一突きに貫かれてしまうだろう。

そのモンスターは、俺の二倍ほどの背丈と、筋骨隆々《きんこつりゅうりゅう》たる人型の巨体を持つ。牛に似た頭部を備え、手には一振りの巨大な斧《おの》を携えていた。

そいつの名は、ミノタウロス。このあたり一帯に出没するこのモンスターを倒せるだけの戦力を持たなければ、この道を進むことはままならないのだ。

「出たな、ミノタウロス。【ロックバズーカ】！」

「いけっ、【ウィンドスラッシュ】！」

「射貫《いぬ》け、氷華《ひょうか》の矢――フェンリルアロー！」

ミノタウロスの出現位置は、前方数十メートルの地点だ。

俺たちはまず、突進してくるモンスターに向けて遠隔攻撃を放った。

魔法によって生み出された岩塊《がんかい》と風刃《ふうじん》、そして氷弓に番《つが》えられた魔法の矢が一斉に放たれ、ターゲットに突き刺さる。それらの攻撃は屈強なミノタウロスの肉体を損傷させ、負傷部分から黒い靄《もや》をあふれ出させた。

だがミノタウロスは、突進の勢いを弱めることなく突っ込んでくる。

「グリフォン、止めろ！」

「クァーッ！」

俺は従魔《じゅうま》に指示を出す。今回はあらかじめ本来のサイズに戻した状態で連れていたので、臨戦態勢は整っている。俺の指示を受け、グリフォンの巨体が駆け出していく。

「ブモォオオオオオッ！」

「クァアアアアアッ！」

ミノタウロスとグリフォンが激突した。重量級のモンスター同士の衝突は、わずかにミノタウロスに分があり、グリフォンは少し押し返される。

双方のモンスターの体から、新たに黒い靄があふれ出す。ミノタウロスの二本の角がグリフォンに突き刺さり、グリフォンのくちばしや爪がミノタウロスを穿《うが》っていた。

「よくもグリちゃんを！　――はぁあああああっ！」

そこに駆け込んだ風音《かざね》さんと俺が、攻撃を重ねる。二振りの短剣による連続斬撃と、槍《やり》による三連続の高速突きが、左右からミノタウロスの胴を穿ち――

「くらえ、【三連衝《さんれんしょう》】！」

そこでバッと、ミノタウロスの体が消滅した。黒い靄が消え去ったあとの地面には、大型の魔石が残る。

俺は風音さんとハイタッチ。さらに弓月《ゆづき》も駆け寄ってきて、手を合わせた。

「余裕だったね、大地《だいち》くん」

「ええ。このぐらいの相手ならもう、何ら問題なく倒せるみたいですね」

「ま、うちらの実力だったら楽勝っすよ」

「油断は禁物だけどな。グリフォンも、よくやってくれた。痛かったか？」

「クァッ、クァーッ！」

傷ついたグリフォンには【グランドヒール】をかけてやる。それから頭部をなでてやると、グリフォンは嬉《うれ》しそうな様子で俺にすり寄ってきた。ふさふさした毛並みを持つ大きな図体《ずうたい》で懐かれると、なんとも言えない親心みたいなものが生まれるな。

「でもグリちゃんに敵の攻撃を止めさせるの、ちょっと可哀想《かわいそう》な気がしちゃうな」

風音さんもグリフォンをなでながら、そうつぶやく。

「でもそんなことを言っていたら、戦力として使えないですからね。グリフォンに任せないと、代わりに俺や風音さんがダメージを受けるだけですし。それに今のところ、俺たちの中でグリフォンが一番、ＨＰが高いですから」

俺のステータス画面を操作することで、従魔であるグリフォンのステータスを確認することができる。そのＨＰ欄を見ると、なんと最大値が３５０もある。俺や風音さんの最大ＨＰは２００前後だから、現状一番タフなのがグリフォンなのだ。

「それはそうなんだけどさ。命令していいように使うのって、良くない気がしちゃって」

「うーん、そう言われてもなぁ」

「あ、いや、ごめんね。大地くんを非難してるとかじゃなくて。ちょっとそう思っただけで。まあ、しょうがないか」

「グリちゃんにありがとうって言うしかないっすね。先輩や風音さんを守ってくれて、ありがとっすよ、グリちゃん」

「クァッ、クァーッ♪」

弓月にもなでられて、グリフォンはご機嫌そうだった。まあ、このあたりは深く考えるとドツボにハマりそうだから、あまり考えないことにしよう。

「いやぁ、お疲れさんや。相変わらず自分ら、とんでもない強さやね。ミノタウロスってこんな簡単なモンスターとちゃうはずなんやけど」

「こりゃもうダイチの兄貴たち、八英雄《はちえいゆう》と戦っても勝てるかもしれませんぜ」

「待て待て。そいつはさすがに言いすぎだろ」

「いやそれでも、兄貴たちなら」

エスリンさんとムキムキ従者たちもやってきて、やんややんやと囃《はや》し立《た》てる。

だがその中に、気になった単語があった。

「『八英雄』っすか？　あと一人少なかったら、融合体がラスボスになりそうな名前っすね」

弓月がそう口にすると、エスリンさんたちが首を傾《かし》げる。

「ん？　ホタル、まさかと思うけど『八英雄』を知らんの？」

「いやぁ、姐《あね》さん。それはさすがにないでしょ」

「ホタル姉さんに限って、そんなことは」

「そんなことは……ねぇ、ですよね？」

「普通に知らないっすよ。有名人なんすか？　さては名前が環状線の駅名に似てるっす？」

とりあえず弓月、お前は某ゲームから離れろ。

さておき、わりと聞き捨てならない名前だし、ちょっと踏み込んでみようか。

「俺たちわけあって、社会常識に疎《うと》いんですよ。よければ歩きながらでも、その『八英雄』のこと、少し教えてもらってもいいですか？」

「ほぇーっ、ダイチもか。ってことは、カザネも？」

「うん。私たち三人ともです」

「ほーん。けったいなこともあるもんやね。まあ事情はいろいろあるんやろから深入りはせんけども。そしたらまあ、初等教育で教わるような話やけども、暇つぶしに喋《しゃべ》ってこか」

そうして旅を再開しつつ、エスリンさんが「八英雄」について話し始めた。

その内容は予想通り、この世界の一大事に関《かか》わるものだった。

今からおよそ三十年前、この世界に突如として「魔王」が現れ、世界は未曾有《みぞう》の危機に陥《おちい》った。

幾多《いくた》の強大なモンスターを引き連れた「魔王」は強く、並みの冒険者程度ではまるで歯が立たない。数百人を数える規模の騎士団・冒険者の連合軍を組織して挑んでも、魔王の強大な力の前に破れ、潰走《かいそう》するしかなかったという。

そんな折、人類の希望として立ち上がったのが、「八英雄」と呼ばれた少数精鋭の冒険者たちだった。

文字通り、八人の英雄たち。一人ひとりが恐るべき力を持つ彼らは、たった八人で強大な魔王の軍勢に挑み、ついには魔王を討ち滅ぼした。

魔王討伐《とうばつ》を果たした八人の英雄たちは、ある者は栄誉を受け取って名誉貴族となり、ある者は報奨を受け取って人の世から姿を晦《くら》ませた。エルフやドワーフなど長寿の者も混ざっており、今も生きてこの世界で暮らしている者も少なくないとのこと。

「ちなみにドワーフの英雄バルザムントは、今向かってるドワーフ大集落ダグマハルに住んどるよ。うちが知らんうちにぽっくり逝《い》ってなければやけどな」

「へぇ～。ということはエスリンさん、ダグマハルに行ったことあるんですか」

「そらもちろんよ。そうじゃなきゃ、わざわざこんな重たいもん運んで、遠くまで旅したりせんよ。でっかい金儲《かねもう》けのツテがあるから行くんよ」

そんな話をしながら、俺たちはミノタウロスの出現地帯を越え、次なる人里へと向かっていった。

なおミノタウロスを倒した時点で、ミッションも一つ達成していた。

特別ミッション『ミノタウロスを1体討伐する』を達成した！
パーティ全員が8000ポイントの経験値を獲得！

新規ミッション『ヘルハウンドを5体討伐する』（獲得経験値8000）が発生！
新規ミッション『フロストウルフを5体討伐する』（獲得経験値10000）が発生！
新規ミッション『キマイラを1体討伐する』（獲得経験値15000）が発生！

六槍《むそう》大地が36レベルにレベルアップ！
弓月火垂《ほたる》が36レベルにレベルアップ！

▼現在の経験値
六槍大地……304924／344368（次のレベルまで：39444）
小太刀《こだち》風音……297296／303707（次のレベルまで：6411）
弓月火垂……305041／344368（次のレベルまで：39327）

これで俺と弓月が36レベル、風音さんが35レベルか。
八英雄と呼ばれる人たちって、どのぐらいのレベルなんだろうな。数百人の騎士や冒険者でも敵《かな》わない相手に勝つぐらいだから、限界突破していることは間違いないと思うが。

ドワーフ大集落ダグマハルには、そのうちの一人がいるという。機会があったら聞いてみたいところだな。

＊＊＊

ミノタウロスを撃破した俺たちは、道をさらに北上していき、夕方前頃には次の街へとたどり着いた。

だがエスリンさんは、その街を宿泊地とはせずに、進路をさらに先へと進んでいく。

「この先に、もっといい宿泊場所があるんよ」

そう言われてなおも歩くこと、一時間ほど。

空がすっかり夕焼け色に染まった頃に、一行はその村へとたどり着いた。

「それじゃ、今日はこの村で休むよ。明日からはちょいと険しい道になるから、ここでしっかり休んどいてな。見て分かると思うけど、体を休めるには絶好の村やしね」

エスリンさんがいつものように宿を取ってくれて、今日は解散の運びとなった。

宿泊地となったリントンという名の村は、村と呼ぶにはやや規模が大きく、半ば観光地という雰囲気だ。村の建物の数は百を超え、旅人向けの施設も少なくない。

この辺境の村がそれほど賑《にぎ》わっている理由は、明らかだった。

「大地くん、温泉だよ、温泉！　あちこち湯気がたくさん！」

「エスリンさんの言うとおり、旅の疲れを癒《いや》すには最高の村っすね。グリちゃんも一緒に入るっすよ～♪」

「クピッ、クピィッ♪」

そう、温泉である。村のあちこちから、湯気がもうもうと立ち昇っている。いわゆる温泉街の、ちょっと小規模バージョンといった雰囲気だ。

おまけに、立ち去ろうとしていたエスリンさんから、こんな助言が飛んできた。

「あ、そうそう。混浴の温泉もあるみたいやから、自費で入りに行くならご自由に～。にひひひっ」

いつものニヤニヤ笑いでそう伝えてから、従者たちとともに立ち去っていく我が雇用主《クライアント》である。ホントあの人、そういう下世話な話、好きだよな。

ていうかあの人自身、従者のムキムキさんたちとそういう関係なんだろうか。いや、それこそ下衆《げす》の勘繰りか。

「へぇー、混浴かぁ」

「それはちょっと興味深いっすね。ねぇ先輩？」

風音さんと弓月は、興味津々という様子だった。

一方で、俺はというと――

「いや、そりゃお前、俺は男子として惹《ひ》かれないわけもないが。……い、いいのか？」

自分で言うのもなんだが、こんな調子である。

未《いま》だにときどき、目の前の二人が俺とそういう関係だという事実が、何かの間違いではないかと思ってしまうのだ。長年かけて培《つちか》った敗者の魂は、そう易々《やすやす》とは拭《ぬぐ》い去《さ》れないのである。

「うーん、とりあえずどんな感じのところか、見てみようか」

「そっすね〜。あ、あっちみたいっすよ。ほら先輩、ボサッとしてないで行くっすよ」

「え、ちょっ、二人とも⁉」

「クピッ、クピィッ！」

風音さんが先行し、弓月が俺の手を引いて、混浴と思《おぼ》しき温泉場まで連れていかれた。その間、俺の心臓はドッキンバクバクである。

村で唯一の混浴温泉は、宿ではなく銭湯のような形式だった。

「こんにちはー。混浴の温泉って、どんな感じなんですか？」

施設のエントランスに踏み込むと、風音さんが番台さんに気さくに話しかける。

番台にいるのは気のよさそうなおばちゃんだ。

「いらっしゃい、旅の人。ところであんたたち、いい関係かい？」

番台のおばちゃんは、俺たちを見て、きらりと目を光らせてきた。

それには弓月と風音さんが、躊躇《ちゅうちょ》もなく答える。

「うっす。うちらいい関係っすよ」

「ですです。私も火垂ちゃんも、大地くんとはいい関係でっす♪」

「なんなら風音さんやグリちゃんともいい関係っす」

「クピッ、クピィッ」

「あははは、面白い子たちだね。それじゃあ、そんないい関係のあんたたちに聞くよ。うちの混浴温泉浴場は二種類ある。一つは誰でも入れる開放的な大浴場、入湯料は一人銀貨1枚だ。もう一つはあんたたちだけに貸し切りの小浴場、入湯料は一人金貨1枚。さあどうする？」

番台のおばちゃんは、俺たちに二択を突きつけてきた。

大浴場と、貸し切りの浴場……？

大浴場のほうは、誰でも入れるということは、誰でも入ってくるということだよな。

それはつまり、俺以外の男も、風音さんや弓月の艶姿《あですがた》を堪能《たんのう》できてしまうということで——

「貸し切りのほうでお願いします。このペットも連れて行きたいんですが、金貨4枚でいいですか」

俺はキリッとした声で番台のおばちゃんに即答、自分の財布から全員分の代金となる金貨を取り出した。それを見た風音さんと弓月がくすくすと笑う。

「大浴場のほうも気にはなるけど、ま、さすがにそうなるよね」

「そっすね。先輩以外に見られるのは、うちも御免こうむりたいっす」

一方で番台のおばちゃんは、俺が4枚差し出した金貨のうち3枚を受け取り、1枚は差し返してきた。

「ペットの分はタダでいいよ。そのかわり、その子は浴槽には浸《つ》けないでおくれ。毛がすごいことになって、次のお客さんを入れられなくなりそうだ」

まあ、そりゃそうか。グリフォンには悪いが、入りたがったら桶《おけ》か何かで我慢させよう。

そんなわけで俺たちは、貸し切りの混浴温泉に入ることになった。こういうときにお金を躊躇なく使えるっていいな。

＊＊＊

混浴温泉、第一関門――それは更衣室であった。

「わあっ、更衣室が分かれてないいんだ」

「暖簾《のれん》に『男女』って書かれてるっすね」

番台のおばちゃんから入浴用具一式を受け取って、更衣室の前までやってきた俺たち。だが更衣室の入り口は、一つしかなかった。男女とも、同じ更衣室で着替える仕様のようだ。

「んー、要するに完全に、カップル向けとか家族向けってことだよね」

「っすね。気にせず入るっすよ。ほら先輩、早く早く」

「お、お、おう」

風音さんと弓月が、普通に暖簾をくぐって更衣室に入っていく。俺は挙動不審になりながらも、それに続いた。

ときどき目の前の二人のことが、まったく分からなくなる。サキュバス姉妹の生まれ変わりか何かじゃないのか。俺は今、淫夢の世界にでも引きずり込まれているのではないか。

更衣室に入ると、そこはさほど広くない個室だった。部屋の真ん中に左右を分ける薄い壁があって、右手側と左手側にそれぞれ更衣用の籠《かご》が三つずつ用意されている。

なお壁があるといっても、衝立《ついたて》のようなもので、部屋の空間自体は普通に繋《つな》がっているのだが。

「へぇー、こうなってるんだ。じゃあ大地くんは、そっち使ってくれる？」

「あ、はい」

「覗《のぞ》いちゃダメっすよ、せーんぱい♪」

「……いや、どっちにしろこの後、全員で風呂に入るだろ」

「バスタオルは着けるっすよ？　真っ裸じゃねぇっす」

「わ、分かってるって」

俺の声は自分でも分かるぐらい震えていた。二人の女子はくすくすと笑っている。

くそっ、遊ばれているのか、うちの妖艶《ようえん》なサキュバスたちに。

風音さんと弓月は壁の右手側で、俺は左手側で脱衣を始める。

何度も言うようだが、薄い壁で仕切られていることを除けば、普通に同じ部屋の中だ。

仕切り壁の向こうから、しゅるしゅるという衣擦《きぬず》れの音が、妙に艶《なま》めかしく聞こえてくる。あと脱衣中の声も。

「それにしても風音さん、相変わらずおっぱいでけぇっすね」

「ほ、火垂ちゃん……！　大地くん向こうにいるってば」

「聞かせてるに決まってんじゃないっすか。ほれほれ姉ちゃん、ええ乳しとんのう」

「やっ、んんっ……！　ちょっ、火垂ちゃん、やめてっ……！」

うちの後輩、本当に一度、再教育でもしたほうがいいんじゃないだろうか。

さておき、俺は衣服を全部脱いで、腰にタオルを巻いただけの姿になった。

グリフォンは肩に乗せておく。

「こっちは準備できましたけど。そっちはどうです？」

壁の向こうに声をかけてみる。

「ん、こっちも終わったよ。火垂ちゃんのせいでちょっと時間かかったけど」

「ううっ、風音さんに本気でぶん殴られたっす。頭にたんこぶできて、ＨＰが3点も減ったっすよ」

「加減したってば。本気で殴ってたら20点ぐらい減ると思うよ」

「それ十発も殴られたらＨＰゼロになるやつっす。二十発であの世行きっす」

「そうならなくて良かったね」

風音さん、ときどき殺し屋になるよね。今回は弓月が悪いので、自業自得であるが。

さて、お互いに準備ができたので、合流して浴場へと向かうことにした。

合流して――

「……っ！」

まだ浴場に入る前、仕切り壁の向こうから現れた二人の女子の姿に、俺は思わず息をのんでしまった。

いや、別におかしな格好をしていたわけじゃない。まったく完全に予定通りの姿だ。

風音さんも弓月も、裸の上にバスタオルを身につけただけの格好だ。

だがシチュエーションの魔力とでも言おうか。俺の心音は、これまで以上にバクバクと跳ね上がっていた。

「も、もう……大地くん、そんなにまじまじ見ないでってば……」

そう言って、少し恥じらうように頬《ほお》を赤らめるのは風音さんだ。

アスリート女子といった雰囲気の瑞々《みずみず》しい肢体《したい》に、バスタオルで隠されていながらも激しく自己主張するバストやヒップ、そしてウエストのくびれ。恥ずかしがって身を隠そうとする様が、妙に艶めかしい。

さっきまで俺をからかって遊んでいたとは思えない恥じらい方を見ると、いったいどこに彼女の恥ずかしいスイッチがあるのか分からない。いや、ひょっとすると最初から恥ずかしさを楽しんでいたまであり得る。過去に心当たりがあるぞ。

「あー、先輩。風音さんのこと、やらしい目で見てるっす。やらしいんだ～」

一方でそう言ってからかってくるのは、ご存じの我が後輩、弓月火垂だ。

こちらは風音さんと比べてしまうと子供体型とも思えてしまうが、よく見れば、その体に巻かれたバスタオルには緩やかながらも確かな曲線が描かれている。

というか、さすがに子供体型と呼ぶのに無理があるぐらいには、弓月も女性らしい体つきに成長してきている。こいつも何だかんだ言って、もう立派な大人の女性なのだ。

「べ、別にやらしい目で見てなんか……いるけど」

「ほら、見てるんじゃないっすか。でもうちのほうにはあんまり興味なさそうっすね」

「は？　興味あるが？」

「は？　興味あるんすか？」

「あるに決まってんだろ」

「決まってないっすよ。先輩いつもうちのこと子供扱いするじゃないっすか」

「この間のこと忘れたのか？　本当に子供だと思ってたら、そういう気持ちになんかならないだろ」

「……ま、まあ、それはそうっすね」

「はいそこ二人、私を無視してイチャイチャしない」

風音さんがずずいっと、嚙《か》みつき合いそうな俺と弓月の間に入って引き離してきた。

俺たちの前でパタパタと飛ぶグリフォンが、「クピィッ？」と首を傾げていた。

だがこの淫夢のごとき現実は、なおも続くのである。

＊＊＊

全裸にタオルだけの姿になった俺と風音さん、弓月、あとおまけのミニグリフォン。

三人と一体は更衣室から、浴場へと出た。

「「「おお～！」」」

思わず声が出る。貸し切りの露天風呂は、なかなかいい感じだった。

岩場を利用し、木の柵を使って外と仕切られた小規模の浴場。その一角に、もうもうと湯気の立つ天然の岩風呂がある。岩風呂の周囲には、最大六人が同時に使えるように設《しつら》えられた洗い場があり、桶や腰掛けも用意されていた。

すぐ隣にいた弓月が、後ろ手を組み、ぴょこんと前かがみになって俺を覗いてくる。

「先輩、ちゃんと体を洗ってから入るんすよ？」

「いや分かってるよ。お前は俺の何なんだ。おかんか」

「先輩の彼女じゃないっすか？　彼女二号」

「まあ、そりゃそうだが。二号？」

そこに口を挟んでくるのは、風音さん。

「へぇー、火垂ちゃん。彼女一号の座は私に譲ってくれるんだ」

「風音さん、意外と嫉妬深《しっとぶか》いっすからね。一番目の地位を奪うと、何されるか分からないっす」

「えへへーっ、まあねー」

「そこ、照れるところなんですね……」

どう考えても俺は果てしない果報者なのだが、この緊張感が微妙に怖い。何か選択肢を間違えたらホラールートに進んでしまいそうな。

俺たちは洗い場へと進む。三人並んで腰掛けに腰を下ろした。なぜか俺が真ん中である。

「ねぇ大地くん、背中流しっこしない？」

「え……あ、はい」

「うちもうちも！　グリちゃんも一緒に洗ってあげるっすよ～」

「クピッ、クピィッ♪」

「ちなみに先輩は、泡々《あわあわ》になったうちらの体で密着して洗ってほしいんすよね？」

「いや、それもうエロ漫画だろ」

「好きじゃないんすか？」

「……好きだが」

「にははっ。でもさすがにそれはやってあげないっすよ～♪　全年齢っすからね」

「くそっ、妄想だけさせられて、生殺しだと!?」

「待って、ダメだよ火垂ちゃん。あんまりいじったから、大地くんの一部が全年齢じゃなくなっちゃってる」

「風音さんも生々しい！　乙女《おとめ》の恥じらいとかないんですか！」

「乙女の恥じらいって……。だいたい一緒に大人になっておいて、それは今更じゃない？

それとも大地くん、そういう感じが好み？」

「すみません。俺が悪かったですから、精神攻撃はそのぐらいで勘弁してください」

そんな感じで、体を洗うだけでたいそう賑やかな有り様だ。

互いの距離感も近くて、全年齢じゃなかったら大変なことになっていたかもしれない。

ありがとう全年齢。おのれ全年齢。

互いに体の洗いっこをし、さっぱりした俺たち三人。グリフォンも全身泡だらけにして
から流したので、綺麗《きれい》さっぱりだ。

それから三人と一体で、浴槽に浸かる。グリフォンは専用の桶にお湯を張って、そこに
浸けてやった。

「「「はふぅ～」」」

「クピィ～♪」

お湯に浸かって、ホッと一息。旅の疲れがお湯に溶け出していくようだ。

「はあ～。なんかさ、いろいろあったよね」

風音さんが空を見上げながらつぶやく。視線の先には、藍色《あいいろ》が混ざりかけの夕焼け空。

「そっすね。ノリでここまで来たっすけど、あらためて考えると、わけ分かんないことば

っかりっす」

弓月もまた、感慨深げにそう口にする。

「この異世界に来て、今日までで何日目だ？　二週間ぐらいたったのか」

俺も同じように、何気なくつぶやく。

グリフォンも「クピィ～」っと、何気ない様子で鳴いた。

「まだそんなっすか。もっとずーっとこの世界にいる気がしてるっす」

「毎日が濃密だよね。いろんな人と会って、冒険して」

「あとこうして先輩とイチャイチャして」

「いや、確かにイチャイチャしてはいるが、終始俺がいじられっぱなしな気がするのは気のせいか？」

「「気のせい気のせい」」

「そうか、気のせいならいいんだ」

「先輩がいじるとかわいい反応をするのがいけないっす」

「そうそう。大地くんはかわいいから、いじりたくなるんだよ」

「やっぱり気のせいじゃなかった！　白状された！」

「「あはははは」」

そうして俺たちは、貸し切りの露天風呂で、のぼせそうになるぐらいの楽しい時間を過ごした。

時間いっぱいまで浴場を利用してから、更衣室で体を拭いて着衣して、エントランスへ。

銀貨を支払ってコーヒー牛乳を三人分購入、並んで腰に手を当てて一気飲み。

「「「ぷはぁーっ！」」」

そうして楽しかった混浴温泉でのひと時も終わり。

あとは宿で一泊して、また明日出発だ——そう思っていたのだが。

そのとき番台のおばちゃんが、ふと思い出したように、こう声を掛けてきたのだ。

「そういやあんたたち、うちの村長が、あんたたちに用があるみたいだよ。なんでも冒険者に頼みたいことがあるって」

＊＊＊

「村長が、俺たちに用事ですか？」

「ああ。あんたたち、ちょいと表に出てみな」

「表……？　って、うわっ⁉」

番台のおばちゃんに言われて建物の外に出てみると、そこには村人らしき男性が数人、ずらりと並んでいた。

「おお、お待ちしておりましたぞ、冒険者の皆様。どうか我らの頼みを聞いてくだされ」

「は、はあ……」

村人たちの代表らしき老人（村長のようだ）にそう言われて、俺たちはあれよあれよと、村の一番大きな建物（村長の家らしい）に連れていかれた。

中に入ると、会議室に使えそうな大きめの部屋に通される。席に着いた俺たちは、お茶やお茶菓子などを振る舞われて丁重にもてなされた。

そんな俺たちの前には、村の代表者らしき男たちが数人集まっている。当然ながら、ただ歓談をするという雰囲気ではなさそうだ。

「それで、頼みたいこととは」

「うむ。おぬしらを冒険者と見込んで頼みがあるのだ。モーリス」

俺の問いかけを受け、村長が背後に立っていた男の一人に声をかける。

モーリスと呼ばれた男は、弓矢や短剣を身につけた狩人風《かりゅうどふう》の出《い》で立《た》ちだが、冒険者のような「力」は持っていないようだった。彼はこう口にする。

「動く死体《ゾンビ》の群れだ」

「ゾンビ、ですか？」

「ああ。この村を出て、西に四半刻《しはんとき》ほど進んだ森の中に、今は使われていない神殿の跡地らしき建物がある。俺は今日、狩りの最中にそこを通りがかったんだが――そこにゾンビの群れがいたんだ」

ゾンビ。モンスター図鑑によると、スケルトンと並ぶ最弱クラスの不死者型《アンデッド》モンスターである。今の俺たちの実力なら、特に問題になる相手ではないはずだ。

狩人風の男は、こう続ける。

「俺がやつらの存在に気付かずに近くを通りかかったとき、襲い掛かられそうになった。それで慌てて逃げてきたんだが、やつらはすぐに追いかけてこなくなった。どうも神殿跡の周囲を支配領域《テリトリー》にしているみたいだ」

そこに村長が話を継ぐ。

「だがそれも、真実かどうかは分からん。何しろ村のすぐ近くだ。いずれこの村に襲い掛かって来ないとも限らん。そこでそうなる前に、おぬしらにゾンビどもの討伐を頼みたいのだ。報酬は金貨で20枚を考えておる」

「なるほど……」

問題が起こっている現場までは、すぐに行って帰ってこられる距離だ。パパッと討伐を済ませてくれれば、エスリンさんたちの護衛任務に支障はきたさないだろう。

報酬もゴブリン退治のようなものと考えると、依頼の難易度に対して適正額と言える。それに加えて、俺たちにとってはプラスアルファもあり得る。

「モーリスさん。ゾンビの数は、どのぐらいいたか分かりますか？」

「俺も慌てて逃げたから、はっきりとは分からないが、十体以上はいたと思う」

狩人風の男はそう答える。よし、いい数だ。

未達成ミッションの中に「ゾンビを10体討伐する（獲得経験値2000）」というのがあったはずだ。

これまた小遣い稼ぎレベルだが、リスクも低いし、やって損があるものでもない。しいて問題点をあげるなら、温泉に入ってリラックスした後に働きたくないということぐらいだが——などと思っていると、村長がこんなことを付け加えてきた。

「もう一つ、気になることがあるのだ。昨日のことだが、冒険者と思しきダークエルフの娘が一人、この村に立ち寄ったあと、西に向かっていったのを見た者がおるのだ」

「ダークエルフが……？　西っていうと、その神殿跡がある方角ですよね」

ダークエルフ。肌が浅黒いエルフのことをそう呼ぶらしく、街で普通に見掛けることもある。特に邪悪な種族とかではないらしいが——

ともあれ俺たちは、このゾンビ討伐の依頼を引き受け、街の西にあるという神殿跡へと向かうことにした。もちろん本来の雇用主であるエスリンさんの許可は取った上でだ。

依頼を引き受けた理由の一つには、こんな特別ミッションが出たこともある。


特別ミッション『西の神殿跡にいるゾンビの群れを討伐する』が発生！

ミッション達成時の獲得経験値……３０００ポイント

さてさて、鬼が出るか蛇が出るか。

ゾンビが出ることはほぼ確定だが、温泉で体を綺麗にしたあとだし、なるべく遠隔攻撃で倒したいところだな。

＊＊＊

村を出てから、森の中の獣道《けものみち》を西に進むことしばらく。

あるとき風音さんが、ぴくりと反応し、俺たちを制止した。

風音さんは、ここまで道案内をしてくれた村の狩人に、小声で問う。

「モーリスさん、この先ですよね？」

「あ、ああ。よく分かったな」

「複数の気配がありますから。おそらくはモンスター——ゾンビのものかと。ねぇ大地くん、モーリスさんはここまでで帰ってもらって大丈夫だよね？」

「ですね。モーリスさん、あとは俺たちでやります。先に村に戻っていてください」

「わ、分かった。よろしく頼む」

村の狩人はそう言って、村のほうへと帰っていった。

俺と風音さんは【隠密《おんみつ》】スキルを発動し、森の木々の間を静かに進んでいく。数歩進むと、木々にふさがれていた視界がある程度開け、その光景を目視できる場所まで来た。

森の中の広場のような場所に、古びた石造りの神殿が建っている。

その周囲には、複数の動く死体——ゾンビの群れが徘徊《はいかい》していた。

ゾンビはスケルトンと同じく、素材さえあれば闇魔法によって生み出すことが可能なモンスターらしいが、スケルトンと同様に決して強くはない。

問題があるとすれば、目の前のゾンビの群れではなく、その先なのだが――ひとまず見えている仕事を片付けるとしようか。

「風音さん」

「うん、大地くん」

風音さんは【隠密】スキルを解除し、魔法発動のための集中に入る。【隠密】状態だと、魔法は使えないのだ。

そのアクションによって、ゾンビたちは風音さんの存在に気付いたようだった。ホラー映画で見るようなポーズで、神殿前にいた十体を超えるゾンビたちが、俺たちのほうに向かって一斉に近付いてくる。

だが最も近い場所にいるゾンビでも、俺たちまでの距離は目算で数十歩ほど。風音さんの魔法発動の準備はすぐに整い、むしろ群れ全体が十分に近付いてくるまで引き付ける必要があるぐらいだった。

その間に俺は、少し後ろに控えていた弓月を呼び、すぐそばまで寄って来させた。

「あれがゾンビっすか。またぞろぞろといるっすね」

背後まで来て俺に寄りかかってきた弓月が、そう感想を漏らす。

「目視可能な範囲にいる数だと、ざっと十五体ってとこか」

「ゾンビはそれで全部だと思うよ。大地くん、そろそろ撃っていい？」

風音さんがそう聞いてくるので、俺はゴーサインを出した。

同時に俺は、弓月の肩に乗っていたグリフォンを地面に下ろし、【テイム】を使って本来の大きさに戻す。このあとの展開がいまいち読めないので、念のためだ。

「よし、それじゃ――【ウィンドストーム】！」

風音さんは、大多数のゾンビが効果範囲に入ったところを狙って、攻撃魔法を放った。

ごうと唸《うな》りを上げて、風刃を大量に含んだ魔法の嵐が吹き荒れる。

嵐がやむと同時、範囲内にいたゾンビはすべて消滅し、魔石へと姿を変えていた。

三体ほど範囲内に巻き込めずに取り逃がしたが、これは俺と弓月、それに風音さんの単体攻撃魔法によって、各個撃破で片付けることに成功した。

「ふぅ。ひとまず片付いたな」

「だね」

「問題はここからっすね」

「クアッ、クアッ！」

ピコンッと音がして、メッセージボードが出現する。

いつも通り、ミッション達成のお知らせだ。


ミッション『ゾンビを１０体討伐する』を達成した！

パーティ全員が２０００ポイントの経験値を獲得！

特別ミッション『西の神殿跡にいるゾンビの群れを討伐する』を達成した！

パーティ全員が３０００ポイントの経験値を獲得！


新規ミッション『グールを３体討伐する』（獲得経験値５０００）が発生！

▼現在の経験値
六槍大地……３０９９３４／３４４３６８（次のレベルまで：３４４３４）
小太刀風音……３０２４２６／３０３７０７（次のレベルまで：１２８１）
弓月火垂……３１００５１／３４４３６８（次のレベルまで：３４３１７）

俺たちは神殿前の広場に出て、魔石を拾い集めながら、周囲を警戒する。

すぐに風音さんが、こう伝えてきた。

「やっぱりいる。神殿の中、気配が一つ。こっちに来るよ」

神殿に向けて警戒を強めていると、やがて今は使われていないはずの神殿の中から、一つの人影が歩み出てきた。

「一体なんじゃ、騒がしい。せっかく作ったゾンビどもが倒されておるではないか」

そう言って神殿の入り口に姿を現したのは、露出度の高い衣装に身を包み、細身の剣を腰から提げた、一人のダークエルフの少女だった。

＊＊＊

ダークエルフ――エルフの一種だが、褐色《かっしょく》の肌を持つところが特徴だ。尖《とが》った耳や、総じて整った容姿を持つあたりは、エルフの特徴をそのまま持ち合わせている。

神殿の入り口に現れたダークエルフは、ショートカットの銀髪と赤い瞳を持つ少女だった。もっとも少女と呼ぶべきかどうかは、実際のところは分からないが。外見年齢は人間でいうところの十五、六歳ぐらいなので、そう見えるというだけだ。

踊り子のようにも見える露出度の高い衣装に身を包み、腰には細身の剣を提げている。軽装だが、冒険者のような力を持った存在であることは、見た瞬間に分かった。

だが――

（あれ……？）

俺は、これまでに出会った冒険者とはどこか違う、違和感のようなものを覚えた。どこがどう違うと言われると困るのだが、何かが違う気がする。

風音さんと弓月も、困惑した様子を見せていた。

「ね、ねぇ大地くん、あの子……」

「先輩。なんかあのダークエルフ、ほかの冒険者と違くないっすか？」

二人の反応もあり、そこはかとない不気味さを覚える。

だが当のダークエルフの少女は、何気ない様子でこう質問してきた。

「おぬしら、見たところヒト族の冒険者じゃな。ここに何をしに来た」

どう答えようか。正直に答えればいいのか、それとも――

いや、嘘《うそ》をつくべき理由も思いつかないし、何より俺は嘘があまり上手《うま》くない。

「村の人たちから、ゾンビの群れを討伐してほしいと依頼されてきたんだ」

「ああー、そういうことか。万が一、人に近付かれても面倒だからとゾンビを作っておいたのが裏目に出てしまったか。なるほど合点がいった、今後気を付けることとしよう」

俺が素直に答えた結果、ダークエルフの少女は特に攻撃的な意志を示さなかった。ホッと一安心だ。

だがそこで、ふと気付く。俺はなぜ、こうまで安堵《あんど》しているのだろうと。

相手はたった一人、こっちは三人。グリフォンも含めれば実質四人分相当の戦力だ。しかもこっちは限界突破している。パワーバランスで言えば、俺たちがこのダークエルフの少女一人に脅威を覚える必要はないはずだ。

何か前提を間違えていない限りは、そのはずだ。

なお繰り返しになるが、この世界のダークエルフは、一般には特に邪悪な種族などではないらしい。肌の色が異なるほかは、基本的には普通のエルフと変わらない。人間の街でも、普通に暮らしている姿を見掛けるぐらいだ。

だが、闇魔法の使い手。こちらは俺たちがこの世界で出会った中だと、ドワーフ集落の一件で遭遇した二人の邪教徒しか知らない。

アンデッドモンスターを作り出すことができる闇魔法の使い手は、人間社会では忌避《きひ》されているのだと後に聞いた。嘘か真《まこと》かは分からないが、闇魔法の使い手には邪悪な性格を持った者が多いのだ、とも。

「では、これでおぬしらの用事は済んだということじゃな。しょうがないから、そのゾンビどもの魔石はくれてやろう。村人に討伐を証明せねばならんじゃろうからな。それを持って早々に立ち去るといい」

ダークエルフの少女は、そう言って俺たちをこの場から追い払おうとする。

なお闇魔法を使ってアンデッドを生み出すには、素材の一つとして魔石が必要になるらしい。くれてやる、と言っているのは、それがもともと彼女のものだからだろう。

そして彼女の言い分も、確かにそのとおりだ。神殿前のゾンビの群れを討伐することが、俺たちが依頼された仕事内容だ。俺たちの仕事はこれで済んだことになる。

——いや、実は本当はもう一つ、リントン村の村長と契約したことがある。

村から西に向かったダークエルフが怪しいことは、状況から見て明らかだった。闇魔法の使い手の存在も考えれば、彼女がゾンビの群れを生み出した犯人である可能性はきわめて高いと見込まれた。

だから俺たちはリントン村の村長と、このような取り決めもしたのだ。

もしそのダークエルフが、俺たちや村の人々にとって敵対的な存在であった場合、その無力化と引き換えに追加の報酬を受け取る——と。

「キミは一体、何者なんだ」

俺は思わず、ダークエルフの少女に向かってそう問いかけていた。

心の奥底からは、やめろ、そんなことを聞かないでさっさとこの場を離れろという叫びが聞こえていたが、なぜかそう問わずにはいられなかった。

「何者、と聞かれてもの。闇魔法を得意とするダークエルフの一冒険者、ではダメかの？」

「キミはここで何をしているんだ、と聞いてもいい」

「それこそわしに答える義理はなかろ？　おぬしらに何か関係があるのか？」

「キミが村に対して危害を及ぼす存在なら、放ってはおけない。ゾンビ討伐の依頼の本質的内容は、そういうことだろ」

「はぁっ……無駄に義理堅い冒険者じゃのぅ。まあ一理はあるがの。じゃが邪神殿の捜索はわしの趣味じゃ。村の者に危害は加えん。ゾンビもスケルトンももう生み出さん。これでいいかの？」

肩をすくめて呆《あき》れたようなジェスチャーをするダークエルフ。

そう言われてしまえば、これ以上、彼女を疑う理由もない。

リントン村の村長との取り決めも、俺たちが負うリスクを考慮してのものだし、彼女に敵対の意志がないならそれに越したことはない。

それに何より、俺の本能が、早々に彼女の前から立ち去るべきだと訴え続けていた。風音さんや弓月を危険に巻き込みたくないなら、一刻も早くこの場から離れろと。

いろいろとモヤモヤはするが、好奇心は猫を殺す。俺は今度こそ、ゾンビ討伐の証明である魔石を拾い集め、仲間たちを連れて村へと帰還しようとした。

だがそのとき、ダークエルフの少女がふと思い出したように、こう言ったのだ。

「せっかくの機会じゃ、一応おぬしらにも問うておこう。おぬしら、『レブナントケイン』という魔法の錫杖《しゃくじょう》の在り処《あか》に覚えはないか?」

最後の魔石を拾い上げた俺の心臓が、どくんと跳ねたのが分かった。

＊＊＊

「おぬしら、『レブナントケイン』という魔法の錫杖の在り処に覚えはないか?　ずっと探しておるのじゃが、どうにも見付からん。万が一知っておったら、場所を教えてくれるだけでも相応の礼はするぞ」

ダークエルフの少女は、俺たちにそう問いかけてきた。

俺の心臓が、どくん、どくんと跳ねる。

『レブナントケイン』――かつて俺たちがドワーフ集落を訪問した際、そこで遭遇した事件において耳にし、目にしたアイテムだ。

レブナントという種類の、強力なアンデッドモンスターを作り出すために必要な秘宝。二人の邪教徒がそれを使って、ドワーフ戦士のベルガさんを、レブナントにしようと画策したのだ。

今は再び、かのドワーフ集落の宝物庫《ほうもつこ》に収まっているはずだ。処分するか否《いな》かに関してまた話し合うと言っていたから、その後どうなっているかは分からないが。

目の前のダークエルフの少女が、それの在り処について尋ねてきた。しかもそれを「ずっと探している」と言った。ということは、どういうことか。

正直に「知っている」と答え、その場所を教えたらどうなるか。彼女は件《くだん》のドワーフ集落に向かい、何としてでもそれを手に入れようとするのではないか。

何としてでも——それはつまり、手段を選ばずに。

「邪悪な者の手に渡ってはいけないアイテムだ」と、ドワーフ集落の戦士たちは言っていた。目の前の少女は、一見では邪悪そうには見えないが……。

おそらく目の前のダークエルフの少女は、ただ者ではない。俺の探索者《シーカー》としての本能が、こちらの戦力を踏まえた上で警鐘《けいしょう》を鳴らすほどの存在。

「知らない」と嘘をつくか、と考える。だがそれにしては、すでに沈黙しすぎた。

あと繰り返しになるが、俺は嘘があまり上手くない。目の前の相手に対して、嘘をついてバレることのリスクはどのぐらいか。

いろいろと考えた結果――

「一応、心当たりはある。でもそれをキミに教えていいのかどうか、判断に迷っている」

結局、正直者には正直者の戦い方しかできないという結論に至った。

俺のその言葉に、ダークエルフの少女は心底嬉しそうに食いついてきた。

「ほ、本当か!? 頼む、どこにあるのか是非とも教えてくれ！ 悪いようにはせん……と、思う……から……」

最後のほうは、ごにょごにょと歯切れが悪くなった。

嘘をついているようには見えないのだが、どう判断したものか。

「『レブナントケイン』を求めているってことは、その危険性についても認識しているんだよな？ おいそれと他人に在り処を教えていいものじゃないことは分かるだろ」

「ううっ、それはそうじゃが……。わしは邪悪な魂の持ち主ではない。それは信じてもらえんか？ さもなくば、わしはおぬしらを今すぐ叩《たた》きのめし、拷問して在り処を吐かせることだってできるんじゃから」

……言い切ったよ、この娘。冒険者三人とグリフォン一体を前にして、自分はお前たちを叩きのめせるぞと。

あとグリフォンを従えているところを見ても驚いてもいないな。

レベルがいくつなのかは分からないが、ここまでの様々な情報から、目の前のダークエルフの少女が限界突破をしていることはおそらく間違いないだろう。

ダークエルフの少女は、「ああもう」と言って、次には胸に手を当ててこう言ってきた。

「だったら、こう言えば信じてもらえるか？　わしはかつて魔王を倒した『八英雄』の一人、ユースフィアじゃ。命懸《いのちが》けで戦って人類を救った、とびっきりの善人じゃぞ。これでも信じられんか？」

「は……？」

予想外の角度から、予想外の言い分が飛んできて、俺はあっけに取られてしまった。

＊＊＊

「……ほ、ほーん、だいたい話は分かった。それで、どうしてその八英雄の一人、ユースフィアさんがうちらに同行する話になったん？」

翌朝。集合場所であるリントン村の宿屋前に集まった俺たちが、エスリンさんに事情を説明すると、雇用主《クライアント》は顔を引きつらせてそう尋ねてきた。

その問いには、俺たちと一緒にいた当のダークエルフ、ユースフィアさんが答える。

「うむ。八英雄の一人と名乗られても、それを確かめる手段がないと言われてな。ならばと、ドワーフ大集落ダグマハルに住んでおるバルザムントのところまで同行しようとなったのじゃ。やつならわしのことを知っておるからの」

「な、なるほどね。うん、話は理解したけど、実感がついてこんわ」

「ただで強力な護衛が増えたと思っておけばよかろ、ヒト族の商人よ。もっとも、よほどのことがなければ、こやつらだけでも事足りるじゃろうがの」

そう言ってユースフィアさんが指さすのは、俺たち三人だ。

ちなみにこの自称八英雄の一人ユースフィアさんは、試しにレベルを聞いてみたところ、「75じゃ」とあっさり答えてくれた。

ただステータスを見せてほしいと言ったら、さすがに断られた。「それは乙女の秘密じゃ☆」とのこと。

どうもロリババアと呼んだほうが適切な年齢っぽい彼女、乙女という表現は妥当なのかどうか。言うと怒られそうなので黙っておくが。

あと風音さんと弓月には「初対面の女性にステータスを聞くなんて、デリカシーがないよ、大地くん」「そっすよ。先輩はこれだから」といつものように無駄にディスられた。

この二人、すでにユースフィアさんに気を許している模様。

まあ俺もこの段階で、この人にならレブナントケインの在り処を教えてもいいかなという気にはなっていた。でもあと一日ちょっとで着く場所だし、せっかくなのでドワーフ大集落までついてきてもらうことにしたのだ。

「ま、ええわ。それじゃ最後のひと踏ん張り。ダグマハル目指して出発しよか」

雇用主のエスリンさんがそう言って、リントン村の入り口をあとにする。

俺たちもまた、そのあとについて、目的地までの残りの道のりを歩み始めた。

第六章

ドワーフ大集落ダグマハルは、山岳地帯の山峡にあるという。

温泉地であるリントン村を出立したエスリンさん一行と俺たち、それに自称八英雄《はちえいゆう》の一人でダークエルフのユースフィアさん。総勢八人は、道と呼ぶのもはばかられるほどの頼りない山道を進んでいく。

山道は全般に緩やかだが、ときに険しい。鉱石を載せた台車を曳《ひ》くムキムキ従者たちが大変そうなときは、ちょいちょい手伝ってやりながら先を急いだ。

そんな最中《さなか》、ユースフィアさんが雑談がてらにこんなことを語りはじめる。

「バルザムント――これから行くドワーフ大集落の長《おさ》のことじゃがな。やつは戦士としてだけでなく、冒険者用の武具を作る武具製作者としても超一流なんじゃ。特に重装防具《じゅうそうぼうぐ》が得意分野でな。おぬしらもやつが作った武具を手に入れられれば、戦力アップになるやもしれんぞ」

「へぇ……。というか、バルザムントさんってドワーフ大集落の長だったんですね。八英雄の一人だとは聞いていましたけど」

俺がそう返すと、ユースフィアさんは怪訝《けげん》そうな顔をする。

「なんじゃ、おぬしらそんなことも知らんのか。変なやつらじゃのう」

「ええ、まあ。ちょっと事情がありまして」

「ふん、まあいいけどの。それはそうとおぬし、いつからかわしに対する言葉遣いや態度が変わったな？　最初に会ったときには、わしのことを子供扱いしとったじゃろ」

「あー、えー、まあ……はい。すみません」

「くくっ、よいよい。見た目で侮《あなど》られるのはおぬしに始まったことではないわ」

そう言ってからからと笑うユースフィアさん。

最初は見た目に引っ張られたけど、ロリババア方面の人だと分かって、俺の今の接し方はこんな感じだ。レベルが俺たちより大幅に上という点にも目上さを感じて、それに態度が引っ張られていることもあるかもしれない。

ユースフィアさんのレベルは、自称75。ステータスは見せてもらっていないが、彼女から感じるそこはかとない圧力からも、おそらく嘘《うそ》はついていないだろうと思える。

対して俺たちはというと、俺と弓月《ゆづき》が36レベル、風音《かざね》さんが35レベルだ。

ユースフィアさんは俺たち全員を相手に叩《たた》きのめせると言い放ったが、本当にそこまでの実力差があるのかどうかは不明である。

いずれにせよ、敵対したい相手でないことは確かだ。ユースフィアさんの言動からも、彼女が悪人だとは思えなくなっていたし、敵対するべき理由がそもそもなさそうだが。

「けどドワーフの英雄さん、重装防具を作るのが得意なんすか。先輩この間、重装備用のスキルがリストに出てきたって言ってなかったっすか？」

「ああ。【重装備ペナルティ無効】な」

弓月の言葉に、俺はうなずく。

【重装備ペナルティ無効】は、31レベルで俺の修得可能スキルリストに出てきたものだ。

効果ははっきりとは分からないが、スキル名称から察するに、チェインメイルやプレートアーマーといった敏捷《びんしょう》力《りょく》にマイナス修正を受ける種類の防具を、より有効に扱えるスキルなんじゃないかと思う。

例えばプレートアーマーは、敏捷力に－4のペナルティを受ける代わりに、防御力51というきわめて高い防御性能を誇る。この「敏捷力－4」という効果を無効化できるのが、【重装備ペナルティ無効】というスキルなのではないか。

と思っていると、ユースフィアさんから答え合わせが来た。

「なんじゃおぬし、【重装備ペナルティ無効】を持っとるのか。それなら尚更《なおさら》じゃの。確かバルザムントも、そのスキルを持っておったはずじゃ。以前にスキル自慢をしとったから覚えておる」

「自慢をするような強力なスキルなんですか」

「うむ。なんでも重装防具の敏捷力へのマイナス修正をすべて無効化できるとかでな。防御力が高い防具をデメリットなしに使えるヤバいスキルだと、たいそう自慢げじゃった」

大当たりだった。二つの意味で。ならば俺もプレートアーマーのような重装防具に乗り換えてもいいかもしれない。

俺が今装備しているエルブンレザーもエルフ集落でもらった逸品ではあるのだが、さすがに防御力で比較するとプレートアーマーなどのほうが格段に上だ。それを敏捷力ペナルティなしで使えるようになるのは、やはりおいしい。

しかもドワーフの英雄バルザムントさんが重装防具の製作を得意とするなら、プレートアーマーよりさらに上位の防具も、これから向かうドワーフ大集落で手に入るかもしれない。

ただ問題として、それを購入するのに金貨が足りるかどうかが一つある。

エスリンさんからの依頼を完了して報酬をもらえば、手持ちの金貨は７００枚を上回るはずだが、プレートアーマーですら金貨２００枚の店売り価格だ。

その上位の防具となると、いくらかかるものなのか。ドワーフ集落で書いてもらった紹介状を出したら、なんかこういい感じにまけてもらえたりしないだろうか。

いや、そもそもまだドワーフ大集落にどんな武具があるかも分かっていないし、皮算用してても仕方ないな。集落に着いてから考えよう。

そう思って、集落への道を進んでいったのだが——

「——っ⁉　大地《だいち》くん、この音」

「ええ、風音さん。これは——」

何かが激突する音、金属音、燃え盛る炎の音。

まもなくドワーフ大集落ダグマハルにたどり着くという頃に、前方から何やら戦いの音のようなものが聞こえてきたのである。

「この音は、ダグマハルの入り口の門のあたりじゃな。何が起こっとるかは分からんが、首を突っ込むなら急いだほうが良さそうじゃぞ」

ユースフィアさんの言葉にうなずいて、俺たちは戦闘音が聞こえる現場へと急行した。

＊＊＊

左右に木々が立ち並ぶ、緩やかな登りの山道を駆けあがる。

護衛対象であるエスリンさんたちを置いてけぼりにするわけにもいかないので、そっちには風音さんについてもらって、俺と弓月、それにユースフィアさんとで先行した。

現場に近付くにつれ、戦闘音と思《おぼ》しき物音が、いよいよ激しく聞こえてくる。

その中には、集落のドワーフのものと思しきいくつかの声が混ざっていた。

「ぐわあーっ！」

「くそっ、バラドがやられた！　治癒魔法は追いつかんのか！」

「このままでは門が破られるぞ！」

「ええい、門はもうダメだ！　打って出るしかあるまい！」

ついで、ゴゴゴゴッと大扉が開くような音が鳴り響き、戦士たちの雄叫《おたけ》びと思しきたくさんの声が聞こえてくる。

ほかにも燃え盛る炎の音、獣の唸《うな》り声《ごえ》、ケタケタと笑う不気味な声――

登り坂の道をある程度まで駆けあがった俺たちは、傾斜が緩やかになった道の先に、その戦場を目の当《ま》たり《あ》にした。

それは俺たちから見て、数十メートル前方に広がる光景だ。

ドワーフ大集落ダグマハルの入り口と思しきその場所には、規模は小さいながらも堅牢《けんろう》な城塞《じょうさい》が鎮座《ちんざ》している。山峡を塞《ふさ》ぐように築かれたあの城塞の門を通らなければ、その先にある集落へと足を踏み入れることは困難だろう。

今、その城塞の門を守る両開きの大扉は、内側から――俺たちから見ると向こう側から開かれていた。

開かれた木製の大扉は、左右とも激しく燃え上がり、今にも崩れ落ちてしまいそうだ。

開放された大扉の代わりに門を死守しているのは、十人を超えるドワーフの戦士たち。

戦士たちは鎖かたびら《チェインメイル》や角付き兜《ヴァイキングヘルム》といった重装防具を身につけた姿で、戦斧《バトルアックス》や斧槍《ハルバード》、戦鎚《ウォーハンマー》などの重量級の武器を手に、彼らの前に群がるモンスターどもへと攻撃を仕掛けていた。

そのいずれも、俺たちと同じ「力」を持った戦士たちで、武器も魔石製のもの。

見ている間にも、戦士たちから武器を叩きつけられた獣型モンスターのうち一体が、黒い靄《もや》となって消滅、魔石へと変わった。

モンスターと戦っているドワーフ戦士は、門前で接近戦を繰り広げている者たちだけではない。城塞に設《しつら》えられた窓や城壁の上から、弩《クロスボウ》や魔法で攻撃しているドワーフ戦士の姿も見受けられる。戦士たちの数は、総勢で二十人ほどか。

彼らが戦っている相手は、より多勢のモンスターの群れだ。全部で三十体ほど。

見たところ、モンスターには二種類いる。

一つは、燃え盛る炎に包まれた、浮かぶ髑髏《しゃれこうべ》――フレイムスカル。俺たちの世界のダンジョン遺跡層や、アリアさんと出会ったダンジョンで遭遇した相手だ。

もう一つは、これまでに遭遇したことのない、黒く大きな犬のような姿をしたモンスター。こちらも全身が炎に包まれている。

二種類のモンスターの割合は、半々ほどか。

三十体にも及ぶモンスターの大群となると、エルフ集落を襲ったモンスター集団を彷彿《ほうふつ》させるが、個々のモンスターが放つ「圧」はこちらのほうが上だ。

「あの燃えてるワンちゃん、名称は『ヘルハウンド』っす！　ステータスはミュータントエイプより格上。雑魚《ざこ》にしちゃ強いっすよ」

弓月が【モンスター鑑定】の結果を伝えてくる。ワンちゃんと呼ぶべき大きさでもない気がするが。外見はドーベルマンに似ているが、その体格はほとんど馬みたいなものだ。

強さに関しては、やつらが放つプレッシャーの大きさからして、そんなところだろうなとは思っていたが。今の俺たちにとっては、数が多いとヤバい、ぐらいの相手だな。

ドワーフ戦士たちも、その多くは熟練の戦士のようで、数の不利がありながらも善戦しているように見える。だが苦戦していることも確かだ。

さて、どうするか。風音さんはエスリンさんたちの護衛についていて、この場に到着するまでにはもうしばらく掛かる。今この場にいる戦力は、俺と弓月、大型化させたグリフォン、それにユースフィアさんだけ。

万が一、あの三十体がこぞって俺たちのほうに向かってきたら、ヤバいことになるかもしれない。ドワーフたちを助けてやりたいのは山々だが、ここで攻撃を仕掛けて、モンスターどもの注意を引いてしまって大丈夫なのか。

だがそんな折、ユースフィアさんが一歩前に出る。

「ふむ、バルザムントのやつの姿が見えんの。モンスターに範囲攻撃持ちもおる。悪ければ死人の一人や二人は出かねんか。どれ、少し手助けをしてやるとするかの」

ユースフィアさんの体が、闇色の魔力をまとい始める。……思い切りがいいな、おい。

ちなみに範囲攻撃うんぬんは、戦闘不能になった際の死亡リスクを念頭に置いているのだと思う。

俺たち探索者《シーカー》や、この世界の冒険者や戦士——もう面倒なので「覚醒者」でまとめることにしようか——は、HPが0になっても戦闘不能状態になるだけで、即座に命を落とすことはない。

現在ＨＰが、最大ＨＰぶんだけマイナスの状態になったときに死亡に至る。最大ＨＰが１００の覚醒者だったら、現在ＨＰが０を大きく下回って－１００に達しなければ、死ぬことはないわけだ。

さらにモンスターは、近くにいる覚醒者が全滅しない限りは、未《いま》だ活動状態にある覚醒者を優先して攻撃する性質を持つと言われている。

なので通常、その場にいる覚醒者が全滅しない限りは、戦闘不能状態の覚醒者がモンスターから攻撃されて死に至ることはまずない。

だがモンスターに範囲攻撃能力を持った個体がいる場合は、その限りではない。戦闘不能状態になった覚醒者が、範囲攻撃に巻き込まれる可能性が出てくるからだ。

あの燃え盛る巨大な黒犬――ヘルハウンドというモンスターは、口から炎を吐いて広範囲を攻撃する能力を持っているようだ。ユースフィアさんが懸念している事態は、確かに起こり得ると思えた。

いずれにせよ、ユースフィアさんが攻撃を仕掛けるなら、俺たちも参加したほうがいいな。

「弓月、俺たちもやるぞ。範囲魔法で一斉に叩く」

「りょ、了解っす！　ううっ、どっちも火属性耐性を持ってるから、うちの魔法は効きにくいんすよねぇ」

俺と弓月もまた、魔力を活性化させていく。グリフォンはひとまず待機だ。

この段階で、モンスターたちの何体かが、俺たちの存在に気付いたようだった。

ユースフィアさんの魔法が、真っ先に発動した。

「ほとばしれ、闇の雷《いかずち》──【ダークサンダー】」

ダークエルフの少女が突き出した手のひらの前方に、バスケットボール大の闇の球体が生まれる。直後、それがモンスターの群れ目掛けて発射された。

高速で飛行した闇の球体は、モンスターの群れの一角の頭上、地上三メートルほどの空中に至ると、そこで弾《はじ》けて黒い稲妻《いなずま》の雨を降らせた。無数の黒い稲妻は、その下にいたモンスターたちを打ちつけ、ダメージを与えていく。

その攻撃で、魔法の効果範囲にいた六体のモンスターのうち、三体が消滅して魔石となった。いずれもフレイムスカルだ。残ったのはヘルハウンドが三体。

「なんじゃ、一撃で落ちんのか。まあまあ厄介《やっかい》な犬っころじゃのう」

魔法を放ったユースフィアさんは、その結果に少しだけ不満そうだった。

ヘルハウンドはやはり、かなりのタフネスを持った難敵のようだ。

「弓月、ヘルハウンドにトドメ行けるか？」

「余裕っすよ。あの三体はもう瀕死《ひんし》っすからね──でも一応、【エクスプロージョン】！」

「よし。じゃあ俺は向こうだ──【ストーンシャワー】！」

ユースフィアさんに続いて、俺と弓月が同時に魔法攻撃を放つ。

弓月が放った爆炎魔法は、ユースフィアさんが落とし切れなかった三体のヘルハウンドをまとめて巻き込み、そいつらを魔石へと変えた。

一方で俺は、今回が初公開の新魔法だ。ユースフィアさんや弓月が攻撃したのとは別方面に固まっていた、五体のモンスターをターゲットとして魔力を放つ。

ターゲットにした五体のモンスターの頭上に無数の石つぶてが生まれ、雨のように降り注いだ。ドガガガガッと音を立てて、石つぶてが五体のモンスターを打ち据える。

いずれも撃破には及ばなかったが、確実にダメージは与えたはずだ。

「弓月、ダメージチェック頼む」

「オーライっす！　それより敵の攻撃来るっすよ、先輩！」

ヘルハウンドが三体、俺たちに向かって駆け寄ってきていた。

巨体と俊敏性を併せ持った黒犬たちは、彼我《ひが》の距離をあっという間に詰めてきたかと思うと、口から一斉に炎を吐き出した。中距離から放たれた炎の吐息《ファイアブレス》は広範囲に広がり、俺たち全員をまとめて包み込む。

さらに群れの中にいたフレイムスカルの数体からは、散発的な火炎弾が飛んできた。

炎の吐息《ファイアブレス》と火炎弾、いずれも回避は困難で、まともに食らうこととなったが——

「ふんっ、効かぬわ雑魚どもが」

「ギャーッ、やられ——てないっすね」

ユースフィアさんと弓月は、どうやらノーダメージのようだ。魔法防御力の賜物《たまもの》か。

俺やグリフォンが受けたダメージも重傷ではない。

無論、同じような攻撃を何度も受ければ、まずいことにもなってくるだろうが――

「ほれ、お返しじゃ犬っころ――【ダークサンダー】」

「うちもお返しっす――【エクスプロージョン】！」

「キミたちダメージ受けてないよね？【ストーンシャワー】！」

実際には、そうしたモンスターの猛攻は長続きしない。こっちだって黙って的になっているわけじゃないからだ。

俺たちの追加の魔法攻撃が炸裂《さくれつ》し、さらに多数のモンスターが消滅していく。

ドワーフ戦士たちの攻撃もあり、当初うじゃうじゃといたモンスターは、みるみるうちに数を減らしていった。

こうなれば、あとは消化試合だ。ドワーフ戦士たちとの挟み撃ちで、俺たちはモンスターを次々と魔石へと変えていき、やがて最後の一体を消滅させるに至った。

またこの戦闘で、ミッションも一つクリアしていた。

ミッション『ヘルハウンドを5体討伐《とうばつ》する』を達成した！

パーティ全員が８０００ポイントの経験値を獲得！

小太刀《こだち》風音が３６レベルにレベルアップ！

▼現在の経験値
六槍《むそう》大地……３１９７３４／３４４３６８（次のレベルまで：２４６３４）
小太刀風音……３１０４２６／３４４３６８（次のレベルまで：３３９４２）
弓月火垂《ほたる》……３２１６５１／３４４３６８（次のレベルまで：２２７１７）

とても大きな経験値ではないが、ついでで貰《もら》えるものは嬉《うれ》しい。ごちそうさまでした。

＊＊＊

ドワーフ戦士たちの戦いに協力し、モンスターの群れを打倒した俺たち。

ひとまずは戦後処理だ。具体的に言うと、ダメージチェックと治癒魔法の行使。

今の戦闘での被ダメージを確認すると、俺のＨＰが２１０／２５２、グリフォンのＨＰが２５６／３５０に減少していた。俺が４２点、グリフォンが９４点の被ダメージだ。

俺もグリフォンも、フレイムスカルの火炎弾を一発と、ヘルハウンドの炎の吐息《ファイアブレス》を三発分受けてこれだ。グリフォンの被ダメージの大きさがやや目立つ。

もっともこれは、グリフォンの魔法防御力が低いというよりは、「抗魔の指輪」を装備している俺や弓月の魔法防御力が高いというほうが妥当なのだろう。

いずれにせよ、最大ＨＰが高いからといってグリフォンのタフネスを過信すると、まずいことになりそうだ。

ちなみに【テイム】しているモンスターは、装備品で戦闘力を強化することはできない。また彼らは通常のモンスターと同様、ＨＰが０になると即座に消滅して魔石になってしまう。これも俺たち覚醒者とは根本的に違うところだ。このグリフォンにもいい加減に愛着が湧いてきていることもあるし、そうなってしまうことは全力で避けたいところ。

愛着といえば、こいつの名前を決めたほうがいいのかなと思いつつ、いまだに俺はグリフォン呼びだ。

風音さんや弓月はグリちゃんと呼んでいるし、名付けるとしたらグリ……グリ？　それだと二匹セットの野ネズミの片割れみたいな名前だが。少しアレンジして、グリすけ、グリぽん、グリりん……うーん、いまいちな気がする。やはり保留にしておこう。こういうのは苦手なんだ。

それよりも今は、ＨＰ回復だ。

俺はまず、自身に【アースヒール】を一発使って、ＨＰを全快させた。

次に、俺よりも大ダメージを受けていたグリフォンには、上位治癒魔法の【グランドヒール】を使った。８１ポイント回復して、全快には１３ポイント及ばず。仕方がないので、もう一発【アースヒール】を使って完全回復させた。

最大ＨＰ頼みだと、回復コストもかさむな。今回の戦闘ではグリフォンはろくに活躍できなかったし、若干の足手まとい感がなくもない。

まあ【テイム】は、スキル一枠ぶんで取れて戦力増員できるだけでもチート級スキルだし、このぐらいは仕方ないだろうなとも思う。

さて、回復は終了。あともう一個、ダメージチェックをしておこう。

俺は隣で見ていた後輩に聞く。

「弓月、俺の【ストーンシャワー】のダメージ、どんなもんだった？」

「んー、ざっくり言って、五体とも40点弱ぐらいのダメージだったっすね。ヘルハウンドの最大HPが140、フレイムスカルが90っすから、先輩の魔力でこの威力ならまあまあじゃないっすか？」

「なるほど。確かにまあまあだな」

俺の新魔法【ストーンシャワー】は、消費MPは9点とそこそこの重さだが、範囲攻撃魔法としての威力もそこそこという印象だった。

俺は弓月みたいな魔力特化型でもないし、風音さんの【ウィンドストーム】と同等ぐらいの働きができれば上出来だろう。今後も状況次第で使っていくことにしよう。

さて、治癒とダメージチェックが終わった。

その頃には、ドワーフ戦士たちの何人かが、俺たちのもとまでやってきていた。

一人のドワーフ戦士が俺たちの前に立ち、握手を求めて手を差し出してくる。

「誰とも知れぬが助かったぞ、旅の戦士たちよ。ワシはこのドワーフ大集落ダグマハルの族長代理、グランバだ」

俺たちの前に差し出された、ドワーフ戦士のごつごつとした手。

ユースフィアさんを見ると、我関せずといった顔をしていた。

しょうがないので俺が手を取って握手をする。

「六槍大地です。商人のエスリンさんに雇われて、このドワーフ大集落ダグマハルを目指してやってきました」

「エスリン……？　──おおっ、ひょっとして、あのヒト族の娘っ子か！　知っておるぞ。だが姿が見えんな。どこにいる？」

「緊急事態と見て、俺たちだけ先行してきたので。少し遅れて……あ、来ました」

「おーい、大地くーん！　大丈夫だったー？」

ちょうどエスリンさんたちが、俺たちの視界に入るところまで追いついてきたところだった。先頭に立ってぶんぶんと手を振っているのは、風音さんだ。

ただ俺たちのもとまでやってくるには、もう少しかかりそうだった。

その間にユースフィアさんが、ドワーフ戦士たちに向かって問いかける。

「そんなことより、バルザムントのやつの姿が見えんが、やつはどうした？　やつがいればあの程度のモンスターの群れ、どうということはなかったろうに」

ユースフィアさんとしては、いつも通りの物言いだったのだろう。

だが、英雄に対しての横柄とも思えるその言葉に、ドワーフ戦士たちが眉をひそめたのが分かった。

族長代理を名乗ったドワーフ戦士が、訝《いぶか》しんだ様子で言葉を返す。

「おぬしは何だ、ダークエルフの娘よ。我らが族長をそのように呼ばれるのは、あまり良い気がせんのだがな。助けてもらったことには礼を言うが、族長への無礼を看過するかどうかは、また別の話になるぞ」

「あー、面倒くさいやつらじゃのぅ。これだからドワーフは。昔っから頭が固くて困るわ」

「何だと……？　古来よりエルフが高慢なのは知っているが、娘、我らを侮辱するならば覚悟はできているのだろうな」

「ほう？　なんじゃおぬしら、わしに勝てるつもりでおるのか。よかろう、命が惜しくないなら掛かってくるがい――」

「ちょっ――待て待て待て待て！」

「ストップ、ストーップっす！　ユースフィアさんも、助けた相手を亡き者にしようとしてどうするんすか！」

俺と弓月は慌てて、両者の間に割って入った。

どうして……？　どうして今の流れでいきなり喧嘩《けんか》になるの？

結局、俺と弓月はエスリンさんがやってくるまで、互いに嚙《か》みつき合いそうなユースフィアさんとドワーフ戦士たちの仲裁をしなければならなくなった。

どうして……。みんな仲良くしようよ。ね？

エルフとドワーフは仲が悪いなんて、そんな伝統は守らなくていいと思うんだ。

＊＊＊

ドワーフ大集落ダグマハルの入り口から、集落の居住地へと至る登り坂の道は、左右をそそり立つ断崖絶壁に挟まれた路地となっている。

外敵防御のための城塞をくぐり抜けた俺たちは、ドワーフ戦士たちの先導のもと、その道を進んでいった。

なおドワーフ戦士たちとユースフィアさんとは、一度はなんとなく和解したように見えたが、両者の小競り合いはなおも続いていた。

今もまたユースフィアさんが、集落の族長代理グランバさんに食って掛かる。

「なんじゃ、バルザムントは外出中か。なら最初からそう言えばよかろうに」

「ふんっ。ダークエルフの娘よ、おぬしこそ族長の知人であるならば、最初からそう言えばよかったのだ」

「そんなもの言わずとも、話の流れでだいたい分かるじゃろ。だからおぬしらドワーフは頭が固いと――」

「あー、もう！　ユースフィアさん、すぐ喧嘩のタネをばら蒔《ま》かない」

また喧嘩に発展しそうな気配を感じたので、俺は慌ててユースフィアさんを止めにかかった。

ユースフィアさんは、ぷくーっと頬《ほお》を膨らませる。

「むーっ。じゃがダイチ、あやつだって悪いじゃろ。わしだけ叱られるのは納得がいかん」

「あの、子供じゃないんですから。そもそもユースフィアさん、歳《とし》いくつなんですか？」

「乙女《おとめ》のステータスを覗《のぞ》こうとした次には、年齢を聞いてくるのかおぬしは？　まったく、でりかしぃがないのう。カザネやホタルの苦労が偲《しの》ばれるわ」

ユースフィアさんのその言葉には、近くで話を聞いていた風音さんと弓月が嬉々《きき》として反応するわけで。

「あ、分かります？　大地くんってば、攻めてきてほしいときにはまごまごしてるのに、関係ないときにはずけずけ来るんですよ」

「そうそう。ま、先輩だからしょうがないっすけどね。あ、あとユースフィアさん、先輩のことを悪く言っていいのは、うちと風音さんだけっすからね？　そこのところはよろしくっす」

「分かった分かった。おぬしらの独占欲も、なかなかのものじゃな」

「「まあね～（っす）」」

えへんと胸を張る、うちの相棒たち。これは愛されていると思って喜ぶべきところなのか、どうなのか。

ちなみにそうして同じポーズをとると、どことは言えない両者の格差が浮き彫りになるが、口にすると二人から猛烈に怒られるに違いないので黙っておく。

ユースフィアさんの最初の発言に話を戻そう。

現在、このドワーフ大集落ダグマハルの長にして八英雄の一人バルザムントは、二週間程度の長期外出の最中で、不在だという。

それも間もなく帰還予定で、明日か、遅くとも明後日《あさって》には戻ってくるとのことだが。

「しかしバルザムントのやつも、ずいぶんと間が悪いの。先のあのモンスターの群れ、人里近くではなかなか見ないレベルの大戦力じゃろ。やつがいないときに限って、あんなのに襲われるとはのう」

ユースフィアさんのその言葉に、ドワーフ戦士たちは一様に険しい表情になった。

族長代理グランバさんが、苦渋の声を絞り出す。

「いや……あの規模のモンスターの襲撃が、ここ一週間ほどで、すでに三度目なのだ」

「……なんじゃと?」

これにはユースフィアさんも、驚いた様子を見せた。

この世界の事情に詳しくない俺たちは、やや首を傾《かし》げるところだが。

どうやら両者の話を聞いている感じでは、あのフレイムスカルとヘルハウンド合わせて三十体程度というモンスターの群れ（俺たちが現着する前にはもっといたのかもしれない）は、かなりイレギュラーな大戦力のようだ。

しかもそのイレギュラーな大戦力の襲撃が、ここ一週間ほどで、今回のものを含めて三度あったという。つまりは「異常事態」らしい。

その話を聞いて、俺はこれまでの異世界生活で遭遇した、二つの出来事を連想していた。

一つ目は、かつて俺たちが立ち寄ったエルフ集落を襲ったモンスターの大集団。集落があのような大集団に襲われることは、滅多にない事態らしい。

二つ目は、冒険者ギルドの受付嬢が言っていた、最近はモンスターに関してイレギュラーな出来事が多いという話。

イレギュラー、イレギュラー、イレギュラー。

各地で立て続けに起こるイレギュラーは、イレギュラーと呼んでいいものなのだろうか。

それらは何かの必然によって起こっていると考えるほうが、自然なのではないか――

と、そんなことを考えているうちに、俺たちは峡谷の坂道を登りきって、集落の居住地までたどり着いた。

そこで俺たちは、これまでに見たことのない光景を、目の当たりにすることとなる。

＊＊＊

「「「おお～っ！」」」

そこにあった光景を見て、俺と風音さん、弓月の三人は感嘆《かんたん》の声をハモらせた。

ドワーフ大集落ダグマハルの居住地は、段々になった山の斜面を利用して作られた、大規模なものだった。

ただ山の斜面を利用しているというだけなら、以前にお邪魔したドワーフ集落もそうだったのだが。このダグマハルの居住地には、それと規模が違うだけではなく、もう一つ大きな特徴があった。

人々が暮らしている住居が、岩山そのものをくりぬいて作られた「洞窟住居」なのだ。

ここの住民は実質、穴の中で暮らしているわけだ。

ただ穴の中といっても、各住居は見た目からして立派なものが多い。山そのものの岩盤を利用して作られてはいるものの、その造りは石造りの一般住居とほとんど変わりないように見える。

住居の数から察するに、人口規模はおそらく千人を超えるだろう。それも見渡す限り、住人はドワーフしかいない。

俺たちは居住地へと踏み込んでいく。

エスリンさんが俺たちの前に進み出て、くるりと振り向いた。

「やーっ、ようやっと着いたわ。道中いろいろあったけど、これで護衛依頼は終了やね。三人ともお疲れさん。報酬は高額なんで大金貨で払うけど、しっかり確認してな」

そう言ってエスリンさんから渡された巾着袋《きんちゃくぶくろ》には、ずっしりとした重みがあった。

風音さんと弓月が横から覗き込んでくる中、俺は巾着袋の口を開く。

「「おおーっ！」」

本日二度目の感嘆の声。巾着袋の中からは、黄金色《こがねいろ》の輝きがあふれ出していた。

巾着袋の中から、金貨を1枚取り出す。その黄金色の硬貨は、五百円玉ぐらいの大きさだが、金の比重のためか五百円玉よりずっと重い。

この世界で比較的頻繁に目にする「金貨」は、別名「小金貨」とも呼ばれるもので、小指の先ぐらいの大きさしかない。一円玉と比べても、もっと小さいぐらい。

だが今、巾着袋に入って渡されたものは「大金貨」と呼ばれる種類のもの。

大金貨は小金貨の十倍の重さと価値がある。俺たちの感覚だと、1枚あたり10万円ぐらいの価値がある代物だ。ようは十グラム以上ある金のインゴットだな。

巾着袋の中身を確認すると、それが48枚入っていた。こういう大金を持つと、それだけで心がウキウキしてしまう。強くなっても小市民感覚はなくならないなぁと思う。

ちなみに、これと同じような数の大金貨は、以前にも受け取ったことがある。アリアさんから依頼されて、飛竜の谷に向かう前だ。あのときは目的があって、その大部分をすぐに使ってしまったわけだが。

でも今回もまた、すぐに使うことになるかもしれない。このダグマハルには、良質の武具が売られているだろうか。以前にドワーフ集落でもらった紹介状——バドンさん、ドドルガさん、ベルガさんが連名で書いてくれたもの——が役に立つといいけど。

そしていつものように、ミッション達成の通知も来た。ピコンッ。

ミッション『ドワーフ大集落ダグマハルに到達する』を達成した！

パーティ全員が２００００ポイントの経験値を獲得！

ミッション『Aランククエストを１回クリアする』を達成した！

パーティ全員が１５０００ポイントの経験値を獲得！

特別ミッション『女商人エスリンを護衛してドワーフ大集落ダグマハルまで鉱石を運ぶ』を達成した！

パーティ全員が２５０００ポイントの経験値を獲得！

新規ミッション『レイドクエストを１回クリアする』（獲得経験値２０００００）が発生！

新規ミッション『Aランククエストを３回クリアする』（獲得経験値３００００）が発生！

新規ミッション『Sランククエストを１回クリアする』（獲得経験値３００００）が発生！

新規ミッション『海底都市に到達する』（獲得経験値５００００）が発生！

六槍大地が37レベルにレベルアップ！

小太刀風音が37レベルにレベルアップ！

弓月火垂が37レベルにレベルアップ！

▼現在の経験値
六槍大地……379734／390112（次のレベルまで：10378）
小太刀風音……370426／390112（次のレベルまで：19686）
弓月火垂……381651／390112（次のレベルまで：8461）

キタキタキタキターッ！　キマシタワーッ！

大物ミッションのトリプル達成で、合計6万ポイントの特大経験値ゲット！

俺たちはこのために、ここまでやってきたのだ。

レベルも上がった。新規ミッションもいろいろと出てきた。ウハウハだ。

と思っていると、そこに集落の族長代理グランバさんがやってきた。

そして俺たちとユースフィアさんに向かって、こう声をかけてきたのだ。

「ヒト族の若き戦士たち、それに族長の知人だというダークエルフの娘よ。こうして我らの集落にやってきたのも何かの縁。これからワシら戦士は、会議場にてモンスター対策会議を行うのだが、よければ一緒についてきてはくれんか。おぬしらにも協力を依頼したいのだ。もちろん適正な報酬は支払うつもりだ」

新たなミッションの予感。

これまでのパターン的に、ここはついていったほうがいい気がする。

風音さんや弓月も同意して、俺たちは対策会議とやらに参加することを了承した。

ちなみにユースフィアさんはというと——

「ふんっ、わしには関係ないの。……と、言いたいところじゃが、まあ聞くだけは聞いてやろう。どの道バルザムントが帰ってくるまで暇じゃからの」

と、素直じゃない態度を披露していた。

＊＊＊

ドワーフ戦士たちの会議場は、住居地の入り口からほど近い場所にあるようだ。

俺たちは、族長代理のグランバさんやほかのドワーフ戦士たちとともに、その建物へと向かうことになった。

なおドワーフ戦士たちの中には、先の戦いで倒れた別の戦士を背負っている者もいた。

ＨＰが０になって戦闘不能となった覚醒者は、治癒魔法でＨＰを回復しても、すぐには意識を取り戻さない。その場合は、誰かが担いで安全な場所まで移動させることになる。

いつぞやのアリアさんと同じ状態だ。

そんな意識を失った状態にあるドワーフ戦士のもとに、二人の住民が駆け寄ってきた。

「お父ちゃん……！　お父ちゃん大丈夫⁉」

駆け寄ってきたのは、幼いドワーフの少女と、その母親らしきドワーフの女性だった。

短い脚で必死に走ってきた幼い少女は、意識を失ったドワーフ戦士の服を、ぐいぐいと引っ張る。それを、後ろから追いかけてきた母親らしきドワーフ女性が「こら、おやめ！」と言って抱きかかえた。

幼いドワーフの少女は、瞳に涙をため、ジタバタと暴れる。

「でもお父ちゃんが……！　ねぇお母ちゃん、お父ちゃん死んじゃうの⁉」

「それは……どうなんだい、うちの人は？　大丈夫なんだよね？」

母親ドワーフは、気絶したドワーフ戦士を背負っている戦士に聞いた。

問われた戦士は、力強くうなずく。

「ああ、命に別状はない。今は気を失っているだけだ。いずれ意識を取り戻す」

「そう、良かった……。ほら、お父ちゃん、大丈夫だって」

母親らしきドワーフ女性は、そう言って少女をあやそうとした。

だが幼い少女は、それでは納得しなかった。

「よくないよ！　だってお父ちゃん、この間も……うっ……ぐすっ……」

「大丈夫、大丈夫だからね」

「大丈夫じゃない〜！　お父ちゃん、いつか死んじゃうよ〜！　うわぁあああんっ！」

幼い少女は、ついに泣き出してしまった。

母親ドワーフは、泣きじゃくる娘を優しく抱きしめる。

その母親ドワーフも、少し不安げな表情でドワーフ戦士に問う。

「モンスターとの戦い、まずいのかい？」

それに対して、問われたドワーフ戦士は首を横に振った。

「何とも言えないな。明日か明後日には、族長が帰ってくるはずだ。それまでは、なんとしてでも持ちこたえるしかあるまい」

「頼むよ。悔しいけどあたしたちは、あんたたち戦士に頼るしかないんだ。うちの人が目を覚ましたら、一度家に戻るように伝えとくれ」

娘を抱いた母親ドワーフは、ほかの戦士たちや俺たちに向かって一礼してから、立ち去っていった。

その一部始終を見ていた俺は、ちょっともやもやした気持ちを抱えてしまった。

ううむ……思っていたよりも、深刻な状況みたいだな。経験値大量ゲット、とか思って浮かれていたのがちょっと申し訳なくなった。せめて何か、俺たちにできることがあったら、協力してやりたいところだが。

そんな出来事がありつつも、俺たちはドワーフ戦士たちの会議場までやってきた。

かなり大きな洞窟住居で、中に入ると大きめの部屋がいくつもあった。

会議をする部屋のほか、ベッドが数台配置された仮眠室や、台所、便所などもあって、ひと通りの生活ができるようになっている。純粋な会議場というよりは、ドワーフ戦士たちの平時の待機場所なのだろう。

意識を失っているドワーフ戦士は、仮眠室のベッドに寝かされた。

ドワーフ戦士たちと一緒に会議室に入った俺たちは、勧められた席に着く。

ユースフィアさんは勧められた席を断り、部屋の隅っこに腕を組んで立った。うーん、協調性がないなぁ。

ドワーフ戦士たちも三々五々、席に着く。そして茶を淹《い》れるような間もなく、議長席についた族長代理グランバさんは、早速会議を始めた。

「客人もいる。状況の確認から始めるとしよう。ダギム、頼む」

「ああ、分かった」

グランバさんに言われて、一人のドワーフ戦士が席から立つ。

議長席の後ろには、黒板がある。ダギムと呼ばれた戦士は、その前に進み出ると、チョークで文字などを書きながら説明を始めた。

「今、この集落が置かれている状況は深刻だ。この一週間ほどで、今日も含めモンスターの襲撃が三度あった。一度目は、六日前。モンスターの種類は今日のものと変わらないが、数はいくらか少なかった。フレイムスカルとヘルハウンド、合わせて二十五体ほどだ」

黒板に「六日前」「フレイムスカル、ヘルハウンド」「二十五体」と書き記していく。

彼はさらに説明を続ける。

「続いて二度目。これは四日前だ。モンスターの種類は、フロストウルフとイエティ。合わせて二十体ほど。数は一度目よりも少なかったが、質はこちらが上だ。総合戦力は一度目と同格、あるいはそれ以上だったと見てよかろう。城塞による地形の有利があってなお、死人が出ていてもおかしくない戦いだった」

黒板に「四日前」「フロストウルフ、イエティ」「二十体」と記入。

俺の隣に座っていた弓月が、【アイテムボックス】からモンスター図鑑を取り出し、ぺらぺらとページをめくっていく。

「フロストウルフってのは、ヘルハウンドの氷属性版みたいなやつっすね。ただヘルハウンドよりステータスがちょっとだけ上っす。イエティはミュータントエイプの上位版みたいなパワー型。こいつも雑魚にしちゃ強いっすね。ただどっちも火属性が弱点だから、うちはやりやすいっす」

弓月はモンスター図鑑の該当ページを開いて、俺に見せてくれた。

弓月の言うとおり、雑魚と呼ぶにはやや強めのモンスター群という印象だ。ヘルハウンド、フロストウルフ、イエティ――どれも一体一体が、25レベルの熟練戦士一人ひとりに匹敵するか、それに近い強さを持つ。

それはつまり、数が同数程度なら、かなり危うい戦いになるということだ。ドワーフ戦士の数は、およそ二十人。地形の有利があってなお、苦戦するのも無理はない。

黒板の前に立ったドワーフ戦士は、さらに続けていく。

「そして今日の戦いだ。敵戦力はフレイムスカルとヘルハウンド、合わせて三十五体ほど。一度目よりも明らかに上の戦力だ。偶然に訪れた彼ら——ヒト族、エルフ族の戦士による助力がなければ、どれほどの人的被害が出ていたか分からない」

俺たちとユースフィアさんが、ドワーフ戦士たちから注目される。

議長席のグランバさんが、再び頭を下げてきた。

「集落を代表して、あらためて礼を言わせてもらおう。今日の戦いでの助力、本当に助かった。ありがとう」

会議室にいるドワーフ戦士たちも、それに倣《なら》った。

こう一斉に頭を下げられると、非常にこそばゆい。部屋の隅に立つユースフィアさんもまた、「ふん」と鼻を鳴らしながら、照れくさそうにしていた。

風音さんが照れ隠しをするように、ドワーフ戦士たちに向かって言う。

「でもそれだと、襲撃が重なるごとに、敵戦力が大きくなってきているってことですよね。次はもっと大戦力が攻めてくるってことも……」

その言葉を聞いたドワーフ戦士たちは一様に、険しい表情になった。

議長席のグランバさんが口を開く。

「あまり考えたくはないが、その可能性も視野に入れておく必要があるだろう。その場合、族長がいない今の集落の防衛力では、どれほどの損害が出るかも分からん。最悪——」

「全滅もあり得る、かの。それも集落ごと」

そう口にしたのは、ユースフィアさんだった。

ドワーフ戦士たちが一斉に、部屋の隅に立つダークエルフのほうを見る。

「おいおい、わしを睨《にら》んでも仕方なかろう。当然の帰結を述べただけじゃろうが」

「睨んではおらん。だが、たらればの可能性を論じすぎて、むやみに悲観的になるのも避けたいところだな」

「それはおぬしが……まあいいわ」

グランバさんとユースフィアさんの間で、再び喧嘩に発展しそうな気配を感じたが、ユースフィアさんが呑《の》み込《こ》んだようだ。珍しくユースフィアさんが大人をしている。偉い。

続けてユースフィアさんは、口元に手を当てて考え込む仕草を見せた。

「それにしても解《げ》せぬな。それほどの大戦力が、短い期間に三度も人里に攻め込んでくるなど、普通は考えづらい。一度でも異常事態じゃというに」

ユースフィアさんはそこで、一度言葉を切る。

そして次の彼女の言葉に、ドワーフ戦士たちはにわかに騒《ざわ》めくこととなった。

「のう、ドワーフの。一つ聞くが——この集落の近くに『ダンジョン』はないか?」

＊＊＊

ユースフィアさんの言葉に、ドワーフ戦士たちはにわかに騒めいた。

議長席のグランバさんが問い返す。

「『ダンジョン』というと、いわゆる『狭義のダンジョン』のことか？」

「うむ。あふれ出し現象《オーバーフロー》が起こっているとすれば、この状況にもある程度の説明はつく。それでも分からん部分はあるがの」

完全に聞く側に回っていた俺は、ここで少し驚いた。ユースフィアさんの口から、聞き覚えのある言葉が出てきたからだ。

あふれ出し現象《オーバーフロー》――それは俺たちの世界でも過去にあったと言われる、ダンジョンから多数のモンスターがあふれ出してくる現象のことだ。

「いや、『狭義のダンジョン』が集落の近くにあるなど、ワシは聞いたことがないぞ」

グランバさんが答える。ほかのドワーフ戦士たちも、それにうなずいた。

するとユースフィアさんは、次の見解を示す。

「だとすれば、あるいは『できた』のかもしれんな」

「『できた』って、何がです？」

俺が問うと、ユースフィアさんは俺のほうを向いて、こう返してきた。

「だから、『新たなダンジョン』が、じゃよ」

「『新しいダンジョン』が、できた……!? そんなことがあるの?」

驚きの声をあげたのは、風音さんだ。

一方で俺は、ああそうか、そういうこともあるのかと納得していた。

俺たちの世界でも、ダンジョンは三十年ほど前のあるとき、突然に「できた」のだと目されている。そのときには、全世界で同時多発的にダンジョンが発生して、世界的にあふれ出し現象《オーバーフロー》が起こったとのことだが。

一方で、現代でも稀《まれ》に——それこそ世界的にも稀な現象だが——新たなダンジョンが「できた」としか思えない事態が起こるらしいとは聞いていた。

そのケースに限っては、一般人の前にモンスターが現れる可能性が生まれ、どうしても一定の被害が出る。その後、探索者《シーカー》が集まってきてダンジョンに潜り、あふれ出し現象《オーバーフロー》が終了するのが一般的な流れらしいが。

「無論、滅多にあることではないがの。それに仮説の段階じゃ。可能性の一つとしてあり得る、ぐらいに考えておくことじゃな」

ユースフィアさんはそう言ってから、「だが」と付け加える。

「その場合には、このような襲撃は半永久的に続くぞ。ダンジョンに潜ってボスを倒し、ダンジョンを『クリア』しない限りはな」

会議室全体がしんと静まり返った。ドワーフ戦士の誰かが、ごくりと唾をのむ。

弓月がびしっと挙手をして、こんな発言をした。

「じゃあ逆に言うと、そのダンジョンに行ってボスを倒せば、全部解決、万々歳ってことっすよね？」

ドヤ顔の弓月である。なお挙手制の会議ではない。

だからというわけでもないだろうが、ユースフィアさんは眉をひそめた。

「だから早合点をするな。仮説の段階だと言っておろう。それにダンジョンがあったとて、どこにあるとも分からんのじゃ。この周辺の山中をしらみつぶしに探すつもりか？」

「うっ……ま、まあ、それはそうっすけど」

言葉を詰まらせる弓月。

次を継いだのは、議長席のグランバさんだった。

「話は分かった。ユースフィア殿の意見は、可能性の一つとして検討しておこう。いずれにせよ、族長の帰還までは集落の防衛を優先するべきだろう。そこでダイチ殿、カザネ殿、ホタル殿、ユースフィア殿。集落の防衛を担う傭兵《ようへい》として、我々に雇われてはくれんか」

グランバさんは、俺たちとユースフィアさんのほうを見回して、本題だとばかりにそう切り出した。

「期間はひとまず、我らが族長バルザムントが帰還するまで。明日か、遅くとも明後日には帰還の予定だ。報酬は一日につき、一人あたり大金貨5枚を払おう。その間にモンスターの襲撃があろうとも、そうでなくともだ。またそれとは別に、今日助けてもらった分の礼として大金貨5枚ずつを支払う。どうだ、頼まれてはくれんか」

するとドワーフ戦士たちがまた、にわかに騒めいた。

「一日につき、大金貨5枚だと？　四人で20枚……そんな大金を払うのか……」

「だが背に腹は代えられまい。集落の戦士に死人が出るよりもずっといい。金はまた、ヒト族の集落にモノを売りにいって稼げばいいのだ」

「ああ。それに最悪のケースも考えておかねば。俺はグランバの提案は妥当だと思うぞ」

あれこれと意見を言うドワーフ戦士たちである。まあ、安い金額じゃないからな。

ちなみにだが、冒険者ギルドでのAランククエストの報酬相場が、一日以内で片付くような仕事で大金貨12枚～15枚程度だ。

これは25レベルの熟練冒険者四人以上を想定したものなので、一人につき大金貨5枚は、熟練冒険者を雇うための金額として十分すぎる額と言える。

そして——お待ちかねのピコンッが来た。


特別ミッション『族長バルザムントが帰還するまでドワーフ大集落ダグマハルを防衛する』が発生！

ミッション達成時の獲得経験値……20000ポイント

一日で終わるか、二日かかるか分からないミッションで、2万ポイント。まあ十分に

「有り」の圏内だな。

何より、ここで集落のドワーフたちを見捨てて、はいサヨウナラはしたくないし。風音さんと弓月も文句はなさそうだ。

俺が代表して、グランバさんに返事をする。

「分かりました。その依頼、俺たち三人は引き受けます。ユースフィアさんは──」

部屋の隅でひねくれ者をやっているダークエルフに目を向ける。

まあどうせ、引き受けるんでしょ。なんやかんや、いい人だしね──このときの俺は、そう思っていた。

だがユースフィアさんは、少し意外な返事をしてみせた。

「わしは断る」

そう言ったのだ。その場にいたドワーフ戦士たちが、再び騒めく。

グランバさんが眉をひそめながら、ユースフィアさんに問いかける。

「ダークエルフの客人よ。理由を聞いてもよいか」

「理由は二つじゃ。一つ、わしは今、金に困っておらん。二つ、わしは自由を束縛されるのが嫌いじゃ。契約をすれば勝手ができん。わしは勝手にやらせてもらう。──が、どの道バルザムントが帰ってくるまでは滞在するつもりじゃ。その間にモンスターどもの襲撃があったら、気が向いたら手伝ってやろう」

「「「…………」」」

め、めんどくせぇ～！

この場にいたユースフィアさん以外の誰もが、そう思ったに違いない。

でもまあ、有事の際には、なんとなく協力はしてくれそうだ。

俺、風音さん、弓月の三人は互いに顔を見合わせ、苦笑したのだった。

＊＊＊

会議は終了し、ひとまず解散となった。

集落防衛の依頼は引き受けたが、モンスターが攻めてこなければ自由行動だ。

俺、風音さん、弓月の三人は、ドワーフ戦士たちやユースフィアさんとも一度別れ、まずは宿屋を探してチェックイン。しかる後に、この集落に来たもう一つの目的である、武具店へと足を運ぶことにした。

高低差があるドワーフ大集落を上へ下へと歩きながら、宿屋で教わった武具店への道を進んでいく。通りがかりに見る洞窟住居の数々は、俺たちの目には物珍しく映った。そろそろ夕刻、暗くなり始めた中で照明が焚《た》かれると、風景はなお幻想的になった。

だが集落のドワーフたちもまた、俺たちのことが物珍しいようだ。行く先々で住民の注目を集めながら、俺たちは目的地を目指していく。

「やっぱり人間の街とは、売られている武器や防具が違うのかな？」

「この集落のドワーフ戦士の中には、武具製作系の上級スキルを持っている人が何人かいるらしいですからね」

「中でも一番の注目は、バルザムントさんが作った武具っすね」

手持ちの所持金は、会議の後にグランバさんから受け取った報酬（さっきモンスターを倒すのに助力した分のお礼）も含めて、金貨換算で900枚弱といったところだ。

これではたして、どれだけの装備が買えるのか。せっかくこんなところまで来たのだから、何か一つでも収穫があるといいのだが。

やがて俺たちは、集落唯一の武具店の前までやってきた。集落の戦士たちが作った武具は、ここの店主がまとめて引き取って販売しているとのこと。例によって、山の岩盤をくりぬいて作られた店舗である。入り口の扉を開き、中へと入っていく。

店内では男性ドワーフの店主が、カウンターの向こうで何か細工物をしていた。俺たちが入ってきたことに気付くと、立派な髭《ひげ》を蓄えた典型的なドワーフ顔を喜色に染める。

「おおっ、いらっしゃい。ヒト族のお客さんとは珍しいな。うちにはヒト族の街には滅多に置いていない、上質の武具が並んどるよ。ゆっくりと見ていってくれ」

店主は俺たちを歓迎してくれた。気難《きむずか》しいドワーフだったらどうしようかと思っていたけど、その心配はなさそうだ。俺たちは早速、店内の武具を見て回ることにした。

並んでいる武器の種類は、かなり偏っていた。斧、ハンマー、クロスボウなどがほとんどだ。俺たちの役に立ちそうな槍《やり》や短剣、杖《つえ》などもなくはないが、数や種類はあまり多くはないし、見るべきものも特になさそう。

防具は主に、重装備のものが充実していた。チェインメイルやプレートアーマー、ヴァイキングヘルムなどだが――

「『チェインメイル（＋1）』っすか？　へぇー、こんなのがあるんすね。――おっちゃん、これ【アイテム鑑定】してみてもいいっすか？」

「ああ、構わんよ。嘘は書いておらんがな」

「それじゃ、【アイテム鑑定】！　……あ、ホントっすね。商品札に書かれている通りっす。へぇーへぇーへぇー」

弓月が見てしきりに感心していたのは、「チェインメイル（＋1）」という名称の商品だ。

通常の「チェインメイル」の商品札には「金貨40枚、防御力33、敏捷力－2」と記述されているのに対し、「チェインメイル（＋1）」の商品札には「金貨60枚、防御力34、敏捷力－2」と記されている。

見た目はどちらもほとんど変わらない、普通の鎖かたびら――いや、（＋1）のほうが少しだけ、輝きが強い気がしないでもないか？

これが武具製作系の上級スキルによって生み出される武具なのかもしれない。

ほかにも（＋1）や（＋2）が付いている武具が、ちらほら見受けられた。

しかし、これらの武具の効果は、やや地味な印象は受ける。攻撃力や防御力に、＋1や＋2の効果だ。純粋に戦力が上がるのだと考えると、ないよりはあったほうがいいのは間違いないのだが、インパクトには欠ける感じがする。

「ねぇ、大地くん。これ――」

風音さんが、カウンター横に展示されていた二つの防具に注目した。

それは角度によっては黄金色にも見える、黄褐色《おうかっしょく》の鎧《よろい》と兜《かぶと》だった。

商品札にはそれぞれ「ガイアアーマー」「ガイアヘルム」と記されている。

その性能を見てみると――

ガイアアーマー……金貨1500枚、胴、防御力72、敏捷力－6、土属性魔法魔力＋6、土属性耐性（60％）

ガイアヘルム……金貨600枚、頭、防御力33、敏捷力－2、土属性魔法魔力＋2、土属性耐性（80％）

……すげぇ。なんだこれ。

ガイアアーマー、防御力72。風音さんの黒装束《くろしょうぞく》が防御力60だから、それすら超える硬さだ。

無論、さすがに総合性能では黒装束のほうが上だろうし、敏捷力－6のペナルティは本来ならばかなり大きい。だが俺は、それを無視できるスキルを修得可能だ。それに特殊効果もおいしい。俺の能力とバチバチに噛み合っている感が半端じゃない。

もちろんアーマーだけでなく、ヘルムも魅力的だ。頭部防具は、敏捷力ペナルティがかかるものを避けていたら防御力が雀《すずめ》の涙《なみだ》だったが、これを買えば一気に跳ね上がる。

ちなみにカウンターを挟んで逆側には、まったく同じような形状の、紅蓮《ぐれん》の鎧と兜が展示されていた。その名も「フレイムアーマー」と「フレイムヘルム」。

だがそっちに用はない。火属性魔法を扱う弓月にも、いろんな意味で似合わないしな。ちなみに風と水の系統はない模様。

俺たちがガイアアーマーとヘルムに注目していると、店主が自慢げに声を掛けてきた。

「おっ、そいつに興味を持ったか。その鎧と兜は、うちの族長バルザムントの手による逸品だ。集落の外に持っていったときには、そこに書かれている値段の倍以上の値で売ることにしている。それでもあっさり売れちまうほどだがね」

「へ、へぇー……そ、そうですか」

俺の声は震えてしまっていた。ヤバい、欲しい。すげぇ欲しい。

でも高い。今の手持ちが、金貨に換算すると900枚ぶん足らずだ。兜だけなら、どうにか買える金額だが……。

何か、何か――そうだ！

「これ、以前にお世話になったドワーフ集落で、紹介状を書いてもらったんですけど」

俺はかつて知り合ったドワーフ戦士たち――ベルガさん、バドンさん、ドドルガさんたちが連名で書いてくれた紹介状を、店主に渡した。

店主は紹介状の手紙を開き、そこに書かれている内容に目を通していく。そして「おお……」と声を上げて、目を丸くした。

彼はやがて紹介状を置くと、カウンターにバンと手をついて立ち上がった。

「素晴らしい！　ドワーフの友よ、出血大サービスだ！　このガイアアーマーとガイアヘルムを、おぬしらに限り、一割引きの値段で売ろうではないか！」

「ほ、ホントですか⁉」

一割引き。この金額規模でそれは大きい。金貨1500枚のガイアアーマーが、なんと150枚引きのお値段で買える。

だが——いずれにせよ、両方買うにはお金が圧倒的に足りない。

こんなことなら、もっと真剣にお金稼ぎをしておけばよかったと思うが……まあどの道、ミッションを優先したことは変わらないか。

今引き受けている集落の防衛任務が終わった暁《あかつき》には、三人分の報酬の合計額として、さらに金貨150枚～300枚ぶんのお金が手に入る予定ではある。それも加味すれば……いや、それでもぜんぜん足りないか。

俺はガイアアーマーとガイアヘルムの前で呻《うめ》いた。そして悩んだ。

だがどれだけ悩んでも、お金がないものは買えないのだ。

俺はあきらめて、ガイアヘルムだけ購入することに決めた。

巾着袋から大金貨54枚を取り出して、それを店主に渡し、引き換えにガイアヘルムを受け取った。

手に持つと、ずっしりと重い。かぶってみると、頭部にというよりは体全体に荷重がきて、自由な身動きが多少制限された感じがした。

ちなみに魔石製の防具全般の話だが、着用者の体型に合わせてサイズや形状が調整される不思議機能がある。おかげでガイアヘルムは、俺の頭にぴたっとハマった。

だが装備変更後の俺の姿を見た弓月が、少し微妙な顔を向けてくる。

「なんかアンバランスな感じっすね。アーマーも買わないと似合わなくないっすか？」

「おまっ……!?　お、おおおお俺だってアーマーも欲しかったわ！　でもしょうがないだろ！　お金が足りないんだから！」

「えっ……いや、そんなに怒らなくてもよくないっすか？　ちょっと思ったことを言っただけっすけど」

「火垂ちゃん、地雷だよ地雷。大地くん、気にしてるんだよそこ」

「あー、そういうことっすか。大丈夫っすよ先輩。どうせ先輩、もともとファッションとか気にしないほうじゃないっすか」

「それはそうだけどさあ……」

なんかこう、これはお揃《そろ》いにしたいじゃん。背に腹は代えられないから、しょうがなくヘルムだけ買ったけどさ。

これで所持金の残りは、金貨３００枚分ちょっとだ。だがガイアアーマーは、一割引きしてもらっても金貨1350枚。

ううっ、ガイアアーマー、欲しいよぅ……。

俺は「毎度あり」という店主の声を背に受けながら、後ろ髪を引かれる想《おも》いで武具店を後にしたのだった。

＊＊＊

その日——俺たちがドワーフ大集落ダグマハルに到着した日と、その翌日は、特に何事もなく過ぎ去った。

すなわち、集落の長・英雄バルザムントが帰還することもなく、モンスターの襲撃もなかったということだ。

俺たちはその間に、せっかくなので、ゆっくりと骨休めをした。

時は経験値なり、タイムイズエクスペリエンスなので、ついつい無理をしがちな昨今。

ノーリスクで休めるときには、しっかり休んでおきたい所存だ。

また休息中にあらためて、スキル修得とステータスの確認を行った。

今の俺たちのステータスは、こんな具合となった。

レベル：３７（＋５）　経験値：３７９７３４／３９０１１２
ＨＰ：２５９／２５９（＋６１）　ＭＰ：２２４／２２４（＋５６）
筋力：３２（＋３）　耐久力：３７（＋４）　敏捷力：２７（＋３）
魔力：３２（＋４）
スキル：【アースヒール】【マッピング】【ＨＰアップ（耐久力×７）】（Rank up!）
【ＭＰアップ（魔力×７）】（Rank up!）
【槍攻撃力アップ（＋２６）】（Rank up!）【ロックバレット】
【プロテクション】【ガイアヒール】【宝箱ドロップ率2倍】【三連衝《さんれんしょう》】
【アイテム修繕】【命中強化】【グランドヒール】【翻訳】【隠密《おんみつ》】
【ロックバズーカ】【回避強化】【アイテムボックス】【テイム】
【ストーンシャワー】（new!）【重装備ペナルティ無効】（new!）
残りスキルポイント：０

小太刀風音
レベル：３７（＋４）　経験値：３７０４２６／３９０１１２
ＨＰ：１８９／１８９（＋１４）　ＭＰ：１６８／１６８（＋４３）
筋力：２７（＋２）　耐久力：２７（＋２）　敏捷力：４６（＋４）
魔力：２８（＋３）

スキル：【短剣攻撃力アップ（＋32）】（Rank up!×4）【マッピング】【二刀流】

【気配察知】【トラップ探知】【トラップ解除】【ウィンドスラッシュ】

【アイテムボックス】【HPアップ（耐久力×7）】【宝箱ドロップ率2倍】

【クイックネス】【ウィンドストーム】【MPアップ（魔力×6）】（Rank up!）

【二刀流強化】【回避強化】【翻訳】【隠密】【トラップ探知Ⅱ】

残りスキルポイント：0

弓月火垂
レベル：37（＋4）　経験値：381651／390112
HP：189／189（＋14）　MP：434／434（＋98）
筋力：23（＋2）　耐久力：27（＋2）　敏捷力：32（＋3）
魔力：62（＋6）
スキル：【ファイアボルト】【MPアップ（魔力×7）】（Rank up!）
【HPアップ（耐久力×7）】【魔力アップ（＋16）】（Rank up!×2）
【バーンブレイズ】【モンスター鑑定】【ファイアウェポン】
【宝箱ドロップ率2倍】【アイテムボックス】【フレイムランス】
【アイテム鑑定】【エクスプロージョン】【翻訳】
【弓攻撃力アップ（＋8）】（Rank up!）

残りスキルポイント：0

ステータスの上昇値などは、旅商人エスリンさんと出会ってグリフォン山《やま》へと向かう前との対比だ。あれからグリフォン山での出来事や、エスリンさん誘拐事件、それからダグマハルへと至る六日間の旅を続けてきて、今ここである。

一週間ちょっとの間に、4レベルから5レベル程度のレベルアップ。体感では凄《すさ》まじいレベルアップ速度ということもなく、緩やかに強くなっている印象なのだが、客観的に見るとこれは……。

ちなみに【重装備ペナルティ無効】だが、修得すると、ガイアヘルムを装備したときにかかる重量感がスッとなくなった。今更だけど、スキルってすごいなと思った。

ただこのスキルを修得したなら、鎧も防御力が高い重装備に変えたい気持ちがある。ガイアアーマーは無理でも、プレートアーマー（＋2）ぐらいなら買える見込みが立つので、そのあたりで妥協するのも一手かもしれないな、などと思いつつ。

異変が起こったのは、俺たちが集落に入ってから、二日後の朝のことだった。

「モンスターが攻めてきたぞー！」

城塞で見張りにあたっていたドワーフ戦士から伝令があり、集落中が騒がしくなった。

非番の者も含め、集落中のドワーフ戦士たちが、入り口を守る城塞へと向かう。

俺と風音さん、弓月もまた、傭兵の仕事を果たすために同じ場所に向かった。ドワーフ戦士たちは軒並み足があまり速くないため、俺たちは入り口の坂道で、ガッチャガッチャと重装備を鳴らして走る彼らを、次々と追い抜いていくことになった。

城塞にたどり着くと、内部にある階段を駆け上がって、壁の上に出る。

そこから見下ろすと、モンスター軍団が城塞の壁を挟んで向こう側、だいぶ近くまで迫ってきているのが分かった。

昇る朝日を背景に、地響きを立てて迫りくるモンスターの群れの姿は、異様とも思える。

「フロストウルフとイエティだ！　二回目の襲撃よりも数が多いぞ！」

「時間がない！　射撃と魔法、すぐに配置に着くんだ！」

ドワーフ戦士たちの怒号が響き渡る。壁の上に立った十人近くの戦士たちが、弩《クロスボウ》の準備をし、補助魔法を行使していく。

ドワーフ族の魔法使いは、土属性魔法や火属性魔法の使い手がほとんどのようだ。【プロテクション】や【ファイアウェポン】などの補助魔法が、戦士たちを強化していく。

ユースフィアさんの姿は、今のところ見当たらない。寝坊か準備中か、単にやる気がないのか。

モンスターの群れが戦闘距離に近付いてくるまでの間、俺、風音さん、弓月も補助魔法を使い、自分たちを優先して強化していった。

ひと通り強化を終えると、俺は壁の上から前方を見据え、迫りくる敵の姿をあらためて確認する。

集落へと続く登り坂の道を駆けてくる群れは、二種類のモンスターで構成されていた。モンスター名で言うと、「フロストウルフ」と「イエティ」だ。

フロストウルフは、雪のような純白の毛並みを持った、巨大な狼《おおかみ》の姿をしている。どのぐらい巨大かというと、ヘルハウンドと同じぐらい——つまり、ほとんど馬にも近い大きさだ。それが赤い目を輝かせて、群れを成して迫ってくるのだから、かなりの迫力である。

一方のイエティは、「雪男」と呼ぶのがしっくりくる姿をしている。直立したゴリラのような体型はミュータントエイプを思わせる。全身を覆う毛並みはフロストウルフ同様、雪のような白。こちらもフロストウルフに遜色《そんしょく》ないかそれ以上の体格を持っていて、集団で攻めてくる姿はやはり圧巻だ。

トータルで三十体近くにもなる、強大なモンスター群。二度目の襲撃のときには二十体程度だったというから、群れ全体の戦力はそのときよりも大きいと言えるだろう。

一度目、二度目、三度目——襲撃を重ねるごとに敵戦力が大きくなってきていたわけだが、それが今回、四度目でまた更新された。

そう思うと、俺の背筋を一瞬、ゾッとするものが走る。このままこの集落に居続けたら、集落のドワーフたちは、そして俺たちは、どうなってしまうのか——

いや、むやみにネガティブに考えるのはやめよう。今は目の前の敵に集中することだ。

地鳴りを上げて迫りくるモンスターの群れ。その先頭が、もう少しで魔法の射程距離というところまでやってきた。

魔法が届く距離よりもわずかに早く、ドワーフ戦士たちの射撃攻撃が放たれる。

「弩《クロスボウ》、狙いは先頭のフロストウルフだ——撃てぇーっ！」

俺たちがいるのと同じ城塞の壁の上で、四人のドワーフ戦士たちが構えていた弩《クロスボウ》から、一斉に矢が放たれた。

＊＊＊

——バンッ、バンッ、ババンッ！

四人のドワーフ戦士たちが構えていた弩《クロスボウ》から、一斉に矢が放たれた。

狙われた先頭のフロストウルフは、攻撃を回避しようととっさに横に跳んだが、かろうじて回避できたのは一発のみ。残りの三発の矢が、巨大狼の胴に二本、眉間《みけん》に一本深々と突き刺さり、そのフロストウルフは黒い靄となって消滅した。

また狙いを外した一発も、そのすぐ後ろにいたイエティのどてっ腹に突き刺さっていた。

だがそいつは倒れることなく、ほかのモンスターともども突き進んでくる。

モンスターの群れの先頭が、ついに攻撃魔法の射程距離に入った。

四人のドワーフ戦士たちによる、攻撃魔法が炸裂する。

「これでも食らえぃ、【エクスプロージョン】！」

「「【ロックバズーカ】！」」

火属性の範囲攻撃魔法が、ごうと唸りをあげてモンスターの群れの先頭集団、数体をまとめて包み込む。さらに土属性の単体攻撃魔法が三発、弩《クロスボウ》の矢で傷ついていた一体のイエティに殺到した。この攻撃で、ダメージを負っていたイエティは消滅し、魔石となった。

だが残りのモンスターは、数体が爆炎魔法でいくらかダメージを受けた様子ながらも、構わず突き進んでくる。次の魔法や射撃攻撃の前には、門前に取りつかれるだろう。

そうなれば、城塞の壁の上から攻撃を仕掛けても、フロストウルフの氷の吐息《アイスブレス》で反撃を受けることになる。またこの二日間でスピード修繕された門扉《もんぴ》も、イエティの怪力によってそう長くはもたずに破壊される見込みだ。

——が、こっちには本命がまだ残っている。

うちの自称大魔導士《だいまどうし》は、火属性のモンスターであるヘルハウンドやフレイムスカルには実力を発揮できなかったが、氷属性のモンスターとなればすべてが逆転する。

「うっし、うちも行くっすよ！　唸れ、終焉《しゅうえん》の劫火《ごうか》——【エクスプロージョン】！」

ドワーフ戦士たちの魔法攻撃の結果を確認した直後、弓月の魔法が炸裂した。

ドワーフ戦士が放ったものとはまるで魔力密度が異なる火球が放たれ、モンスターの群れの先頭集団の中心部に着弾、激しい爆炎を巻き起こす。

その魔法の効果範囲内にいたのは、フロストウルフが三体と、イエティが二体。ドワーフ戦士の【エクスプロージョン】が巻き込んだのと同じ五体を、それよりもはるかに凄まじい爆炎が薙《な》ぎ払《はら》う。

爆炎がやんだあとには、範囲内のモンスターは綺麗《きれい》さっぱり消滅。五体すべてが魔石へと変わっていた。

ドワーフ戦士たちが、驚きの声をあげる。

「なっ⁉ フロストウルフとイエティの群れを、範囲魔法だけで殲滅《せんめつ》したというのか！」

「な、なんて火力だ！ 同じ魔法だというのに、これほどまでとは……！」

弓月は魔力特化な上に、レベルもすでに37だ。装備による補正も大きく、そんじょそこらの戦士の魔法とは段違いの威力になるのも道理である。

「風音さん、こっちも行きます！ 【ストーンシャワー】！」

「うん、大地くん！ 【ウィンドストーム】！」

俺と風音さんによる追加の範囲攻撃魔法が、別の五体のモンスターをまとめて叩く。

これはいずれも撃破には至らなかったが、大打撃を与えることには成功したようだ。

「おおおーっ！ ヒト族の傭兵たちは頼りになるぞ！」

「これならやれる！ 門を破壊される前に叩くぞ！」

「「「おおおーっ！！！」」」

ドワーフ戦士たちの士気も上がり、戦闘はイケイケムードで進んでいった。

なお大半のドワーフ戦士たちは、遠隔攻撃が得意でないため、門の後ろで近接戦闘用の武器を構えて待機していた。だがどうやら今回、彼らの出番はなさそうだった。

「はぁーっはっはっは！　うちの大舞台っすよ！　まとめて吹《ふ》き飛《と》べ、【エクスプロージョン】！」

とにかくうちの自称大魔導士が、大活躍だったのだ。

フロストウルフなら【エクスプロージョン】の一発だけで全滅させるし、それより耐久力のあるイエティでも、俺の【ストーンシャワー】や風音さんの【ウィンドストーム】を重ねれば一掃できる。

火属性攻撃を弱点とするモンスターの集団は、弓月にとっては相性最良の敵なのだ。壁の上からだから、近接攻撃に晒《さら》されることもない。

無論、モンスターどもも黙ってやられているわけではなかったが、こちらの殲滅力が圧倒的すぎて、門の破壊などの決定的打撃には到底至らなかった。

結果、絶望的なまでの大戦力だったはずのモンスターの群れは、ほとんど何もできないまま、一分と待たずに全滅することになった。

魔石が転がるばかりとなった門前の大地を見下ろし、まだ信じられないという様子を見せるドワーフ戦士たち。

「な、なんということだ……。たった三人のヒト族の傭兵がいるだけで、これほどまでに違うものなのか……」

集落の族長代理グランバさんが、俺たちの横でそうつぶやく。

俺は笑顔を作って、グランバさんに声をかける。

「事前の取り決めでは、俺たちがトドメを刺した分の魔石は、ボーナス報酬として集落に買い取ってもらえる話でしたよね」

「あ、ああ、その通りだ。だがこれは、ほとんどおぬしらだけで倒したようなものではないか……」

戦闘が終わった後の自己申告では、弓月がフロストウルフ九体とイエティ六体、俺がフロストウルフ二体とイエティ二体、風音さんがイエティ三体の撃破数で、ドワーフ戦士たちの総撃破数である六体をはるかに凌駕《りょうが》していた。

落ちていた魔石の総数も各自の申告内容の合計と合致していたので、討伐数は申告どおりに認められることとなった。

結果、二十二個の魔石を集落側に買い取ってもらうことで、俺たちは金貨８２枚と銀貨５枚の追加報酬を得ることができた。このぐらいのモンスターの群れになると、魔石報酬もバカにならない。

なおユースフィアさんはというと、戦闘が終わって少したった頃にようやく、壁の上にひょっこりと姿を現した。

「なんじゃ、もう終わったのか。わしが手伝うまでもなかったの」

と、遅れて来ておきながら澄まし顔で言うユースフィアさんに、俺はちょっとだけイラッとした。

「まあ、結果オーライですけどね」

「ん？　何やら不満そうじゃの、おぬし」

「別に。ユースフィアさんが、八英雄の一人である自分は、とびっきりの善人じゃぞ、なんて言っていたこととか、全然気にしてませんし」

「ぬぐっ。お、おぬし、さては根に持つタイプか？」

「根暗だとは言われますね」

とまあ、猫のように奔放《ほんぽう》なユースフィアさんに、ちょっと嫌味を言いたくなってしまった俺なのであった。

結果として楽勝だったからいいけど、まったく違うモンスターが攻めてきていて、別の結果になっていたかもしれない可能性も考えると、チクチク言葉の一つも投げたくはなる。

ちなみにこの戦闘で、ミッションも一つ達成した。


ミッション『フロストウルフを5体討伐する』を達成した！

パーティ全員が10000ポイントの経験値を獲得！

六槍大地が38レベルにレベルアップ！

弓月火垂が38レベルにレベルアップ！

▼現在の経験値

六槍大地……３９３０３４／４４１５７３（次のレベルまで：４８５３９）
小太刀風音……３８３１２６／３９０１１２（次のレベルまで：６９８６）
弓月火垂……４０３８０１／４４１５７３（次のレベルまで：３７７７２）

弓月はこの戦闘で、かなりの経験値を稼いだようだった。

まあホント、結果オーライだな。

＊＊＊

集落の族長、ドワーフの英雄バルザムントが帰還したとの報を受けたのは、その日の夕刻のことだった。

「聞いたかい、族長が帰ってきたって！」

「ああ、これでもう安心だ！」

集落のドワーフたちは、口々に安堵《あんど》と喜びの声をあげる。知らせが集落中に広まると、ほとんど祭りのような騒ぎになった。

宿でのんびりしていた俺たちもまた、その人物を一目見ようと、居住区の入り口付近にできていた人だかりへと向かった。

人だかりの中心には、見慣れないドワーフ男性の姿があった。彼がバルザムントさんだろう。

ドワーフというには、かなり大柄な人物だ。一般的なドワーフ男性の背丈が130～140センチほどと俺の胸ぐらいまでしかないのに対して、バルザムントさんは160センチ近く――ほぼ風音さんと同じぐらいの背丈がある。もちろん体格は、風音さんとは比べ物にならない超重量級。筋肉ムキムキの横綱といった印象だ。

髪や髭などは、燃え盛る炎のような紅蓮の色。そうした色合いの体毛は、ドワーフではさほど珍しくはないのだが、どういうわけか目を惹《ひ》かれる鮮烈《せんれつ》さを持っていた。

身につけているのは、武具店で目にしたフレイムアーマーとフレイムヘルム、それに巨大な戦斧《せんぷ》だ。

ドワーフの英雄は今、人だかりの真ん中で、族長代理グランバさんと話をしていた。

「ふむ、そうか。俺がいない間に、そんな大事が起こっていたとはな。グランバ、俺が不在の間、集落の戦士たちをまとめ上げてよく戦ってくれた」

「ああ、バルザムント。お前がいないと集落を守れんようでは、大集落ダグマハルの名が泣くからな。だが正直なところ、今回ばかりは肝が冷えた。ヒト族の戦士たちの助力がなければ、どうなっていたか」

「ヒト族の戦士たち？　何者だそれは」

「強く勇敢で、善良な戦士たちだ。おっ、噂《うわさ》をすれば、そこにいるな。おーい！」

グランバさんが、俺たちに向かって手を振ってきた。ドワーフたちは軒並み背が低いか

ら、人だかりにいても俺たちは目立つ。俺はグランバさんに向かって、軽く会釈《えしゃく》をした。

すると英雄バルザムントが、何を思ったかずんずんと俺たちのほうへやってきた。人だかりを作っていたドワーフたちが、海が割れるようにして彼の進む道を開ける。

俺のすぐ前までやってきたバルザムントさんは、手を差し出し、握手を求めてきた。

「お前たちが集落を救ってくれたというヒト族の戦士たちか。俺はバルザムント。このダグマハルの族長だ。助力をしてくれたこと、心より感謝する。ありがとう！」

「ど、どうも。俺は大地、こっちは風音と火垂。三人で冒険者をやっています」

バルザムントさん、背丈は俺より若干低いとはいえ、威圧感が凄まじい。俺の前に立っているこのドワーフらしきものは、本当は戦車か何かなのでは？

俺は若干気圧《けお》されながら、その戦車——じゃなかった、英雄と握手をした。握手のパワーもすごかった。

バルザムントさんはその後、風音さん、弓月とも順に握手をし、感謝と歓迎の言葉を述べた。握手をした後、風音さんと弓月は手をプラプラとさせ、ちょっと痛そうにしていた。

と、そのとき。人だかりの外から、こんな声が聞こえてきた。

「ようやく帰ってきたようじゃの、バルザムントよ。それにしても間の悪いやつじゃのう。わしらがたまたま通りがかったからよかったものの、さもなくば大変なことになっていたやもしれんぞ？」

振り向いてみれば案の定、ユースフィアさんがそこにいた。

その姿を見たバルザムントさんが、目を丸くする。

そして彼は両腕を広げ、ユースフィアさんに向かって突進した。

「おおおおおっ！　ユースフィアではないか！　久しぶりだなぁ！　こんなところで何をしている！」

「むおっ⁉　バ、バカ、いきなり抱き着いてくるな！　おぬしのバカ力で抱き着かれると――ギャーッ、痛い痛い痛い痛いっ！」

「いやぁ、久しい久しい！　何年ぶりだ？　はっはっはっは！」

ユースフィアさんに突撃したドワーフの英雄は、小柄なダークエルフの少女を太い両腕で抱きしめた。でもあれは、ほとんどサバ折りではないだろうか……あ、ユースフィアさん、口から泡を吹いたぞ。

なおこの後、俺たちはグランバさんから、二日間の傭兵任務の報酬を受け取った。

さらにミッション達成の通知も出ていた。


特別ミッション『族長バルザムントが帰還するまでドワーフ大集落ダグマハルを防衛する』を達成した！

パーティ全員が２０００ポイントの経験値を獲得！

小太刀風音が３８レベルにレベルアップ！

▼現在の経験値
六槍大地……413034／441573（次のレベルまで：28539）
小太刀風音……403126／441573（次のレベルまで：38447）
弓月火垂……423801／441573（次のレベルまで：17772）

これにて一件落着。

そうとなれば、長居は無用だ。明日にはこのダグマハルを出て、また新たな旅へと出発だ——と思っていたのだが。

バルザムントさんがまたずんずんとやってきて、こう言ったのだ。

「集落を救ってくれたヒト族の戦士たちよ。よければユースフィアとももども、もうひと働きしてくれるつもりはないか？　報酬は弾むぞ」

「あー……はい。引き受けるかどうかは、内容を聞いてみないとお返事できませんが」

俺はほとんど反射的に、そう答えていた。

報酬は弾むぞ、というバルザムントさんの言葉が頭の中でリフレインして、黄金色の鎧を取り巻いて踊っていた。また特別ミッションが出そうなパターンだしな。

ちなみにユースフィアさんはというと、バルザムントさんの腕の中で泡を吹いたまま、ぐったりとしていた。

風音さんと弓月は、そんなダークエルフの少女に向かって合掌《がっしょう》した後、しめやかにハンカチで涙を拭《ふ》く仕草を見せていた。チーン。

＊＊＊

ドワーフ戦士たちの駐屯所《ちゅうとんじょ》、会議室。

俺たちは再び、ドワーフ戦士たちの会議に参加し、席に着いていた。

議長席に座るのは、八英雄の一人にして集落の族長でもあるバルザムントさんだ。

八英雄のもう一人はというと、以前と同じように会議室の隅に立ち、ふてくされた顔をしていた。

「のうバルザムントよ、わしはおぬしの顔も見たし、もう帰りたいのじゃが。わしがここにいる必要なくないかの？」

半ば強制的にこの場へと拉致《らち》されたユースフィアさんは、明らかに不満そうな様子だ。

対して、彼女を拉致もとい連行した張本人であるドワーフの英雄は、からからと笑う。

「まあそう言うな親友。友が困っているのだ、ちょっとばかり手を貸してくれても罰《ばち》は当たるまい」

「ふんっ、親友になった覚えもないがの。それに――」

ユースフィアさんの視線が、次には俺たちのほうへと向く。

「おぬしらも、わしが八英雄の一人であることはもう疑いないじゃろ。そろそろ『アレ』の在り処《あか》を教えてくれてもいいのではないか？」

ああ、そういえば。彼女とはそんな理由で同行していたのだったかと思い出す。

そのやり取りには、バルザムントさんも興味を持ったようだ。

「『アレ』とは何のことだ、ユースフィアよ」

「バルザムント、おぬしには関係のない話じゃがな。そこのヒト族の戦士たちが、ワシが希求する『レブナントケイン』の在り処を知っているというのだ。その在り処を教えてもらうために、わしはこの集落まで同行したんじゃ」

「『レブナントケイン』？　そんなものを欲しがっていたのかお前」

「そんなものとは何じゃ！　闇魔法使いにとっては、至宝の一つじゃぞ。欲しいに決まっておるわ。というかバルザムント、おぬしも在り処を知っていそうな口ぶりじゃな？」

「ああ、心当たりはある。ここから南、一週間ほどの場所にある集落が、宝物庫《ほうもつこ》に一本保管していたはずだ」

「なぬっ……⁉　ほ、本当か⁉」

「あ、俺たちが知っているのも、多分それです」

俺は挙手して、話に割り込んだ。

それを聞いたユースフィアさんは、鳩《はと》が豆鉄砲を食ったような顔になって、パクパクと口を開いたり閉じたりしていた。

「ま、まさかバルザムントが在り処を知っておったとは。うぬぬぬっ、灯台もと暗しとはこのことか」

「はっはっは！　何だか知らんが、ずいぶんと無駄足を踏んだようだなユースフィアよ」

大口を開けて笑うバルザムントさんと、悔しそうにむくれるユースフィアさんである。

と、そこで族長代理グランバさんが、ゴホンと咳払《せきばら》いをした。

「バルザムント、会議の場だ。世間話はほどほどにしてくれ」

「おっとすまん、そうだったな。だがもうちょっとだけ待ってくれ。──おいユースフィアよ。『レブナントケイン』な、その集落に今もあるにはあるかもしれん。だが闇魔法使いが金を払って寄越せと言ったところで、おいそれと渡せる代物でないのは分かるだろう」

「……何が言いたい、バルザムントよ」

ユースフィアさんは、恨めしげにバルザムントさんを睨みつける。何が言いたい、とは言ったものの、話の筋は読めているといった反応だった。

対するバルザムントさんは、ニヤリと口の端を吊《つ》り上《あ》げる。

「お前がこの件を手伝ってくれたら、俺が一筆書いてやると言っているんだ。俺が太鼓判を押してやれば、お前は集落のドワーフたちから信用される。あとは十分な対価さえ支払えば、お前は『レブナントケイン』を手に入れられるって寸法だ」

「ちっ、足元を見おって。気にいらんな。なんならわしは、その集落に行って力ずくでブツを奪ってもよいのじゃが？」

「お前はそういうことをするやつじゃないだろう。無理に悪ぶるなって」

「ぐぬぬぬぬっ……！　ああもう、やりづらい！　分かった分かった、手伝えばいいんじゃろ！　今回だけじゃぞ」

「よぅし、交渉成立だ。――グランパ、待たせたな。会議を始めよう」

というわけで、ユースフィアさんの助力を取りつけることに成功したバルザムントさんであった。

あのクソ面倒くさいユースフィアさんを……あのドワーフの英雄、図体《ずうたい》とパワーだけじゃない、なかなかのやり手だなと思った一幕だった。

＊＊＊

気を取り直して、会議が開始される。

議長席のバルザムントさんが、まずはこう切り出した。

「最初に、ヒト族の戦士たちやユースフィアに依頼したい内容を明らかにしておこう。頼みたいのは、現在この集落を脅《おびや》かしているモンスター襲撃問題、その解決のための助力だ」

「ふむ。まあそう来るじゃろうな。で、何か具体的な方策はあるのか？」

ユースフィアさんが、すかさずそう切り返した。

俺としては何よりも報酬額が気になってしょうがないところだが、いきなり金の話を持ち出すのもアレだし、ひとまず話の流れを追うことにする。

論点をあらためて整理しておくと、こんな感じになるだろう。

現在このドワーフ大集落ダグマハルは、モンスターの大群からの襲撃を立て続けに受けている。バルザムントさんが帰還して、さしあたりの防衛戦力は整ったが、問題が根本的に解決したわけではない。集落の平穏と安寧のために、この異常事態を根本的に解決したい。そのための方策を模索しているのが現在である。

バルザムントさんは、自らの立派なあご鬚《ひげ》をさすりながら、ユースフィアさんの問いに応じる。

「確証はないが、俺もユースフィアが言った『仮説』と同意見だ。つまり、このモンスター襲撃問題の原因は——」

「新しい『ダンジョン』が、この集落の近くに『できた』可能性が高い、ですか」

そう言葉を継いだのは、風音さんだった。

バルザムントさんは、鷹揚《おうよう》にうなずく。

「ああ。少なくとも、まずはその前提で動いてみるべきだと俺は考えた。というわけで、この集落の周辺をしらみつぶしに捜索したいわけだが、集落の防衛をないがしろにするわけにもいかん。この集落の戦士たちだけでは戦力が足りない。俺を含めてもな」

「それで、うちらの出番ってわけっすか」

弓月の言葉に、バルザムントさんは再びうなずく。

「しらみつぶしと言っても、それだけの数のモンスターの大群が進んできたのなら、何らかの痕跡《こんせき》は残っているはずだ。ゆえにダンジョンの捜索自体は、そう困難ではないと踏んでいる。そのダンジョンが近くにあるのなら、短期間で発見できる可能性が高いだろう。一日以内か、かかっても二日か、そのぐらいの想定だ」

「問題は、その先。ダンジョンの攻略ですか」

俺の言葉に、バルザムントさんは三度《みたび》うなずいた。

「ああ。だがいずれにせよ、集落防衛とダンジョン対策を同時に行うには、お前たち客人が頼みだ。ヒト族の戦士たちへの報酬は、まずは一人一日につき大金貨10枚を約束しよう。もしダンジョンに潜ってもらうならば、それはまた別途の相談になるがな」

その言葉を聞いて、会議に参加していたほかのドワーフ戦士たちが騒めいた。

議長席を譲って、隣の席に座っていたグランバさんが、席から腰を浮かせてバルザムントさんに食って掛かる。

「一人一日につき、大金貨10枚だと⁉　バルザムント、いくら何でもその額は……！集落の金庫を空にするつもりか！」

だが抗議を受けたバルザムントさんは、どこ吹く風だ。

「やむを得んだろう。実力に見合った報酬を支払うのは、戦士同士の仁義の問題だ。そしてこの三人は『そういうレベル』だ。――そうだな、ヒト族の戦士たちよ？」

どうやら限界突破を見抜かれていたらしい。

自分より下のレベルの相手の実力って、ある程度、なんとなくだけど分かるんだよな。

「ですね。特に聞かれなければ言うつもりもなかったですけど、俺たちも限界突破をしています。ユースフィアさんのレベルには遠く及びませんが」

俺はそう答えつつ、「今のところは」と心の中で付け加えた。

ドワーフ戦士たちの騒めきが、一層大きくなる。

「な、なんと⁉　あのヒト族の戦士たちも、限界突破をしていたのか！」

「道理で強いはずだ……」

ドワーフ戦士たちの俺たちを見る目が、少し変わった気がした。信頼や信任から、尊敬に変わった感じ。この世界の冒険者とか戦士の社会って、実力を持つ者には、信頼や尊敬を寄せるところがあるよな。

そしてバルザムントさんは、こう付け加えた。

「それで集落の金庫が空になるようなら、金貨以外の財を切り崩すまでだ。秘宝の一つや二つ、集落の未来のためなら安いものだろう。もしくは、ほかに何か妙案があるならば聞くが」

「むぅっ……いや、思いつかん。分かった、族長の決定に従おう」

グランバさんは渋々納得した様子で席に腰を下ろした。ほかのドワーフ戦士たちも、概《おおむ》ね承知したようだった。

そしてここで――ピコンッ。いつもの通知が来た。

特別ミッション『ドワーフ大集落ダグマハルのモンスター襲撃問題を解決する』が発生！

ミッション達成時の獲得経験値……10000ポイント

「「「うわぁっ……」」」

俺と風音さん、弓月が、揃って声を上げてしまった。すぐに手が届く範囲のミッションとしては過去最高、それも破格の獲得経験値が提示されたからだ。

ドワーフ戦士たちが訝しんだ様子を見せたが、どうにか笑って誤魔化す。

ちなみに、これまでの特別ミッションの最高獲得経験値は、飛竜の谷に秘薬を採りに行った際の3万ポイントだ。実に、その三倍以上の獲得経験値。

だが獲得経験値が大きいことは、それだけ危険度が高いミッションであることも意味する――少なくとも、そう考えておいたほうがいいだろう。

ゆえに、このぐらいの獲得経験値になってくると、逆に手放しでは喜べなくなる。

俺は少し考えた後、バルザムントさんにこう提案した。

「その依頼を引き受けるかどうか、少し外に出て、考えさせてもらってもいいですか？」

「ああ、分かった。ではしばらく休憩としよう」

バルザムントさんのその言葉で、ひとまず会議は中断となった。

ユースフィアさんもまた、部屋の隅で大きく伸びをする。

「んんっ……。ではわしも、一度外に出るとしよう」

「おう。逃げるなよ、ユースフィア」

「逃げんわ！　バルザムント、おぬしはわしを何だと思っておるんじゃ！」

「あー、いじると面白い親友」

「ぐぬぬぬぬっ……！　お、覚えておれよおぬし！」

ユースフィアさんのその反応で、笑いが漏れる。緊張していた会議の場に、和やかな空気が流れた。

俺は風音さん、弓月とともに、駐屯所の外へと出ていった。

＊＊＊

駐屯所を出て、風音さん、弓月とともに集落内の路地をぷらぷらと歩く。

夕方から夜へと変わる合間の時刻。夕焼け色に染まった集落の風景が、夜の藍色《あいいろ》へと変化していく中で、住居に灯《とも》されはじめたランプの灯《あか》りに風情《ふぜい》を感じる。

それぞれの洞窟住居に設えられた風変わりな煙突からは、夕食の準備によるものであろう煙が上がっていた。たくさんのドワーフたちが暮らす大集落の、生活の風景だ。

ふと見れば、俺たちと同じように休憩に出てきたドワーフ戦士のもとに、幼いドワーフの少女が駆け寄っていた。いつぞや見た少女だ。

ドワーフ戦士は、走ってきた少女を嬉しそうに抱き上げる。

幼いドワーフの少女が、ドワーフ戦士に聞いた。

「ねぇお父ちゃん、バルザムント様が帰ってきたから、モンスターが来ても大丈夫になった？」

「ああ、もう大丈夫だ。きっと大丈夫さ」

「よかった！　これでお父ちゃんも危なくないよね？」

「そうだな。でもお父ちゃんは戦士だから、モンスターと戦って、集落のみんなを守らないといけない。それは分かるな？」

「うん！　じゃあね、あたしも大きくなったら戦士になって、お父ちゃんやみんなを守ってあげる！」

「ははは、俺も守ってもらえるのか。こいつは一本取られたな」

「えへへーっ」

ドワーフ戦士は、抱き上げた少女の頭を優しくなでる。幼いドワーフの少女は、満面の笑みを浮かべてくすぐったそうにしていた。

そんな景色を微笑《ほほえ》ましく見ながら、俺は二人の仲間に向かって、こうつぶやいていた。

「風音さん、弓月、俺さ——正直に言って、二人のことが、ほかの何よりも大事なんだ」

俺の口から出たそれは、今見ていた風景から感じていたこととは真逆の、罪深いとも思える言葉だった。

獲得経験値10万ポイントの特別ミッション。それに挑むなら、相応のリスクは覚悟しておく必要があるだろう。

だが逆に、俺たちがそれに挑まないことで喪《うしな》われるものもあるかもしれない。

そのニュアンスを風音さんは、誤解することなく受け取ってくれたようだ。

「うん。それってつまり、例えば、この集落の人たちの生活よりもってことだよね？」

「はい」

俺は素直にうなずく。

風音さんは「そっか、嬉しいな。……うん、嬉しい」とだけ言って、それ以上のことは言及してこなかった。

一方で弓月は、もう少し踏み込んできた。

「それは、うちも嬉しいっすけど……でも、先輩」

隣を歩く弓月が、不安そうな眼差《まなざ》しで俺を見つめてくる。俺に何かを訴えかけたい、そんな目をしていた。

俺はそんな弓月の帽子を取って、後輩の髪をくしゃくしゃとなでる。

弓月は「うきゅっ」と鳴いて、俺にされるがままになった。

「ああ。俺も『でも』なんだ。いろんなものを全部大事にしたい、わがままな俺もいてさ。一番大事なのは二人なんだけど、『でも』もあるんだ」

「あー、そういう話っすか」

弓月の声が、安堵の響きを持った。俺が帽子を返すと、後輩ワンコはそれをしっかりとかぶり直して、再び俺を見上げてくる。

「全然いいっすよ。うちは依頼を受けるのに賛成っす。うちだって我が身かわいいし、先輩のことも大事っすけど、それ言ってたらうちら何もできないっすよ」

「うん、私も。大地くんと一緒なら、どこまでだって行くよ。それにどうせ私たち、こんな冒険してるんだもん。危険がどうとかって、だいぶ今更だよね」

弓月だけでなく、風音さんからもまた、肯定の言葉が返ってきた。

俺もまた、二人の言い分に同意する。

「確かに。本当になんとしても危険を避けたかったら、あれこれ首を突っ込まずに100日待つべきですからね」

俺たちは元より、リスクを呑《の》んでいる。あとは程度の問題だが、どうやら今回の件に関しては、三人の意見は一致しているようだった。

「でも10万ポイントの特別ミッションって、どんなモンスターが出てくるんすかね？3万ポイントでドラゴンだったっすよね」

「ていうかそもそも、この特別ミッションって何なんだろう。なんか私たち、誘導されてる感じがしない？」

「あ、それは俺も思ってました」

「あれに似てるっすね。地面に餌《えさ》が落ちていたから食べながら追いかけていったら、最後に罠《わな》に引っ掛かるやつ」

「じゃあ私たちも、最後には罠に引っ掛かって食べられちゃう？」

「どうでしょうね。否定する材料も、肯定する材料も見当たらないですけど」

三人であれやこれやと検討するが、結局のところ情報不足なので何も分からない。疑心暗鬼《ぎしんあんき》になっても仕方がないので、頭の隅っこに引っ掛けつつ、その案件は放置。

「とりあえず、依頼は引き受けるってことでいいですか？」

「うん。さっきも言ったけど、私は賛成だよ」

「右に同じくっす」

「よし、じゃあ決まりで。結果、何があっても恨みっこなしで」

「えーっ。そこは大地くんに『二人のことは何があっても俺が守る』って、キリッとした顔で言ってほしいなぁ」

「そうそう、先輩はそういうとこの甲斐性《かいしょう》がイマイチなんすよね」

「くっ……結局、俺はディスられるのか……」

「「あはははっ」」

二人は楽しそうに笑ってから、それぞれ俺の左右の腕に抱き着いて、嬉しそうに寄り添ってきた。口ではなんやかんや言うけど、本当は好きだよというサインだ。

俺はチョロいので、これをやられるとすっかり嬉しくなってしまうのだ。

……とまあ、そんな流れで、重大な決断もあっさりと終了。方針がまとまった俺たちは、会議の場へと帰還した。

依頼を引き受けることを伝えると、バルザムントさんから感謝の言葉が向けられた。

その後は細かい段取りについて詰めた後に解散。

ダンジョンの捜索は翌朝、明るくなってから開始されることになった。

＊＊＊

朝になると、さっそくダンジョンの捜索が開始された。

ダンジョンの捜索そのものは、バルザムントさんとユースフィアさんの八英雄コンビで行われることになった。

俺と風音さん、弓月の三人は、ほかのドワーフ戦士たちと一緒に集落の防衛任務にあたる。ようするに、お留守番である。

八英雄コンビがダンジョン捜索要員となったのは、ごく単純に、戦力的な理由からだ。

あの規模のモンスターの群れに、集落の外——つまり城塞の防御効果がない場所で遭遇した場合でも、問題なく対処できる見込みが高いのがその二人だったのだ。

なおバルザムントさんのレベルは77らしい。ユースフィアさんともども、世界的な英雄だけあって図抜けた強さを持つ。

ちなみに俺は、お留守番だけでなく、グリフォンを駆って空からの偵察《ていさつ》を行ったりもした。グリフォンは俺を乗せて空を飛ぶこともできるのだ。

ただし、俺が騎乗した状態での飛行可能時間は、そう長くはない。城塞の上から飛びたち、数分偵察をしたら戻ってきて休息をとらせ、体力が回復したらまた偵察に出るパターンを繰り返した。

そのようにして行われたダンジョンの捜索だが、わりと早くに結果が出た。

ダンジョンへの道のりには、何らかの痕跡が残っているはず――そのバルザムントさんの見込みが大当たりだったのだ。踏みしだかれた草木などの痕跡を追っていった結果、捜索を開始してからほんの数時間ほどで、ダンジョンの入り口と思しき洞窟を見つけることができたとのこと。

だが捜索を終えて戻ってきたバルザムントさん、ユースフィアさんからもたらされた報告は、少し意外なものだった。

「転移魔法陣が二つ……ですか？」

城塞に戻ってきた八英雄コンビに向かって、門前で出迎えた俺は、そう問い返していた。

バルザムントさんはおもむろにうなずきつつ、門をくぐり、居住地へと向かう坂道を進んでいく。

「ああ。ダンジョンの入り口らしき洞窟があったから踏み込んでみたら、洞窟内の道が、途中で左右に分岐していてな。その右の道と左の道、どちらも行き止まりに転移魔法陣があった」

「分岐点には石碑《せきひ》があっての。その石碑に書かれていた文言を見るに、ダンジョンの入り口には相違ないと思うのじゃが」

ユースフィアさんは、バルザムントさんの隣を歩きつつ、そう言って肩をすくめた。

この世界で転移魔法陣と聞くと、アリアさんと初めて出会ったときのことを思い出す。

オークが棲《す》みついたという洞窟に向かってみたら、途中で不意打ちの転移魔法陣に遭遇して、どことも知れぬダンジョンの中に飛ばされた。あのときは、ダンジョンのボスであるストーンゴーレムを倒し、無事に帰還することができたのだが。

バルザムントさんやユースフィアさんの話を聞く限り、この世界のダンジョンはだいたいあんな感じの形式のようだ。転移魔法陣でダンジョンに飛ばされるが、その転移は概ね一方通行であり、ボスを倒してダンジョンを「クリア」するまでは脱出できない。

その代わり、俺たちの世界のダンジョンのような何十層という深度を持つダンジョンは普通なくて、階層がないか、あっても四階層ぐらいが限度とのこと。

そしてユースフィアさんが、こう付け加えた。

「問題は、分岐点の石碑に書かれていた文言じゃな。曰《いわ》く『これなるは炎と氷のダンジョン。ダンジョンに挑むは二人以上。二つの魔法陣に同時に踏み入るべし』だそうじゃ」

えーっと……それってどういうことだ？　二人から聞いた話を整理してみよう。

まず、今回見つかったダンジョンの名称は「炎と氷のダンジョン」。これまでに集落を襲ったモンスターと照らし合わせても、このダンジョンが問題の原因であると見てまず間違いないだろう。

特異なのは、ダンジョンの入り口と思しき転移魔法陣が、二つあることだ。そして石碑の文言によれば、このダンジョンに挑むには、複数人で二つの転移魔法陣に同時に乗る必要があるとのこと。

加えて、これまでに集落を襲ったモンスターの属性を思い出すと、炎、氷、炎、氷だ。二つの属性の混成部隊は一度もなかった。ここから推測できるのは、二つの魔法陣の転移先はそれぞれ別で、片方が「炎のダンジョン」、もう一方が「氷のダンジョン」なのではないかということだ。

このダンジョンに挑むには、二つのグループを作って、二つのダンジョンを同時に攻略しなければならないのではないか。確定ではないにせよ、そうなる可能性は想定しておいたほうがいいように思う。

「でもその石碑？　誰がそんなもの作ったんすかね。できたばかりのダンジョンなんすよね？」

弓月がそんなピュアな疑問を口にする。

それにはバルザムントさんがこう答えた。

「そもそもダンジョン自体が不思議と謎の塊《かたまり》だからな。そういうこともあるだろう。どうしてそんなものができるかなど、俺たちにははかり知れん。あるいは、遊戯《ゆうぎ》と享楽《きょうらく》を司《つかさど》る邪神ラティーマの仕業だという俗説なら聞いたことはあるが」

遊戯と享楽を司る邪神ラティーマ――どこかで聞いた名前だなと思ったら、以前にドワーフ集落を襲った邪教徒たちが信仰していた神が、そんな名称だったなと思い出す。

だが、その物言いが気にいらなかったらしく、ユースフィアさんがツッコミを入れた。

「おいバルザムントよ。その俗説はまあいいとして、女神ラティーマを『邪神』と呼ぶのは少し違うぞ。あれは信徒に教義を曲解したアホが多いだけじゃ」

「そうなのか？　だが信徒に悪党が多いなら、だいたい邪神だろう」

「まったく違うわ、たわけが」

ユースフィアさん、どうもそこにはこだわりがあるらしい。

まあこの世界の宗教に疎《うと》い俺たちには、どうでもいい話ではあるのだけれども。

ともあれ、ダンジョンの入り口らしきものは見付かったわけで、まずは状況が前進した。

駐屯所に戻った俺たちは、その発見を踏まえて対策会議を行った。そして善は急げと、その日のうちにダンジョンの攻略に乗り出す運びとなったのである。

＊＊＊

少し前までピカピカに輝いていた太陽が、今は墨色の雲に覆い隠されようとしている。もうすぐ一雨来そうな感じだ。

俺はガッチャガッチャと鎧の音を鳴らして、集落から下る山道を進んでいた。

日の当たり方によっては金ピカにも見える甲冑《かっちゅう》と兜は、かなり目立つ。ナントカの塔とかいうレトロゲームに、こんな格好の主人公がいた気がする。

周囲には同じように音を鳴らして進む、銀灰色の鎧兜に身を包んだドワーフ戦士たちの姿がある。数は十人。それとは別に、風音さんや弓月、ユースフィアさん、バルザムントさんもいる。

この総勢十五人とグリフォン一体が、「炎と氷のダンジョン」攻略のためのメンバーだ。集落を出立した一行は、今は目的のダンジョンに向けて進軍中である。

なお集落には、族長代理グランバさん率《ひき》いる、十人ほどのドワーフ戦士が残っている。それだけの戦力では、これまでにあったような規模の襲撃が起これば対応できない可能性が高いが、そこはバルザムントさんの意見で賭《か》けに出たのだ。攻略隊がダンジョンへの道をたどる以上は、再びダンジョンからモンスターの群れがやって来ても、行き違いになることはないだろうという見立てだ。

そんな行軍の最中。一張羅《いっちょうら》の装備を身につけた俺がご満悦で山道を下っていると、隣を歩いていた弓月が俺の顔を覗き込んで、にひっと笑いかけてきた。

「嬉しそうっすね、先輩♪」

「そりゃあな。あと今更だけど、弓月や風音さんの分のお金まで使わせてもらって悪かったな」

「本当に今更っすね。うちらはもう運命共同体なんすから、そういうのも変な感じっすよ。あとせめて、そういうときは『悪かった』じゃなくて『ありがとう』っす」

そう言って弓月は、なぜか自分の帽子を取ってみせた。

催促《さいそく》されたような気がしたので、俺は後輩ワンコの頭をわっしゃわっしゃとなでる。

「そうだな。ありがとう、弓月」

「うきゅっ。にへへ～」

とても嬉しそうに表情を緩ませる弓月であった。飽きないなホント。

俺が身に着けている「一張羅の装備」とは何かというと、もちろん「ガイアアーマー」と「ガイアヘルム」だ。ついに鎧も購入できるだけのお金が貯《た》まったのだ。念願のガイアアーマーを手に入れたぞー、と叫びたい気分である。

バルザムントさんが、ダンジョン攻略を手伝うにあたっての追加報酬として、一人あたり大金貨10枚を約束してくれたのが大きかった。これの前借りを頼んだり、それまで身に着けていたエルブンレザーを売却するなどして、ギリギリでガイアアーマー購入のため

の金貨1350枚相当額を見繕《みつくろ》うことができた。

おかげで所持金はすっからかん……というほどでもないが、だいぶ心許《こころもと》なくなった。

だがなくなった金貨は、また稼げばいいのだ。

ちなみに鎧兜のガチャガチャと鳴る音は、【隠密】スキルを使えば、怖いぐらい無音になることを確認している。ただそれだと若干気持ち悪いし、まわりの人からも不気味がられそうなので、普段は【隠密】スキルをオフにしていた。

ところで、弓月の頭をなでてやると、高確率で起こる連鎖イベントがある。

「あーっ、また火垂ちゃん抜け駆けしてる！　大地くん、えこ贔屓《ひいき》だよ！」

俺たちのやり取りを見咎《みとが》めた風音さんが、そう不満を申し立ててきたのだ。

「え……？　あ、いや、そういうわけでは……」

「だったらほら、私にも、平等に。んっ」

「あ、はい」

風音さんは俺の前にぴょこんと立って、ちょっと屈《かが》んで頭を差し出してきた。行軍中なので、下りの坂道を後ろ歩きしながらなのだが、抜群の運動神経を持つ風音さんだけにまるで危なげがない。能力の無駄遣い感がすごいな。

俺もそうして催促されれば断る理由もなく、風音さんの頭をなでた。風音さんは「えへへ～」とはにかんで、すごく嬉しそうな表情を見せていた。

周囲を歩くドワーフ戦士たちの呆《あき》れたような視線や、ユースフィアさんからのジト目が少々痛い気もするが、そのあたりはもう気にしたら負けだと思っている。ほら、旅の恥はかき捨てって言うだろう？

折角なので、俺は二人の相棒に、新装備の素晴らしさをプレゼンしておくことにした。

「でもさ、このガイアヘルムとガイアアーマーには、大金をはたいて買っただけの価値はあると思うんだ。もちろん防御力も高いんだけど、それに加えて特殊効果の土属性魔法魔力への修正、これがポイント高くてさ。攻撃魔法にしか影響しない魔法威力への修正値とは違って、治癒魔法とかにも影響するんじゃないかって思ってて――」

「ん、先輩がめっちゃ早口でしゃべるオタクになってるっす」

「うんうん。大地くんが嬉しそうで何よりだよ」

「……はい」

俺の熱弁も空《むな》しく、あまりこれらの防具の良さは分かってもらえなかったようだ。いや、うん……まあ、いいけどね。（、・ω・、）

一行はやがて、転移魔法陣があるという洞窟の前までたどり着いた。その頃には、暗雲がすっかりと太陽を覆い隠し、ぽつぽつと雨が降り始めていた。

そこまでにモンスターとの遭遇はなし。俺はそのことに、どこか嵐の前の静けさのようなものを感じていた。

第七章

洞窟の入り口前にたどり着いた、ダンジョン攻略隊の一行。

まだ昼下がりの時間だというのに、あたりは薄暗く、不気味な雰囲気を醸《かも》している。

ぽつぽつと降り始めた雨は、徐々に雨足を強めている。このままだと本降りになりそうだ。十五人の戦士たちは、雨から逃げるようにして洞窟へと入った。

洞窟を進んでいくと、やがて左右に分かれる分岐路《ぶんきろ》に来た。分岐点には石碑《せきひ》があり、ユースフィアさんが言っていた通りの内容が書かれている。

攻略隊は、事前に取り決めておいた通り、ここで二手に分かれた。

右手側の道には、俺と風音《かざね》さん、弓月《ゆづき》、ユースフィアさん、グリフォンの四人と一体。

左手側の道には、バルザムントさんを含めたドワーフ戦士たち全員だ。

ドワーフ戦士たちの数は、バルザムントさんも含めて全部で十一人。人数で見ると俺たちの二倍以上だが、戦力的にはこれでほぼトントンか、むしろ……という見立てだ。

バルザムントさんがドワーフ戦士たちを代表して、俺たちに声をかけてくる。

「ヒト族の勇者たち、それにユースフィアよ。必ずダンジョンを攻略し、出口で会おう」

「うむ、バルザムントよ。おぬしこそ、よもやこのようなところでおっ死《ち》ぬのではないぞ。わしはまだ、約束の紹介状を受けとっておらんのだからな」

答えたのはユースフィアさんだ。

バルザムントさんは、ふっと笑ってから、ドワーフ戦士たちに向かって「行くぞ」と号令をかける。十人の戦士たちは、おうと応《こた》え、ドワーフの英雄とともに左手側の道の先へと進んでいった。

俺たちとユースフィアさんもまた、右手側の通路を進んでいく。

ほどなくして、行く手の先に、転移魔法陣が輝く小部屋が見えてきた。

このような転移魔法陣は、バルザムントさんたちが向かった先にもあるはずだ。

「さて、外れクジを引くのはどちらになるかの」

ユースフィアさんがつぶやく。

外れクジ――炎のダンジョンが「外れ」で、氷のダンジョンが「当たり」だ。

こっちのパーティには弓月が、向こうのパーティにはバルザムントさんがいて、どちらも火属性の魔法を得意とする。いずれのパーティも、氷属性のモンスターのほうが与《くみ》しやすいと予想されるためだ。

だが片方が炎のダンジョンで、もう一方が氷のダンジョンという仮説が当たっていたとして、右と左、どちらが炎でどちらが氷かは判断材料がない。いずれかのパーティが不利な戦いを強《し》いられる可能性が高いが、出たとこ勝負をするしかないという結論に至った。

まあバルザムントさんは斧《おの》による武器戦闘が主力で、魔法も火属性と土属性の二属性を使えるというし、弓月は弓月でフェンリルボウがある。どちらにしても、それなりに対応できるはずだ。

やがて行き止まりの小部屋にたどり着いた俺たちは、その床に輝く転移魔法陣に全員同時に乗る。しばらく待つと魔法陣の輝きが増し、視界が真っ白な光で染まった。

わずかの後、光がやむ。俺たちが立っていたのは――

「あちゃー。外れを引いたの、うちらだったみたいっすね」

弓月がそう言って、周囲を見回す。俺もまた、同じように辺りを警戒した。

そこは赤茶けた岩肌に覆われた、洞窟の内部のようだった。先ほどまでいた洞窟は灰色の岩壁だったので、明らかに毛色が異なる。

そして何より、暑い。ただ立っているだけでも、肌を焼かれるような暑さだ。長居をしたら、これだけでも参ってしまいそうなほど。

俺たちがいるのは、広大な広間のド真ん中といった立ち位置だ。広間は下手な体育館よりも広く、天井も圧迫感がない程度には高い。正面の壁の一角に、進路と思《おぼ》しき通路がある。ほかに進むべき道や、特筆すべきものは見当たらない。

俺たちのメンバーは、転移魔法陣に乗ったときと一緒だ。俺と風音さん、弓月、ユースフィアさん、グリフォンの四人と一体が、誰も欠けることなくすぐ近くにいた。

概《おおむ》ね予想どおりの展開、だが――

「――っ！　大地《だいち》くん、何か来る！」

風音さんが注意を飛ばした、次の瞬間。

広間のあちこちに、多数の鬼火が出現した。

＊＊＊

出現した鬼火の数は、十をゆうに超え、二十には及ばないぐらい。

出現位置は、俺たちを取り囲むようにして、前後左右の四ヶ所に四つずつ固まって。距離はすぐ近くではなく、いずれも数十歩ほど離れた地点だ。

鬼火たちは出現したそばから、その姿をモンスターへと変えていく。多数はフレイムスカルに。いくつかはヘルハウンドに。

……おいおい。いきなりこの数のモンスターがお出迎えかよ。

「やれやれ、さっそくの手荒な歓迎じゃな」

ユースフィアさんが闇色の魔力をその身にまとっていく。さすがに決断が速い。

「風音さん、弓月、俺たちも魔法攻撃！」

「「了解！」」

俺たちもまた、各々《おのおの》が魔力を高めていく。グリフォンへの指示はひとまず保留だ。

現れたモンスターの大半はフレイムスカルだ。そいつらもまた一斉に、赤色の魔力を身に帯びていく。

モンスターの群れの中には、ヘルハウンドが四体だけ混じっている。前後左右、それぞれ綺麗《きれい》に一体ずつ。

つまり前後左右の四ヶ所、それぞれのグループに、ヘルハウンドが一体とフレイムスカルが三体ずつ、合計十六体が出現したわけだ。

前後左右のヘルハウンド、合計四体は、いずれも俺たちに向かって駆け出してくる。距離はあるが、数秒のうちに炎の吐息《ファイアブレス》の射程に入るだろう。

ユースフィアさんは涼しい顔をしているが、この数と状況はわりとまずいのでは？

いや、いずれにせよやるしかないか。

「わしは正面を叩《たた》こう。ほとばしれ、闇の雷《いかずち》――【ダークサンダー】」

ユースフィアさんの手から、前方に向かって闇色の魔力球が放たれた。

それは駆け寄ってきていたヘルハウンドの脇を高速ですり抜け、その先にいた三体のフレイムスカルに闇の稲妻《いなずま》を叩きつける。

「俺たちは左のフレイムスカルを！　【ストーンシャワー】！」

「了解！　【ウィンドストーム】！」

「承知っす！　【エクスプロージョン】！」

俺たち三人もまた、左側に固まっていたフレイムスカル三体に魔法攻撃を叩きつけた。

石つぶての雨が、風刃《ふうじん》の嵐が、爆炎が、一斉にモンスターを穿《うが》つ。

それよりも一拍遅れて、右側と背後から多数の火炎弾が飛んできた。

「ぐっ！」

「くぅっ！」

どういうわけか、火炎弾は俺と風音さんに集中した。二、三発ずつ被弾。もちろん致命傷ではないが、多少の火傷《やけど》は免れない。弓月にも一発だけ当たったようだが、ダメージの様子はなかった。

見れば正面のフレイムスカル三体と、左側のフレイムスカル三体は、いずれも消滅して魔石へと変わっていた。その二方向からは、火炎弾が飛んできた様子はない。先手を打って殲滅《せんめつ》できたことで、ある程度の被害は防げたようだ。

だが息つく間もなく、四体のヘルハウンドがすぐ近くまで迫っている。

正面の一体に向かっては、細身剣を抜いたユースフィアさんが、恐ろしい速度で駆け出していた。

俺は槍《やり》を手に、踵《きびす》を返してダッシュする。

「グリフォン、左のヘルハウンド！　風音さんは右を！　あとは各自判断！」

「クァッ、クァーッ！」

「うんっ！」

「了解っす！」

指示出しはここまでだ。俺は一個の戦士としての仕事に集中する。

後方に向かって駆け出した俺の前には、一体のヘルハウンド。そいつは口を開き、激しい炎を吐き出してきた。

回避の余地はほぼないし、そのつもりもない。

「――うぉおおおおっ！」

俺は盾を眼前に構え、真っ向からヘルハウンドの炎に突っ込んだ。

盾で防御しきれるような炎ではない。全身が熱いし火傷もする。だが一度や二度の被弾で致命傷になるような攻撃でもない。

炎を突っ切れば、目の前にはヘルハウンドの巨体があった。

俺はスキルの輝きを右手に宿し、槍を突き出す。

「【三連衝《さんれんしょう》】！」

ガガガッと、馬のごとき巨体を持った黒犬に、槍の連撃が突き刺さる。

次の瞬間、ヘルハウンドは嘘《うそ》のように霧散《むさん》し、魔石へと変わっていた。

そこにさらなる火炎弾が飛び交う。俺にも一発飛んできて、直撃を受けた。立て続けの被弾によりダメージはかさんでいるが、まだ致命的な段階ではない。

ヘルハウンドを撃破した俺の正面、少し離れた場所には、三体のフレイムスカルが浮かんでいる。次のターゲット候補は、ひとまずあれか。

その三体には、今さっき弓月の【エクスプロージョン】が炸裂《さくれつ》していたようだ。火属性のモンスターだけあってそれ一撃では沈んでいないが、ダメージは小さくない様子。もう一押しといった雰囲気に見える。

俺は追撃の魔法攻撃のために魔力を高めつつ、全体の戦況を迅速に確認する。

風音さんとグリフォンは、それぞれ担当のヘルハウンドを撃破したところだった。ユースフィアさんもヘルハウンド一体は早々に片付けたようで、さらに別の三体のフレイムスカルを、二発目の【ダークサンダー】で殲滅していた。

つまり、残るは俺の正面のフレイムスカル三体だけ。ここまで来れば勝ち確だな。

あの三体が次の火炎弾を撃ってくるよりは、俺の【ストーンシャワー】発動のほうがおそらく早い。問題は、これで落としきれるかどうか——などと思っていると。

「一撃で足りないなら、もう一発っす——【エクスプロージョン】！」

俺の魔法発動よりもわずかに早く、弓月の爆炎魔法が再び火を噴いた。

最後のフレイムスカル三体も黒い靄《もや》となって消滅、三個の魔石へと変わった。

ああそうか。そうなるのか。指示出しを視野から外して自分の戦闘に集中すると、仲間たちの動きが計算から抜け落ちるんだよな。

まあいずれにせよ、無駄なMPを使わないに越したことはない。

俺は魔法発動をキャンセル。安堵《あんど》の息をついたのだった。

＊＊＊

ダンジョン内に転移するなり突然襲ってきたモンスターの群れを、どうにか撃退した俺たち。

まずは状態チェックとHP回復だ。

「怪我《けが》した人、治癒するから並んでください」

「はーい」

「クアッ、クアッ」

風音さんとグリフォンが並んだ。弓月とユースフィアさんは無傷のようだ。

ちなみに弓月は、ちょっとつまらなそうな顔をしていた。

「ダメージを受けないのはいいっすけど、先輩の治癒魔法を受けられないのは、ちょっと損した気がするっす。仲間外れは寂しいっすよ」

「いや、仲間外れって。いずれにせよMPとかの状態は確認しておきたいから、ステータスは見せてくれるか？」

「ホントっすか⁉　わーい♪」

嬉々《きき》として駆け寄ってくる弓月である。うむ、よく分からん。

というわけで、一匹狼《いっぴきおおかみ》のユースフィアさんは別にして、ほか全員ぶんのHPとMPの状況を確認する。

俺…………HP：209／259　MP：194／231
風音さん……HP：175／196　MP：161／168
弓月…………HP：196／196　MP：408／441
グリフォン……HP：234／350

各自がだいたい二割前後のHPを削られた感じか。被弾した数のわりには、さほどのダメージではない印象だな。

俺と風音さんには、それぞれ【アースヒール】を一発ずつ使ってHPを全快した。

ちなみに風音さんは、回復のとき「あー、そこそこ。やっぱり大地くんの治癒魔法は効くな～」などと、うっとりした顔で言っていた。俺の治癒魔法はマッサージか何かかな？

グリフォンの被ダメージの大きさは、やはり少し目立つ。おそらく被弾した数は俺と大差ないと思うのだが。グリフォンには【グランドヒール】を一発使うと、340までHPが回復したので、ひとまずそれで止めておいた。

ちなみに俺の治癒魔法の回復量だが、ガイアアーマー&ガイアヘルムを購入する前と比べて、明らかな変化が見えた。回復量が二、三割ほども上がっている印象だ。

治癒魔法を使い終えると、俺のMP残量は180になった。MPはできるだけ温存しておきたいところだ。いざとなればMPポーションもあるが、ダンジョンの規模が分からないからな。

もっとも、ユースフィアさんやバルザムントさんの話によれば、たいていのダンジョンは数部屋程度の規模感だとのこと。思えばアリアさんと初めて出会ったダンジョンも、ボス部屋含めて五部屋だった。このダンジョンも似たようなものであればいいが。

「ほれ、治癒が終わったなら、さっさと行くぞ。いつまでも乳繰《ちちく》り合《あ》っておるではない」

ユースフィアさんからお叱りの声が飛んできた。

そこに弓月が、てててっと駆けていく。

「別に今は乳繰り合ってないっすよ。先輩にステータスを見せてただけっす」

「どうだかな。あっちの娘など、ずいぶんと心地よさそうな声を上げておったではないか」

「先輩の治癒魔法は具合がいいんすよ。患部にじかに届いて、内側から気持ち良くしてくれるっす」

「えっ、何それ怖い。おぬし、治癒魔法に娘たちを虜《とりこ》にする何かを仕込んでおるのか？」

ユースフィアさんのジト目が俺に向けられた。

「いやいやいや、知りませんて。弓月も適当なことを言うな」

「えーっ、ホントっすよ。ねー、風音さん」

「うん。大地くんの治癒魔法、すっごく気持ちいいよ。蕩《とろ》けちゃいそう」

「怖っ……。わ、わしは怪我をしないようにしておこう」

ユースフィアさん、若干信じちゃってるじゃん。

ていうか……そんなこと、ないよな……？　俺の治癒魔法、普通だよな？

そんな疑問を持った俺に、グリフォンが懐いてすり寄ってきた。まるで、もっと治癒魔法をかけてほしいと催促《さいそく》するように――

と、若干の恐怖を伴う何かはあったものの、ひとまず第一関門をクリアした俺たち。

あらためてダンジョン探索の準備を整えると、唯一の進路である、広間の一角にあった通路を進んでいくことにした。

赤茶けた岩壁に覆われた、広くもなく狭くもないといった具合のトンネルを進んでいく。

相変わらずひどく暑く、徐々に汗ばんでくる。風音さんと弓月が、黒装束《くろしょうぞく》やウィザードローブの胸元を持ってパタパタと扇《あお》いでいた。ユースフィアさんはやせ我慢しているのか、涼しい顔だ。額や首筋などに汗は浮かんでいるが。

しばらくして通路が終わり、開けた場所に出た。

先の大広間ほどではないが、これまたなかなかの大きさの広間である。左右の幅はそれほどでもないが、奥行きがかなりある。テニスコートを縦に二つ繋《つな》いだら、ちょうどこのぐらいの広さになるだろうか。

先の大広間と違って、何もない空間ではない。俺たちはそこにあったものを見て、武器を手に身構え、いつでも魔法を発動できるように魔力を高めていた。

だが、一見モンスターに見えるそいつらには、動き出す様子がない。

「宝箱に、それを取り囲む彫像か。いかにも、といった感じじゃな」

警戒態勢をとったまま、ユースフィアさんがそうつぶやく。

彼女の言葉どおり、広間の奥のほうには、一個の宝箱があった。

その周囲には七つの石の台座が配置されている。それぞれの台座の上には、見覚えのある形状の彫像が乗っかっていた。

「あれ、ガーゴイル……だよね？」

俺にちらりと視線を送って聞いてきたのは、風音さんだ。

たしかに、それぞれの台座の上に乗った彫像は、ガーゴイルと酷似《こくじ》した姿形をしていた。

ダンジョン遺跡層やアリアさんと出会ったダンジョンで遭遇した、悪魔を模したような姿の石像型モンスターだ。

だがそいつらが動いてくる様子がないのだ。いずれも宝箱のほうを向いた格好で、台座の上に鎮座《ちんざ》している。

ちなみに、それらのさらに奥には、進路と思しき通路が続いていた。だがその通路の入り口には、鉄格子《てつごうし》が下りている。これまでのパターンから考えて、この広間で何かをしないと開かない仕組みなんだと思うが。

「弓月、【モンスター鑑定】だと、あのガーゴイルっぽいのはどうなってる？」

「うーん……それがっすね、よく分かんない表記が出るんすよ。モンスターの名称が

『UNKNOWN《アンノウン》』って出て、ステータスも全部『UNKNOWN』っす。こんなの初めてっすよ」

なるほど。あれが普通のガーゴイルではない、特殊な何かであることは間違いないな。

「あ、大地くん。こっちに石碑があるよ。何か書いてある」

風音さんが部屋の入り口付近を指し示す。そこには確かに、一つの石碑があった。

ユースフィアさんが警戒態勢を解き、石碑のほうへと向かう。

「やつらはひとまず動き出しそうにないの。どれどれ……『攻撃すれば災禍《さいか》あり。勇気をもって宝を取れ』か」

石碑に書かれた文言を読み上げるユースフィアさん。

やや抽象的だが、指し示している内容はなんとなく分かるような気がした。

「えぇっと……つまり、あのガーゴイルっぽいのを攻撃しないで、普通に宝箱を開けろってことっすかね？」

「そうなるのかな。でも、この石碑の内容自体が罠《わな》かもしれないよ？」

弓月と風音さんが思い思いに意見を言いつつ、俺のほうを見てくる。

うちのパーティでは、こういう決断は俺の役目だ。

ユースフィアさんを見ると、ダークエルフの英雄は肩をすくめてみせる。

「おぬしらに任せる。だがどの道、先に進むには何かをする必要はあるじゃろうな」

先へと進む通路には、鉄格子が下りている。あれはダンジョンの仕掛けだろうから、破壊して進むなどの強引な手段は、試みるだけ無駄だと思っておいたほうがいいだろう。

広間の中には、ほかに情報になるようなものは見当たらない。今あるだけの情報で、行動を決める必要がありそうだ。

さて、どうするかだが。

確かに風音さんが言うとおり、石碑に書かれていること自体が罠の可能性も、ゼロとは言い切れない。だがこれまでの経験上、ダンジョンの仕掛けが「そういうこと」をしてくる可能性は、あまりないように思えた。

それを踏まえて、俺はこう決断した。

「素直に宝箱を開けようと思います。俺が行くので、風音さん、弓月、ユースフィアさんは、いざというときのために攻撃準備だけしておいてください」

「ん、了解っす」

「こっちも了解だよ。でもそれなら、私が開けたほうがいいかも」

「いえ、風音さん。俺がやります。今の俺にはガイアアーマーもありますし」

俺は自分の鎧《よろい》をコンコンと叩いてみせた。

あのガーゴイルらしきものが実際にただのガーゴイルだったとしたら、仮にあの七体が一斉に襲い掛かってきても、今の俺ならさして問題にならないと思う。もちろん、ただのガーゴイルでない可能性も捨てきれないのだが。

「ユースフィアさんもそれでいいですか？」

「構わんよ。しかしおぬし、こういうときには男らしさを見せるんじゃな？」

「ええ。うちの二人からは、普段さんざん『甲斐性《かいしょう》なし』って言われてますからね」

「「気にしてたんだ……」」

ちょっと反省した様子を見せる、我が相棒二人であった。

さておいて、俺は宝箱へと向かって進んでいく。

仲間たちも少し離れて、警戒態勢を維持したまま俺のあとについてきた。

ガーゴイルっぽい彫像は、依然として動かない。

俺が宝箱まで数歩のところへ来てもそれは変わらず、微動だにしなかった。

さらにゆっくりと、警戒しながら宝箱に近付く。

俺が彫像のすぐ横を通り過ぎても、それらは何の反応も示さなかった。

ついに宝箱の目の前まで来た。彫像は、まだ動かない。

石碑の文言には、「勇気をもって宝を取れ」とあった。この文言を信じるなら、【トラップ探知】も不要だろう。

俺は、宝箱のふたに手をかける。彫像は動かない。

宝箱のふたを開く。彫像は動かないし、宝箱に罠も仕掛けられていなかった。

俺は宝箱の中にあったものを取り出す。

それは一振りの、波打つ刃《やいば》を持つ短剣だった。風音さんが装備しているルーンクリスに似ているが、色合いは赤とオレンジを基調としていて、炎を連想させる。

彫像はなおも動かない――いや、違う。

俺が宝箱の中から短剣を取り上げた、次の瞬間。

七つの彫像、その台座、そして宝箱が一斉に、黒い靄となって消滅した。

それと同時に、進路をふさいでいた鉄格子が、ガラガラと音を立てて上がっていく。

結果、何もなくなったまっさらな広間に、俺たちの姿だけが残った。

俺の手には、炎を象《かたど》ったような一振りの短剣が握られている。

おそらくこれで、この広間のイベントはクリアだろう。

安堵の息をついた俺のもとに、仲間たちがやってきた。

「お疲れ様、大地くん。うまくいったね」

「終わってみれば、ただのこけおどしだったっすね。あのガーゴイルっぽいのを攻撃してたら、どうなってたっすかね？」

「さあな。『災禍あり』っていうんだから、何かまずいことでも起こったんだろうな。何が起こったのかはもう、一生分からず仕舞いだが」

「そういうのは分からなくてもいいんじゃないかな。ところで大地くん、それ短剣？」

「ええ、クリスやルーンクリスに似ていますね。弓月、【アイテム鑑定】頼む」

「承知っす。【アイテム鑑定】！　――お、これは相当いい品っすよ。アイテム名は『フラムクリス』。攻撃力は＋32。特殊効果は魔法威力＋3と、火属性魔法魔力＋2っす」

「おー、すごいね。私のルーンクリスが攻撃力＋25、魔法威力＋2だから、完全上位互換ってやつだよ」

あれこれ検討した結果、この短剣は風音さんの持ち物となった。弓月が持つという選択肢もなくはなかったが、やはり総合的に見て風音さんだろう。

ルーンクリスのうち一本を【アイテムボックス】にしまって、新しい短剣——フラムクリスが風音さんの右手に収まった。

なお事前の取り決めで、このダンジョンで手に入れた物品は、基本的に俺たちの懐《ふところ》に入れていいことになっている。

ユースフィアさんとは、レブナントケインの在り処《あか》を教えたら礼をすると言われたきり、その報酬については話が流れていた。バルザムントさんが知っていたとは言え、約束は約束。それを加味して、このダンジョンでの獲得物の権利を譲ってもらうことで、報酬の代替としたのだ。

例外的に、ユースフィアさんがどうしてもほしいものがあった場合にのみ応相談となる約束だが、この短剣にはあまり興味がないようだった。

そのユースフィアさんは、俺たちのアイテム分配が決まったことを確認すると、こう催促してきた。

「ほれ、用件が済んだなら、さっさと行くぞ。おぬしらは油断すると、すーぐ乳繰り合いそうじゃからな」

するとそこに弓月がまた、てててっと走っていく。

うちの後輩ワンコは、ユースフィアさんに向かってニコッと笑いかけると、出し抜けにこう言った。

「ユースフィアさん、羨《うらや》ましいんすか？」

「んなっ……!?」

ユースフィアさんは鳩《はと》が豆鉄砲を食ったような顔で、口をパクパクとさせた。

次には慌てた様子で抗弁を始める。

「ち、違うわ！　わしは、その……おぬしらヒト族の若者よりもずっと長生きしておるから、そういうのはたーんと経験済みじゃ。もう飽きるほどにな」

「えー、嘘っぽいなぁ」

そこに風音さんも、じりじりと詰め寄っていく。

ユースフィアさんはたじたじになり、一歩、二歩と後ずさった。

「嘘っぽいっすね。てか風音さん、うちら先輩と乳繰り合うの、飽きたりしないっすよね？」

「うん、飽きない。ユースフィアさん、ひょっとして──」

「う、うるさいわ！　どうでもいいから、さっさと行くぞ！　わしらはこのダンジョンに、遊びに来たのではないのじゃからな！」

「「はぁーい」」

ユースフィアさんも、うちの二人の玩具《おもちゃ》になってきたなぁ。強いわりに、まあまあ弄《いじ》られキャラなんだよな、あの人。

と、そんなこんながありつつも。

俺たちは二つ目の広間をあとにして、その先の通路へと進んでいくのだった。

＊＊＊

ゴポゴポと、何かが煮えたぎるような音が聞こえてくる。

宝箱と彫像があった部屋を抜け、その先へと進んでいった俺たちを襲ったのは、それまで以上の強い熱気だった。

だが、ここで止まるわけにもいかない。意を決し、さらに先へと進んでいく。

やがて俺たちは、第三の広間にたどり着いた。

「……大地くん、帰ろうか」

「風音さん、残念ながらすでに退路はないです」

「うん、知ってた」

「これはさすがに、落ちたら命がない気がするっす」

崖の上から溶岩流を見下ろしながら、俺たちは半ばあきらめの境地に達していた。

そこは眼下に溶岩の川が流れる広間だった。

俺たちの位置から見て、こちら側と向こう側の端にそれぞれ足場があり、両者の間を渡すように吊り橋《つばし》がかかっている。

足場の崖っぷちから下を覗《のぞ》くと、右から左に流れるたっぷりの溶岩。あれに落ちたら、どんな高レベル探索者《シーカー》でも普通に考えて死ぬよなと思う。

ただ溶岩流の直上三十メートルほどの場所にいるにしては、今の場所は死ぬような熱さではない。いや、暑いか暑くないかでいったらクソ暑いのだが、真夏の猛暑日の炎天下とかサウナぐらいのものだ。呼吸をしたら即死するとか衣服が燃え上がるとかではない。

そう考えるとあれもリアルな溶岩ではなく、何かダンジョン的な仕掛けなのかもしれない。いずれにせよ、あの溶岩に落ちたら最後だろうなとは感じるが。

吊り橋は、見た感じ足場は木造で、手すりの位置には麻のロープが渡されているように見える。これらも普通に考えればとっくに燃え落ちていそうなものだが、健在だし、すぐに崩落しそうな様子もない。

こちらの岸から対岸まで渡された吊り橋の距離は、だいたい五十メートルほどだろうか。向こう岸の先には、進路と思しきトンネルが続いていた。

「これ絶対、ただ渡るだけじゃ済まないっすよね。吊り橋が落ちたりしそうっす」

弓月がそう感想を漏らす。

広間には今のところ、モンスターなどの姿は見当たらないし、溶岩流以外の脅威も見受けられない。

だが弓月も言うとおり、ただ渡るだけで済むとも思えない。きっと何かの仕掛けがあるはずだと思うぐらいには、俺たちはこの世界のダンジョンを、悪い意味で信頼していた。

「風音さん、モンスターの気配はあります？」

「んー、なんとも言えない感じ。あるような、ないような」

「えっと、それってつまり」

「うん。何か出てくると思っておいたほうがいいと思う」

風音さんの【気配察知】によるモンスターの気配、ないときはないと言うのだから、もやっとしている時点でごりごりに怪しいのだ。

あまりにも胡散臭《うさんくさ》すぎる状況に加え、風音さんのこの感覚。最大限に警戒してかかるべきエリアであることは間違いない。

「ま、とはいえ、渡らんわけにもいかんじゃろ。注意書きも見当たらんしの」

ユースフィアさんがぐるりと周囲を見回す。

先の広間にあったような石碑や、それに類似する情報は見当たらなかった。

「強いて言うなら、一人ずつグリフォンに乗って飛んでいく手は、あるかもしれないですけど」

俺は自分の隣にいるグリフォンの頭部をなでる。

グリフォンは任せろという声で、「クァーッ」とひと鳴きした。

「うーん、けどそれも少し怖いかもっす」

「だね。何が起こるか分からないし、橋を渡らなければいいとも限らない。途中で何かあったら、グリちゃんごとあの溶岩に真っ逆さまってことも」

弓月と風音さんの意見。グリフォンは「クァー……」と哀《かな》しそうな声を上げた。

ほかにもあれやこれやと、俺たちは検討を重ねた。一人で行くか、いや全員で行ったほうが。ダッシュで一気に駆け抜けるべきか、慎重に行くべきか。命綱を巻くのはどうだ、いや臨機応変の対応で逆に邪魔になる可能性も……などなど。

そうしていろいろと話し合った結果、たらればの可能性を無限に論じていても結論は出ないという結論に至った。

結局俺たちは、普通に全員で吊り橋を渡ることにした。何かが起こってから、状況を見て臨機応変に対応するしかないという判断だ。

吊り橋の幅は、俺が両手を広げたぐらい。横に二人並ぶと危険なので、一列縦隊で進んだ。先頭に風音さん、次に俺、グリフォン、弓月、しんがりにユースフィアさんの順番だ。

吊り橋は、踏みしめるとギシギシときしむような音を立て、わずかに揺れる。探索者《シーカー》の運動神経を持っている俺たちがふらつくようなものではないが、一抹《いちまつ》の不安は拭《ぬぐ》えない。

おそるおそる吊り橋を渡りはじめて、数秒が経過し、やがて十数秒が経過。吊り橋の半ばあたりまでたどり着いた。

このまま何事も起きずに、向こう岸まで渡れるのだろうか。

そう思いはじめていた頃に、異変は起こった。

「気を付けて、何か来る！」

風音さんが警告の声をあげ、腰から二振りの短剣を引き抜いたと同時。

俺たちが渡っている吊り橋の周囲の空中と、吊り橋の終着点である向こう岸、それぞれに複数の鬼火が出現した。それらはすぐに、モンスターへと姿を変えていく。

吊り橋の周囲の空中、少し離れた場所に現れたのは、燃え盛る大鷲《おおわし》が四体。

吊り橋の終着点に現れたのは、炎に身を包んだ、体長三メートルをゆうに超える大トカゲが二体だ。

二体の大トカゲが口を大きく開くと、そこに煌々《こうこう》とした小さな火球が生み出され、みるみるうちに大きくなっていく。

四体の燃える大鷲は、バッサバッサと翼を羽ばたかせて軽く浮上したかと思うと、俺たちに向かって飛びかかってきた。

＊＊＊

状況は非常に厄介《やっかい》だ。モンスターそのものも然《さ》ることながら、吊り橋から足を踏み外して溶岩に真っ逆さまのパターンが何より怖い。

できれば早々に吊り橋を突破してしまいたいところだが、終着点で待ち受けている巨大火トカゲが厄介だ。この不安定な状況下での一列縦隊だと、味方撃ち《フレンドリーファイア》も怖い。

これといった冴《さ》えた突破口が見当たらない。地道にやるしかないか。

「風音さんは正面突破！　弓月は鳥を狙え！　橋から落ちないことを最優先に！」

「「了解！」」

風音さんが前方に向かって駆け出していく。弓月はフェンリルボウを構えて引き絞った。

俺はすぐ後ろにいたグリフォンにまたがって、従魔《じゅうま》を飛び立たせる。

「やれやれ、厄介な状況じゃの――【シャドウフレア】」

ユースフィアさんはその手から闇色の魔力を放ち、彼女に飛び掛かっていく炎の大鷲の一体を、一撃で消滅させる。

「焼き鳥は、焼き鳥らしくしてろっす！　フェンリルアロー！」

弓月もまた氷の矢を放ち、別の一体を、これも一撃で消滅させた。

モンスターが放つ圧の強さから、あの炎の大鷲は、ヘルハウンドよりもさらにワンランク上の強さだろうと思う。それを、いずれも一撃必殺。二人ともさすがの火力だ。

俺のほうにもまた、一体の炎の大鷲が襲い掛かってきていた。

たびたび軌道を変えながら迫りくるそいつの動きは素早く、捕捉するのが困難だが――

グリフォンにまたがって飛ぶ俺は、槍を手にした右手にスキルの力を宿し、解き放つ。

「【三連衝】！　――チッ！」

外した！　【命中強化】のスキル補正があってもなお及ばず、俺の槍の三連撃は、一瞬前にモンスターがいた空中をむなしく穿つ。

「クァーッ！」

対してグリフォンは、かぎ爪による連続攻撃を見事に命中させていた。

同時に、炎の大鷲の引《ひ》っ掻《か》き攻撃もグリフォンの胴を引き裂いたようで、痛み分けという様子だ。

炎の大鷲とグリフォンは、空中で互いに距離をとり、睨《にら》み合《あ》う。

ダメージは五分と五分——などということはなく、向こうは大ダメージを負った様子だが、グリフォンはまだぴんぴんしている。

なんやかんや言いつつ、うちのグリフォンはそこそこ強いのだ。

むしろ主人でもある俺のほうが役に立っていない。どうにも星の巡りが悪いな。

「くぅっ……！」

「風音さん！　よくも風音さんを虐《いじ》めて——フェンリルアロー！」

仲間たちの声が聞こえてくる。

目視による状況確認はできていないが、風音さんが少し苦戦していそうな声色だ。

目の前の炎の大鷲をさっさと倒して、早く援護に行かないと——などと思っていると。

「ふむ、ダイチは素早い相手が不得手と見えるの——【シャドウボルト】」

横合いから闇色の魔法弾が飛んできて、俺の前の炎の大鷲が消滅した。そいつの魔石は、眼下の溶岩流へと落ちていく。ああ、もったいない——とか、今はそういうことを考えているときじゃないな。

目の前の敵がいなくなった俺は、あらためて目視で状況を確認する。

残るモンスターは二体。どちらも巨大火トカゲで、初期位置からほぼ動いていない。

炎の大鷲の姿は、もう見当たらない。今のが最後の一体だったようだ。

「大地くん、できたら治癒魔法がほしい！　——やあっ！」

風音さんは一人、二体の巨大火トカゲに接敵《せってき》して、素早い動きで短剣を振るっていた。

火トカゲの一体に、斜め十字に斬り裂く連撃が入ったが、撃破には及ばない。あれもまた強敵だ。

反撃の火球が二発、風音さんを襲う。片方はかろうじて回避したものの、もう一発が腹部に直撃した。

「ぐうぅっ……！」

苦しげな風音さんの表情。黒装束が持つ高い防御力も、炎などの魔法攻撃には無力だ。

抗魔の指輪や、椿《つばき》のかんざしが魔法防御力を高めてくれているはずだが、それでもダメージは小さくない様子。フレイムスカルの炎などとは、土台の威力が違うのだろう。

俺は風音さんの要請を受けた直後から、治癒魔法行使のために精神集中を始めていたが、発動まではまだ二秒ほどかかる。もどかしい。

風音さんが戦闘中に治癒魔法を要請してきたのは、これが初めてじゃないだろうか。

「【グランドヒール】！」

ようやく治癒魔法を発動できた。俺の左手から放たれた治癒の輝きが、風音さんの全身を覆っていく。

「ありがとう大地くん、楽になった！　――これでっ！」

風音さんはモンスターの隙をついて懐《ふところ》にもぐり、鋭い二連撃を放つ。

それでようやく、巨大火トカゲの一体が消滅した。

「風音さん、伏せてほしいっす！」

「――っ！　分かった！」

攻撃を終えた直後の風音さんが、すぐさま吊り橋の上にうつ伏せに倒れ込んだ。抜群の運動神経を持つ風音さんのこと、そこに危なげは一切ない。

しかしそれでは、次の火球を放とうとしている巨大火トカゲの的になるだけ――では、もちろんなかった。

「よし、射線通ったっす！　フェンリルアロー！」

直後、青白い光線のごとき氷の矢が、残る一体の巨大火トカゲの額に突き刺さった。

氷華《ひょうか》を咲かせ、氷の矢は砕《くだ》け散《ち》る。同時に巨大火トカゲも、黒い靄となって消滅した。

「うっし、仕留めたっす！」

弓月が快哉《かいさい》の声を上げ、小さくガッツポーズをする。

出現したモンスターは、すべて消え去っていた。

この広間には、それ以上の障害はなさそうだ。

吊り橋を渡り切った俺たちは、ようやく安堵の息をついたのだった。

＊＊＊

溶岩流の広間を突破した俺たちは、その先のトンネルを進んでいく。

広間から離れるにつれて、暑さも少しはマシになった。でも暑いけど。

弓月の【モンスター鑑定】によると、今戦った二種類のモンスターは、それぞれ「フレイムイーグル」「サラマンダー」という名称だったらしい。

どちらもやはり、かなり高位のモンスターのようだ。獲得経験値で見ると、フレイムイーグルが一体につき1500ポイント、サラマンダーが3000ポイントもあった。

ちなみに、フレイムスカルが200ポイント、ヘルハウンドが600ポイントだ。今戦った二種類のモンスターが、いかに高レベルであったかが分かる。苦戦するわけだよ。

おかげで弓月などは、今の戦闘だけで6000ポイントもの経験値を獲得していた。10万ポイントの特別ミッション、だいぶヤバいな。

そして強敵とやり合った結果、戦闘での俺の課題がわりとはっきりしてきた。

俺が自分の戦闘に集中すると、戦況全体が見えなくなってしまうことだ。

パーティ唯一の回復役《ヒーラー》としては、これではまずい。俺はもっと、全体を見渡せる位置で仕事をしたほうがいいのかもしれない。

となると強敵相手のときは、近接戦闘は控えるべきだろうか。だがそれでは、せっかくの【三連衡】や新調した防具が無駄になってしまう。悩ましいところだ。

ただ一つはっきりと言えることは、俺個人の活躍にこだわるべきではない、ということ。

何より大事なのは、誰一人欠けることなく、無事にこのダンジョンをクリアすることだ。

そのために必要であれば、俺は裏方に回って、縁の下の力持ちをやることも考えるべきだろう。

ここまでに踏破した広間の数は三つ。ぼちぼちダンジョンの終点が見えてくる頃かもしれない。

四人と一体が通路を進んでいくと、やがて第四の広間にたどり着いた。

これまでの広間と比べると、かなり小さな空間だ。床面積で言えば、六畳間ぐらい。

そこに宝箱が二つ、左右に並んで堂々と置かれていた。

広間の向こう側には、また通路が続いている。

「また、これ見よがしに置かれた宝箱じゃのう。今度はそいつに触らんでも、先には進めるようじゃが」

ユースフィアさんがつぶやく。

確かに、二つ前の広間と違って、鉄格子で行く手が遮《さえぎ》られていたりはしない。

だがユースフィアさんは、こうも付け加えた。

「このレベルのダンジョンに配置されておる宝箱じゃ。相当なアイテムが入っている可能性が高いの。どうするかは、おぬしらに任せよう」

ということで、俺と風音さん、弓月の三人で相談タイムに入った。

この宝箱を開けるか、無視して先に進むか。

リスクが高い出来事が直前にあって、10万ポイントミッションの危険度を再認識したところだ。俺たちの警戒心は、否《いや》が応でも高まっていた。

だがこの宝箱を放置して先に進むのも、それはそれで後ろ髪をひかれる。ユースフィアさんが言うとおりに「相当なアイテム」が入っているとしたら、こういった場所でしか手に入らない貴重なアイテムを、みすみす捨てることになる。

あれやこれやと話し合った結果、やっぱり開けようという結論に至った。

この先のダンジョン攻略で役に立つアイテムが入っている可能性もある——という口実が決定打だったが、実際のところ、好奇心と欲が勝ったというほうが真相だろう。

というわけで、宝箱チャレンジだ。宝箱は二つ。右と左。

まずは風音さんが双方に【トラップ探知Ⅱ】を試みる。普通の罠が仕掛けられていたり、宝箱がミミックだったりすれば、これで判明するはずだ。

すると右側の箱だけが、赤く光った。罠が仕掛けられているサインだ。

「右側の箱に、爆発の罠だね。開けると宝箱の中身ごとドカンってやつ。このレベルのダンジョンでこれは、ちょっと拍子抜けだけど」

「そこは【トラップ探知】を持っていないパーティもありますから。風音さん様々です。いつも助かってます」

「えへへーっ、褒められた♪　じゃあ大地くん、あとでご褒美にギューッてしてなでなでしてね。宿に戻って、鎧を脱いだ後で」

「え……？　あ、はい」

謎のタイミングで謎のご褒美（誰の？）を要求されたが、断る理由もないのでうなずいておく。俺は無事にダンジョンを出ようという決意を新たにした。

「それじゃ、【トラップ解除】！　――ん、解除できたよ」

風音さんが【トラップ解除】のスキルを使用し、宝箱に仕掛けられた罠を解除した。このあたりは、いつも通りにあっさりだ。

【トラップ探知】や【トラップ解除】といったスキルがないパーティなら悲喜こもごもあるのだろうが、それらのスキルを持っている風音さんがいると、やや味気ない感は否《いな》めないな。思っても口にはしないけど。

バルザムントさんたちのドワーフ戦士チームはどうなんだろう。あれだけ人数がいれば、一人ぐらいはそれらのスキルを持っているドワーフ戦士もいそうなものだが。

「よし、じゃあ開けるね。罠があった右側のからいくよ」

風音さんが、右側の宝箱のふたに手をかけ、開いた。

俺を含めたほかのメンバーは、いつ何が起こってもいいように警戒態勢だ。

「お、当たりじゃないかな、これは」

風音さんが宝箱の中から取り出したのは、一巻の巻物だった。

宝箱から出てくる巻物といえば、一つしか思い浮かばない。

「スキルスクロールですかね？」

俺は風音さんにそう声をかける。

スキルスクロール——それを使用することで、スクロールに指定されたスキルを一つ、無条件で修得できるという超アイテムだ。

俺たちの世界では相当な貴重品であり、価値もそれに見合うものだった。封入されているスキルにもよるが、需要のあるものなら数百万円から数千万円、あるいは億超えの取引もあり得るぐらいだ。こっちの世界ではどうだか知らないが、少なくとも、ありふれたアイテムではないだろう。

「だと思うけど。火垂《ほたる》ちゃん、鑑定よろしく」

「らじゃっすよ、【アイテム鑑定】！　……あー、何とも言えないっすねこれ。スキルスクロールはスキルスクロールっすけど、うちらにはあまり役に立たない気がするっす」

弓月の反応は微妙なものだった。どうやらスクロールに封入されたスキルが「外れ」のものだったらしい。

スキルスクロールである時点で相当なお宝であることは間違いないのだが、こんな高難易度ダンジョンの宝箱だと、過大な期待をしたくなる気持ちも分かる。

「で、何のスキルスクロールだったんだ？」

「うちの得意魔法、【エクスプロージョン】っす」

「「あー……」」

俺と風音さんの声がハモった。確かにそれは、俺らにとっては微妙だわ。

俺や風音さんが修得する余地がないでもないが、どちらも範囲攻撃魔法は持っているし、取り立てて必要はない。

迷いどころだな。弱点や耐性属性も考えて自分たちで使うか。売却してお金にするか。あるいは何らかの取引材料に使えるかもしれないと思ってとっておくか。

弓月は巻物を手に、ユースフィアさんに向かってぴこぴこと振ってみせる。

「ユースフィアさんはこれ、欲しいっすか？」

「わしも大金を払ってまで欲しい物ではないの。おぬしらの好きにしてよいぞ」

このダンジョンの収穫物の所有権は原則、俺たちにあるという取り決めだ。

例外的にユースフィアさんがどうしても欲しいものが出てきた場合は応相談だが、品物を譲る場合は、相応の代価を俺たちが受け取ることになっている。そこまでして欲しくはない、というユースフィアさんの意志表示だった。

そんなわけで「【エクスプロージョン】のスキルスクロール」は俺たちの所有物となり、ひとまず俺の【アイテムボックス】に保管されることになった。

しかしこのぐらいの物品がポンポン手に入るとなると、所有権を全面的に譲ってもらうのは、貰《もら》いすぎだったかなという気もしてくる。が、ユースフィアさんもそれで納得しているようだし、よしとしよう。

「じゃ、左側の宝箱行くよ～。オープン！　――おお～！」

風音さんが次の宝箱を開いて、歓声をあげた。

「見て見て大地くん。これってひょっとして、すごい金額になるんじゃないの」

「すごい金額？」

俺は風音さんの肩越しに、宝箱の中を覗き込んだ。

入っていたのは、金貨の山だった。

金貨の大きさは、いずれも五百円玉ほど――つまり大金貨相当だが、見たことのないデザインだ。それが宝箱の中に、山となって積まれていた。

……いや、ちょっと待て。これ、金額にしたら一体どういう額になるんだ？

だって大金貨1枚が10万円相当だぞ。ここにある金貨がすべて純金だとしたら、途方《とほう》もない金額になるんじゃ――

そのとき、風音さんの背中がびくりと震えた。

俺の隣で宝箱を覗き込んでいた弓月が、こんなことを口にする。

「ん……？　先輩、今何か、動かなかったっすか？　宝箱の中」

「動いた？　それってどういう――」

「大地くん、火垂ちゃん、宝箱から離れて！」

風音さんが叫んだ。本人は素早く壁際に跳んで、宝箱から距離を取る。

その風音さんの警告と行動で、何事か、宝箱に危険があることは俺もなんとなく認識した。だが反応と行動は、風音さんほど速くはなかった。

宝箱の中の金貨が、もぞもぞと動いた。

それらの金貨一枚一枚の下から、八本の節足がそれぞれ姿を見せる。蜘蛛《くも》のそれに似た八本の節足は、金貨と同じ黄金色《こがねいろ》だ。

そいつはすぐに、足だけでなく頭部も見せた。黄金色の頭部は、やはり蜘蛛のそれに似ていて、頭部一つにつき八つもある赤い目がギラギラと光っている。

つまりそれは、金貨に見えるものを甲羅《こうら》のように背負った、黄金色の蜘蛛のような何かだった。

それらはうぞうぞと素早く動き、宝箱からあふれるようにして次々と這《は》い出《だ》してきた。

「「ぎゃあああああっ！」」

俺と弓月は声を合わせて悲鳴をあげた。

＊＊＊

風音さんよりわずかに遅れて、俺と弓月も慌ててその場から飛《と》び退《の》いた。

だが金貨蜘蛛たちの動きは素早く、あっという間に追いついてきて群がられてしまう。

「く、『クリーピングコイン』とかいうモンスターっす！　ＨＰは１しかないから、踏み潰せば倒せ――ぎゃあああああっ！　ど、どこ入ってるっすか！　痛い痛い痛い痛い！」

「くぅっ……！　このっ、服の中に……や、やめっ……！」

「こ、これは、厄介じゃのぅ……！　下手な大物より面倒じゃ。えぇい、よじ登ってくるでないわ！」

弓月、風音さん、ユースフィアさん、そして俺とグリフォンも、無数の金貨蜘蛛に群がられ、体じゅうのあちこちに張り付かれていた。

一体一体の蜘蛛の大きさは、脚を広げた差し渡しでも五センチあるかないかだ。踏み潰せば簡単に消滅して魔石になるのだが、何しろ数が多い。

蜘蛛たちはその牙で、体じゅうのあちこちに噛《か》みついてくる。

一つ一つのダメージは小さい。ネズミにかじられたぐらいの体感で、HPへのダメージは1点とか、そのぐらいだと思う。毒もないと感じる。

だがこのまま延々と、何十体という蜘蛛に噛みつかれ続ければ、いずれは力尽きる。手で一体ずつ引きはがして踏み潰していたのでは、とても間に合いそうにない。

「か、風音さん！　【ウィンドストーム】！　撃ってください！」

「──っ!?　で、でも……！　──ううん、分かった、やってみる！」

俺の指示を受けて、風音さんはその身に緑色の燐光《りんこう》をまとっていく。

同時に俺も、保険として魔法発動の準備をしつつ、弓月に重要な確認をする。

「弓月、こいつらの魔法防御は！」

「魔力も1っす！　その作戦で多分いけるっすよ！」

「よし！」

モンスターの魔法防御力は通常、魔力とイコールだ。きっとこれでいける、はず。

数秒後、風音さんの魔法が発動した。

「みんなごめん、一撃だけ耐えて！　【ウィンドストーム】！」

俺の意図を正しく察した風音さんは、小広間全体を巻き込むようにして範囲攻撃魔法を放った。無数の風の刃を含んだ嵐が、俺たち全員を巻き込んで吹き荒れる。

だが風音さんの【ウィンドストーム】なら、俺たちが受けても、せいぜい20点やそこらのダメージだ。重傷を負うような威力ではない。

一方、俺たちにまとわりついている小さなモンスターたちは、そうはいかない。風の刃に斬り裂かれた金貨蜘蛛たちは、片っ端から黒い靄となって消滅していく。

やがて嵐がやむと、小さな魔石が部屋じゅうに落っこちていた。金貨蜘蛛はすべてまとめて消え去っていた。

危機を脱した俺たちは、安堵のため息をついた。

「あ、危ないところだったたっす……」

「どうにかなったぁ……。でも味方への攻撃は、心が痛むよ～」

「すみません、風音さん。俺の【ストーンシャワー】でも良かったんですけど、回復役である俺のMPは、なるべく温存したほうがいいかと思って」

ちなみに弓月やユースフィアさんという選択肢はなかった。その二人だと魔法の威力が大きすぎて、俺たちへの損害が甚大になる。

「先輩はそういうところケチくさ……やりくり上手《じょうず》っすからね」

「おい後輩。今ケチくさいって言おうとしたな」

「な、何の話っすかね～。ぴゅーぴゅぴゅー」

下手な口笛を吹いて誤魔化す弓月である。軽率に俺をディスる精神が心の底まで染みついてやがるなこいつ。

ちなみに金貨に見えたものも、モンスターの消滅とともにすべて消え去っていた。

あれが全部純金だったら円換算で数千万もしくは億を超えるぐらいの量があったと思うので、がっかりするやら、ですよねーと思うやらだ。

その代わりに小さな魔石が大量に転がっていたので、それを回収して小袋にしまっていく。これだけでもそこそこの金額にはなりそうだ。

これまでのダンジョン内での戦いもそうだが、モンスターの群れを一群倒すだけで金貨数十枚ぶん――すなわち数十万円相当の魔石収入になりそうな今日この頃である。いい加減、金銭感覚がぶっ壊れてきつつあるな。

どうやらこの部屋には、ほかには何もないようだ。回復を済ませた俺たちは、さらに先へと進んでいくことにする。

ちなみに回復には、地味にMPがかかった。四人と一体、全員に【アースヒール】や【グランドヒール】をかけるのは、さりげなく重い。

あの金貨蜘蛛――「クリーピングコイン」という名のモンスターは、攻撃力は1しかないが、「防御力無視」の能力を持っていたらしい。

おかげでガイアアーマーを装備した俺や、黒装束を身につけた風音さん、高レベルのユースフィアさんにも普通にダメージが通っていた。

それにしても、せっかく買ったガイアアーマーやガイアヘルムの防御力、役に立つシーンがなかなか来ないのは少ししょんぼりだ。しかし防具の活躍を目的にするのも本末転倒だし、あまり気にしないことにしよう。こういうのはじわじわ効いてくるのだ。

気を取り直してダンジョン探索の再開だ。

蒸し暑い洞窟内を、汗をかきながら進んでいく。

するとやがて、どこか見覚えがあるような、しかしそれそのものは見たことのない光景に行き当たった。

目の前には、おどろおどろしい装飾が彫り込まれた立派な大扉。ほかに進む道はなく、通路はここで行き止まりだ。大扉の脇には台座があり、その上に青色のオーブが配置されていた。

「どうやらここが終点――ボス部屋のようじゃな」

ユースフィアさんが扉を見上げてそう言った。

ついにこの「炎と氷のダンジョン」の一翼、仮称「炎のダンジョン」の終着点にたどり着いたのだ。

バルザムントさんたちのほうは、順調に進めているだろうか。

戦力的にはこっちと大差ないはずだから、ダンジョンの内容が似たようなものなら、それなりにやれているだろうとは思うが。

いや、人の心配をしている場合じゃないか。

この先には間違いなく、このダンジョンの「ボス」が待ち受けている。

10万ポイントの特別ミッションのボスだ。具体的に何が出てくるのかは分からないが、たやすい相手でないことだけは間違いないだろう。

まずは全員の状態をあらためてチェックし、ボスに挑める状態であることを確認する。

それから俺が、代表してオーブに手をかざした。

オーブが輝き、それと呼応するように大扉が燐光を放つ。

ゴゴゴゴッと荘厳《そうごん》な音を立てて、大扉が開いていった。

＊＊＊

両開きの大扉が音をたて、ひとりでに開いていく。

扉の向こう側からは、灼熱地獄《しゃくねつじごく》のごとき熱気があふれ出てきた。

無論、命に別状があるようなものではない。俺たちは臆《おく》することなく扉をくぐり、その先へと踏み出していった。

そこは広大な広間のようだった。

おそらくは高校の体育館よりもはるかに大きな空間で、天井もおそろしく高い。

「ようだ」「おそらくは」というのは、広間全体が妙に薄暗く、奥のほうは闇に包まれていてよく見えないからだ。

また空間自体は広くとも、俺たちが立つ「足場」はそれほど広くはない。奥行きはかなりありそうだが、その道幅はせいぜい四車線の道路ぐらいのもの。

ではその「足場」の外はどうなっているかといえば、断崖絶壁だ。そこから先に踏み出せば、真っ逆さまに落下する。

広間全体にはグラグラボコボコと、何かが煮えたぎるような音が響き渡っている。吊り橋があった部屋で聞き覚えのある音だ。

足場の外、断崖絶壁の底からは、オレンジ色の灯《あか》りが照らしている。淵《ふち》から底を覗けば、眼下にたっぷりの溶岩流を目にすることができるに違いない。

俺たちは、緩やかに蛇行しながら続く足場を、奥に向かって進んでいく。

すると——ドーンッ！

左右の断崖絶壁の外で、マグマが噴水のように噴き上がった。

マグマの噴水は一定の高さで上下し、安定する。俺たちのほうに溶岩が飛び散ってくることはない安全設計のようだ。

驚きながらも進んでいくと、さらにドーン、ドーンと、道の左右にマグマの噴水が次々と噴き上がっていく。入り口近辺から順に噴き上がっていったマグマの噴水は、やがて速度を増して、俺たちの位置を追い抜いていった。

広間の奥まで、マグマの柱が噴き上がる。それらが持つオレンジ色の灯りが広間の奥を照らし、そこにいるものを浮かび上がらせた。

足場の一番奥にあったのは、二つの巨大な姿だ。さらに奥に大扉があるのだが、その大扉の守護者であるかのように、二つの巨体が左右に並んで鎮座している。

一体は、赤い鱗《うろこ》を持ったドラゴン。

もう一体は、赤黒い肌を持つ巨人だ。

ドラゴンは鱗の色を除けば、飛竜の谷で戦ったエアリアルドラゴンとよく似ている。やはり巨大で、あれと戦うなんて何かの冗談だろうと思えるほど。

だがその隣にいる巨人も、巨大さでは負けていない。今はあぐらをかいた姿だが、立ち上がったときの背丈は二階建て住居の屋根をも超えるだろう。燃え盛る炎のような髪を持ち、頑丈そうな黒鉄《くろがね》の鎧を身にまとい、脇の地面には巨大な大剣が突き立っている。

その姿を見た俺と風音さん、弓月は――

「「「そ、そう来たかぁ～」」」

三人で半笑いになって、そんな声を上げていた。

10万ポイントの特別ミッションのボス、何が来るのかと思っていたら、ダブルボスか。

しかも片方ドラゴンって。ドラゴンの大バーゲンセールかな？

弓月が俺の手を取って、くいくいと引っ張ってくる。

「先輩、嫌なお知らせがあるっす」

「なんだ後輩。聞こうじゃないか」

「あの巨人、『ファイアジャイアント』って言うんすけど、隣のドラゴンとステータスがほぼ互角っす」

それはつまり、あの巨人もまた、隣のドラゴンと同格の強さを持つことを意味する。ドラゴン級が二体ということか。

「それは確かに嫌な知らせだな。ちなみにあのドラゴンが、エアリアルドラゴンよりもワンランク格下《かくした》、みたいなことは？」

「ないっすねー。そこも同格っす。むしろ敏捷《びんしょう》力《りょく》以外は全面的に、あのファイアドラゴンのほうが微妙に上っすよ」

どうやら何の遠慮も斟酌《しんしゃく》もなく、ドラゴン級が二体のようです。やったね。

ちなみに飛竜の谷のエアリアルドラゴン戦では、心強い第二の回復役としてアリアさんがいてくれたから、俺はだいぶ自由に動き回れた。

だが今回はそうはいかないだろう。あのときよりも全体状況を把握した立ち回りが必要になるはずで、それだけでも難易度が高い。

それに加えて今回はもう一体、ドラゴンと同格の巨人がセットで付いてくるらしい。ご一緒にファイアジャイアントはいかがですか？　結構です。まあまあそう言わずに。サービスでお付けしますよ。やっほい。

ただ今回はその代わりに、超心強い助っ人《すけっと》であるユースフィアさんがいる。猫のように気まぐれで面倒くさくて、こっちの思うようには動いてくれない操作不能NPC《ノンプレイヤーキャラクター》のような存在だが、相当に強いことだけは間違いない。

さらに俺たちのレベルも、飛竜の谷に挑んだ当時と比べていくらか上がっている。やってやれないことはない、はずだ。

なおボス部屋の御多分に漏れず、ボスたちには登場シーンがあり、その間は無敵状態だった。巨人がおもむろに立ち上がって地面から剣を引き抜いたり、ドラゴンが鎌首《かまくび》をもたげたり、両者が揃《そろ》って咆哮《ほうこう》をあげるなどしていた。

俺たちはその間、いつも通りに【プロテクション】【クイックネス】【ファイアウェポン】といった補助魔法を全員にばら撒《ま》いていった。

ちなみに【ファイアウェポン】は「火属性完全耐性」の相手には無効だが、「火属性耐性」の相手には半分の効果がある。使わないよりはマシだ。

ちなみにユースフィアさんは、その手の補助魔法は持っていないらしい。というか敵にかける弱体化《デバフ》魔法なら持っているのだが、試しに撃ってみたところ案の定、無敵状態バリアに弾かれていた。

さらに俺はその間に、弓月が鑑定したモンスターデータを細かく確認して、頭の中で作戦を組み立てていく。

ファイアドラゴンは、属性やステータスが多少違うだけで、だいたいエアリアルドラゴンと同じようなものらしい。飛竜の谷での戦闘風景が参考になるだろう。

ファイアジャイアントは近接二回攻撃スキル「二段斬り」に加えて、「岩石投げ」という特殊能力を持っているようだ。

後者の具体的な効果はモンスター図鑑でも検索してみないと分からないが、今はそこまでの悠長な時間はない。見たところ周囲に投げられる岩石のようなものはないから、この場では役に立たない能力なのだろうか。

やがてボスモンスターの登場シーンが、そろそろ終わりそうな頃合いに来た。

その頃には俺たちも補助魔法をばら撒き終わって、無敵状態が解けたら即座に攻撃魔法などを放てるように準備をしていた。

俺たちは広間を縦断する足場の半ばほどに陣取っていて、二体のボスモンスターとの距離は五十歩に満たない程度。魔法攻撃がただちに届き、移動して接近戦に持ち込むにもそう遠くない距離だ。

弓月だけは少し下がっているが、それでも前衛とそう大きく離れてはいない。ドラゴンのブレス攻撃はまとめて受けてしまう位置だが、あまり離れすぎてもいろいろ問題が出てくるのでこの配置だ。

あと何秒で無敵状態が解けるか。魔法発動準備を保ったまま、緊張感を持って待ち受けていると、ついにそのときが来た。

だが「それ」がある可能性については、正直に言ってあまり意識していなかった。

すなわち——ボスたちが動き出す直前に、いくつかの鬼火が戦場に現れたのだ。

二体のボスモンスターの前に、それぞれ一つずつ。さらに足場の外、立ち並ぶマグマの噴水前の空中に、左右一つずつ。全部で四つ現れた鬼火は、すぐさまモンスターへと姿を変えていく。

ドラゴンと巨人の前に現れたのは、二体の大きな火トカゲ——サラマンダー。

マグマの噴水前に左右一体ずつ現れたのは、炎をまとった大鷲——フレイムイーグルだ。

「……マジかよ。抱き合わせ販売もほどほどにしてくれよ」

俺はつい、そうボヤいていた。

新たに現れた四体のモンスターは、雑魚敵《ざこてき》の部類とはいえ、言うほど雑魚ではない。吊り橋のあった広間では、状況が悪かったとはいえ、風音さんを窮地《きゅうち》に追いやったほどのモンスターたちだ。

「言ってる場合じゃないよ、大地くん！　無敵状態が解けた——来るよ！」

「でしょうね！」

俺は頭の中で作戦の練り直しを検討するが、悠長な脳内会議の時間は与えてもらえない。

活動状態になったモンスターたちが、一斉に動きはじめた。

＊＊＊

待ったなしに、戦闘は開始された。

俺は動き始めたモンスターたちを見ながら、素早く状況を判断する。

モンスターは全部で六体。ファイアドラゴン、ファイアジャイアント、サラマンダー二体、フレイムイーグル二体だ。

ボス二体とサラマンダー二体は、俺たちが立っている足場の先、一番奥のあたりにだいたい一塊《ひとかたまり》になっている。フレイムイーグル二体は、向かって二時と十時の方角の空中に、それぞれ一体ずつだ。

二体のボスの無敵状態が解けたら、まずは攻撃魔法やフェンリルボウで一斉攻撃を仕掛けるつもりでいたが――方針変更は、微調整で済ませるしかないな。

「弓月はフレイムイーグルを落としてくれ！　どっちでもいい。ほかは予定どおりに。範囲魔法はサラマンダーを巻き込んで――【ストーンシャワー】！」

「了解っす！　フェンリルアロー！」

「こっちも了解！【ウィンドストーム】！」

「ま、ひとまず妥当なところじゃろう――【ダークサンダー】」

一つの単体射撃攻撃と三つの範囲攻撃魔法が、一斉に火を噴いた。

弓月のフェンリルボウから放たれた氷の矢は、十時の方角にいたフレイムイーグルを撃ち抜き、そいつを一撃で消滅させる。

俺と風音さん、ユースフィアさんが放った範囲攻撃魔法は、足場の奥のほうに陣取った四体のモンスター――ファイアドラゴン、ファイアジャイアント、サラマンダー二体をすべて巻き込んで炸裂した。石つぶての雨、風刃の嵐、闇の雷がモンスターの群れに次々と襲い掛かり、打撃を与えていく。

まずは雑魚モンスターを優先的に殲滅し、敵の数を減らす――というのが、俺が考えた基本方針だ。

弓月の【モンスター鑑定】によれば、ファイアドラゴンとファイアジャイアントのＨＰは、それぞれ１２００と１５００。こいつらを倒すには、どうしたって手数が掛かる。まずは敵側の火力を少しでも減らすために、手早く落とせる雑魚をさっさと沈めるべきだと判断した。

そのために、ファイアドラゴンに撃ち込む予定だった弓月のフェンリルボウは、フレイムイーグルへと切り替えた。それでまずは一体撃破だ。残る雑魚は、あと三体。

加えてこの範囲攻撃魔法の一斉砲撃で、サラマンダー二体が沈んでくれれば御《おん》の字《じ》なのだが――

攻撃魔法の嵐がやむと、まずはファイアドラゴンが飛び出してきた。翼を羽ばたかせて上空へと舞い上がり、その深紅《しんく》の巨体が俺たちのほうへと向かって飛来する。ダメージはあるようだが、当然、今の攻撃だけで致命傷には至らない。

さらに巨人――ファイアジャイアントも、当然に生き残っていた。そいつは登場シーン中に手にした巨大剣を再び地面に突き刺し、その右手を不可視のボールを持つように上へと向ける。するとその手に、光り輝く岩石が、どこからともなく現れた。……ゲッ、そんなのアリかよ。

そして問題のサラマンダー二体だが、これが実に微妙な結果になった。二体のうち一体は黒い靄となって消滅したが、もう一体が瀕死《ひんし》の様相ながらも生き残ったのだ。生き残ったほうは大口を開き、火球を生み出していく。……この極限状況でギリギリ残るとか、本当やめてほしいのだが。

吊り橋の部屋での戦闘経験によると、あの火球一発の直撃で、風音さんのHPを二割ほど削るらしい。無視できるダメージではないので、できれば今ので両方沈んでほしかった。だが結果は結果だ、やむを得ない。切り替えていくしかない。

あとは完全にノーダメージなのが一体。右手側、二時の方角から飛来するフレイムイーグルだ。こいつもものすごく強くはないが、フリーで残しておくと面倒な相手だ。

「グリフォン、止めろ！」

「クアーッ！」

俺はグリフォンに指示を出し、フレイムイーグルの迎撃に向かわせる。

グリフォンは翼を羽ばたかせて飛び上がり、ターゲットと衝突して空中戦を始めた。あとはグリフォンに任せておけば、あいつはどうにかしてくれるだろう。

俺自身はというと、【ストーンシャワー】を撃ち終えた直後から、次の魔法のための精神集中を始めていた。

ちなみに戦闘開始からここまで全部が、わずか数秒の出来事だ。展開が非常に目まぐるしいし、処理しなければならない情報も多い。

だがここまでは、どうにか状況を追えている。ここからは回復役《ヒーラー》としての動きをメインにして——いや、待て待て待て！

俺の意識下、半ばスローモーションのように認識される戦闘風景の中で、俺の注意を引いたのはファイアジャイアントの動きだった。

右手に大岩を出現させた巨人は、大きく投球フォームを取っている。その赤く輝く目が見据えている先にいるのが、弓月であるように見えたのだ。

一方では、翼を羽ばたかせ目前に迫ったファイアドラゴンが、その口に煌々とした灼熱のエネルギーを生み出していた。あの炎の吐息《ファイアブレス》攻撃は、俺たち前衛メンバーと同時に、弓月をも巻き込むだろう。

別に過保護をするつもりはない。弓月のことは自分と同じ一人前の探索者《シーカー》であり、ともに苦難を乗り越える仲間だと思っている。ダメージを一切受けないように俺が守ってやらなければ、なんてことは考えていない。

だが、その上で。ファイアジャイアントの岩石投げと、ファイアドラゴンの炎の吐息《ファイアブレス》、この二発を同時に受けて、弓月は耐えられるのか？

分からない、というのが本当のところだ。しかし俺の直感が、これまずくないか、と訴えかけていた。

もし弓月のＨＰが０以下になって倒れてしまえば、治癒魔法でＨＰを回復したところで、すぐには意識を取り戻せない。それはつまり、この戦闘からの脱落を意味する。メイン火力の初手脱落は、さすがにまずすぎる。

カバーに入るか？　比較的ＨＰが高く強固な防具も身につけている俺なら、岩石投げと炎の吐息《ファイアブレス》の両方の直撃を受けても、弓月ほど危うくはないという自信がある。

だが俺は今、このあとに俺たちが被《こうむ》るダメージに備えて、回復魔法を使うための精神集中をしている最中だ。こうした魔法発動のための精神集中の際には、あまり活発な動きはできない。弓月を守るため、ファイアジャイアントからの射線を遮る場所に飛び出すには、魔法発動準備を一度キャンセルする必要がある。

だがそれでは、わずか数秒とはいえ、パーティ唯一の回復役《ヒーラー》である俺の手数を無駄に消費してしまうことに――

迷っていられるだけの時間はなかった。

「――っ！」

「先輩⁉」

俺は魔法発動準備をキャンセルして、弓月を守る位置に飛び出していた。

そこに、目前に迫ったドラゴンからの炎の吐息攻撃《ファイアブレス》と、巨人からの岩石投げ攻撃が、同時に襲い掛かってきた。

＊＊＊

遠方のファイアジャイアントが生み出した岩石は、巨人の手のうちにあると、ソフトボールほどの大きさに見えた。

だが実際には、そんな小さなものであろうはずもない。

俺にとっては抱えるほどの大きさの巨大な岩石が、豪速で飛んできた。

「――っ！」

「先輩⁉」

俺はとっさに、盾を前面に構える。背後からは、守るべき後輩の声。

弓月を守るために前に出たのだから、身をかわすという選択肢はない。

別にお前のためじゃないんだからね、勝つためだからね、という謎のツンデレ台詞《ぜりふ》が俺の脳裏に浮かぶ。だがもちろん、そんなお気楽な状況ではない。

巨大岩石が、トラックに衝突されたかと思うような衝撃力でぶつかってきたのと、ほぼ同時。上空からは、ファイアドラゴンの炎の吐息攻撃《ファイアブレス》が、容赦《ようしゃ》なく降り注いできた。

「――ぐぅうううううっ！」

前方から襲いくる強烈な衝撃力と、頭上から降り注ぐ灼熱の炎。

二体のボスモンスターが放った二つの大火力に、同時に晒《さら》された俺は――

「……へへっ、まあまあ耐えられるじゃん」

どうにかこうにか、攻撃を耐えきっていた。

ステータスを確認する余裕はないが、おそらくHPは半分以上残っていると思う。盾による防御が成功し、ダメージを大幅に軽減できたことも大きい。

俺は直ちに、回復魔法発動のための精神集中を再開する。それと同時に、状況確認のために周囲を見回した。

ドラゴンの炎の吐息《ファイアブレス》攻撃は、風音さんや弓月、ユースフィアさんにも降りかかっていた。

それによる被害は小さくはないが、誰一人として瀕死の重傷を負った様子はない。

ドラゴンのブレス攻撃は、一度放つと、次の使用までにはしばらくのクールタイムが必要だ。それまではドラゴンも、爪や牙などによる物理攻撃しか行えない。その攻撃を凌《しの》ぎつつ、次のブレス攻撃がくる前にファイアドラゴンのHPを削り切れれば、二度目のブレス被害はないはずだ。

ブレス攻撃を終えたファイアドラゴンは、俺たちの頭上を飛び越え、弓月がいる位置のさらに後方に着地しようとしていた。

「――させない！」

そこに俊足《しゅんそく》で駆け寄るのは風音さんだ。弓月を守るようにドラゴンとの間に入り、二振りの短剣を手に、着地したドラゴンと対峙《たいじ》した。

一方、岩石投げ攻撃を終えたファイアジャイアントは、地面に刺した巨大剣を再び引き抜いて、俺たちのほうに向かって駆け出してくる。歩幅が大きく、数秒のうちには目の前までやってきそうだ。

グリフォンを見ると、フレイムイーグルと空中で取っ組み合いをしていた。互いに翼をバタつかせながら、かぎ爪やくちばしによる攻撃を繰り出し合っている。戦況はグリフォンがかなり優勢で、放っておいても負けることはなさそうだ。

瀕死のサラマンダーが放った火球は、どうやらユースフィアさんに飛んだようだ。それを被弾したのか回避したのかまでは確認していないが、ユースフィアさんはけろっとしている。

そのサラマンダーは固定砲台よろしく、次の火球を口の中に生み出そうとしていた。だがそこに、二度目の闇の雷が降り注ぎ、巨大火トカゲは黒い靄となって消滅する。もちろんユースフィアさんが放った魔法攻撃だ。

細身剣を手にしたダークエルフは、今倒したサラマンダーのことなど眼中にもないという様子で、駆け寄ってくるファイアジャイアントへと視線を向ける。

「あの巨人は、わしが抑えよう。回復も無用じゃ。おぬし自身と、あの娘っ子たちのほうを気にしてやれ」

そう言ってユースフィアさんは地面を蹴った。風音さんをも凌ぐほどの恐るべき敏捷性で、ファイアジャイアントのもとへとあっという間に駆けていく。

非常にありがたい申し出だった。ユースフィアさんがファイアジャイアントと一対一でやり合ってくれるなら、俺たちはドラゴンとの戦いに集中できる。

英雄様のお言葉に甘えて、俺はドラゴンのほうへと意識を向けた。

「ほらほら、鬼さんこちら！　――っと、あぶなっ」

「これでも食らえっす！　フェンリルアロー！」

赤鱗《せきりん》のドラゴンには、ユースフィアさんが言うところの娘っ子二人が立ち向かっていた。

風音さんが前衛に立ち、爪や牙で襲い掛かってくるファイアドラゴンを相手に接近戦を繰り広げる。そうして守られた弓月が、少し下がった位置からフェンリルボウによる射撃攻撃を叩き込んでいた。

「くっ……！」

怒濤《どとう》の猛攻を凌ぐ中で、風音さんがドラゴンの爪による一撃を受け、軽く吹き飛ばされた。だがすぐさま体勢を整え、間髪《かんはつ》入れずに再び立ち向かっていく。

【クイックネス】の補正を受けた風音さんの敏捷性をもってしても、ドラゴンの凄《すさ》まじい連続攻撃をすべて回避しきることは不可能。俺の仕事が必要だ。

「【グランドヒール】！」

俺が放った上級治癒魔法の光が、風音さんの全身に降り注ぎ、その傷を癒していく。直前の爪によるダメージばかりでなく、ブレス攻撃によって受けた火傷も大部分が治癒されたようだ。

「ありがとう大地くん！　愛してる！」

「すみません風音さん！　俺も前衛に出たいけど、今は回復役《ヒーラー》としての役割を――」

「分かってる！　こいつの相手は、お姉ちゃんに任せて！」

風音さんは揚々とした声で、俺の考えを肯定する。その稲妻のような素早い動きが、心なしか加速したようにすら見えた。ドラゴンの攻撃を凌ぐばかりか、隙を見て攻撃を叩き込むことすらやってみせていた。

「わが家はお兄ちゃんもお姉ちゃんも、頼りになるっすよ！　――もう一丁、フェンリルアロー！」

弓月は弓月で、ドラゴンから一定の間合いを保ちつつ、的確に大火力の大砲を叩き込み続けている。

火属性のモンスターであるファイアドラゴンには、フェンリルボウの一発一発が凄まじい威力を発揮しているはずだ。実際にも竜は、急速に体力を失っているように見えた。

風音さんに少し余裕がありそうだったので、俺は次手で弓月に治癒魔法をかけた。弓月が受けたブレス攻撃のダメージは、それで完全に治癒された。

もう飛竜の谷での二の舞は踏みたくないからな――と思っていると、これは弓月から怒られた。

「先輩、まずは自分っしょ！　うちをかばったの、もう忘れたんすか⁉」

「俺は大丈夫だ！　こう見えても頑丈にできてる！」

「かーっ！　ホント自分のことは後回しなんすからね！　でもまあ――これで終わりっすよ！　フェンリルアロー！」

弓月がドラゴンに向け、三度《みたび》の大砲を放つ。

翼を羽ばたかせ、飛び上がろうとしていたファイアドラゴンの眉間《みけん》に、光り輝く氷の矢が突き刺さった。

刺さった場所から幾本《いくほん》もの氷柱《つらら》が、氷の華のように咲き誇り――パキィン！

氷華が砕け散ったと同時、ドラゴンの巨体も黒い靄となって霧散、消滅した。大型の魔石が地面に落下する。

「うっし！　二発目のブレスを撃たせる前に、仕留めたっすよ！」

「やったね大地くん、火垂ちゃん！　あとは――」

ボスのうち一体を撃破した俺たちは、もう一体のボスモンスターのほうへと振り返った。

＊＊＊

ファイアドラゴンの撃破を確認した俺は、もう一つの戦場へと視線を向ける。

俺たちの位置から少し離れた場所で、ユースフィアさんがファイアジャイアントと接近戦を繰り広げていた。

細身剣を手にした小柄なダークエルフは、おそろしく素早い動きで右へ左へと跳び回り、自分の何倍もの背丈を持つ巨人を翻弄《ほんろう》していた。

ユースフィアさんも多少はダメージを負っているようだが、ファイアジャイアントはもっと弱っている。このまま放っておいても負けることはなさそうだった。

「先輩、こういうのって、トドメもらっちゃってもいいもんなんすかね？」

「いいんじゃないか？　ファイアジャイアント討伐《とうばつ》のミッションもあるしな。怒られたら怒られたで、あとで謝ろう」

「あー、そんなものもあったっすね。んじゃ、遠慮なく——フェンリルアロー！」

俺の隣で、弓月のフェンリルボウが火を噴いた。

青白い曳光《えいこう》の一撃が、ファイアジャイアントの左胸に一直線に突き刺さる。

そのとき当の巨人は、巨大剣にスキルの光をまとわせユースフィアさんに向けて振り下ろそうとしていた。だが、その一撃が繰り出されることはなかった。

ファイアジャイアントの巨体が消滅し、魔石が落ちる。

弓月の攻撃がトドメの一撃になったようだ。

「ほ、そっちのほうが早《は》よ終わったか。なかなかやるの」

ユースフィアさんは魔石を拾いつつ、俺たちのもとへとやってきた。獲物のトドメをかっさらったことに対して、特にお叱りはなさそうだ。

グリフォンも担当のフレイムイーグルを撃破したようだ。俺のもとに戻ってきて、ふさふさの体をこすりつけてきた。そのくちばしには、倒したフレイムイーグルのものであろう魔石がくわえられている。お、偉い。溶岩に落っことさずに回収したのか。

俺は魔石を受け取ると、すり寄ってきたグリフォンの頭部を褒める意図でなでてやる。グリフォンは嬉しそうに「クアーッ」と鳴いて、さらに俺にすり寄ってきた。

「大地くん、大地くんっ」

「先輩、先輩っ」

それを見た風音さんと弓月が、俺の前にやってきて、何かを期待するような目で見つめてきた。弓月に至っては、帽子を外して待ち受けている。

キミたち俺の従魔じゃないよね？　それでいいの？　人としての尊厳はどこへ？

というのも今さらな話で、俺は二人の頭を順になでた。

「風音さんも弓月も、お疲れ様。二人とも頑張ってくれたおかげで、無事に勝てました。ありがとう」

「えっへへー。大地くんの頭なでなでは今日も格別だね」

「にへへへっ。マイルドながら奥深い味わいっす」

相変わらずよく分からない品評が返ってきた。頭なでなでソムリエかな？

「あと先輩、うちのこと守ってくれてありがとうっす。超カッコよかったっすよ。うちキュンキュンしたっす。帰って先輩が鎧を脱いだら、抱き着いてもいいっすか？」

「うっ……い、いや、もちろんいいけど。別に、特別にお前を助けたわけじゃないからな。

戦局を見て、必要だと思ったからやったまでで」

「うーん。これは照れ隠しなのか本心なのか、どっちかな」

「微妙なとこっすね。うちは素直じゃないだけに一票っす。そんな先輩もかわいいっすよ」

俺がついツンデレ台詞で返してしまったところ、またしても風音さんと弓月の間で俺の品評会が開かれてしまった。くそぅ。恥ずかしいぞ。

あと弓月め、かわいいとか言いやがって。あとで覚えてろよ。お前もさんざんかわいくしてやる。キャンキャンと仔犬のように鳴くがいい。

「でもちょっとだけ、大地くんに守ってもらえる火垂ちゃんが羨ましいかも。私も守られるヒロインやってみたいな～」

「風音お姉ちゃんも、うちを守ってくれる側っすからね。お姉ちゃんも、ありがとうっす」

「どういたしまして～♪」

風音さんは弓月を抱きしめて、その頭をなでなでした。ちょっと百合百合《ゆりゆり》しい。尊い。

すると俺はさしずめ百合の間に挟まる男か。いかん、消されそうだ。

「あー、おぬしら、そろそろいいかの。ここ暑いから、用が済んだら早よ出たいのじゃが」

ジト目のユースフィアさんがツッコミを入れてきた。そうだ。達成感やら何やらで忘れていたけど、俺たちはまだダンジョンを出ていないのだ。

すべてのモンスターの撃破に成功した段階で、ボス部屋の奥にあった大扉は、音を立てて開いていた。扉の先には、転移魔法陣の輝きが見える。

またファイアジャイアントを倒したときに一つ、ミッション達成の通知も出ていた。


ミッション『ファイアジャイアントを1体討伐する』を達成した！

パーティ全員が40000ポイントの経験値を獲得！


六槍《むそう》大地が39レベルにレベルアップ！

小太刀《こだち》風音が39レベルにレベルアップ！

弓月火垂が40レベルにレベルアップ！

▼現在の経験値
六槍大地……457634／499467（次のレベルまで：41833）
小太刀風音……458926／499467（次のレベルまで：40541）
弓月火垂……542301／564547（次のレベルまで：22246）

一時は危ういシーンもあったが、結果を見れば万事オーライだ。

俺たちは回復などの戦後処理を済ませると、開かれた大扉の先へと進んでいった。

＊＊＊

ボス部屋の先にあった転移魔法陣に乗ると、光に包まれ、俺たちは元いた洞窟へと転移した。足元の転移魔法陣は、光の粒となって砕け散る。

バルザムントさんたちのほうはどうかと思って見にいくと、もう一つの転移魔法陣はまだ残っていて、うっすらと光を放っていた。

心配しながら待っていると、数分たった頃に魔法陣が光を増し、やがてバルザムントさんを筆頭とした十一人のドワーフ戦士たちが姿を現した。転移魔法陣は光を弱め、やがて俺たちが乗ったものと同じように砕け散る。

ドワーフ戦士たちが挑んだ仮称・氷のダンジョンも、無事にクリアされたようだ。俺たちはバルザムントさんたちと、再会や勝利を喜び合った。

この炎と氷のダンジョンをクリアしたことで、モンスターのあふれ出し《オーバーフロー》現象は阻止することができたはずだ。集落が異常な数のモンスターに襲われるようなことは、もう起こらないだろう。少なくとも、当面の間は。

このタイミングで、ミッション達成の通知も出た。

特別ミッション『ドワーフ大集落ダグマハルのモンスター襲撃問題を解決する』を達成した！

パーティ全員が１０００００ポイントの経験値を獲得！

六槍大地が４０レベルにレベルアップ！
小太刀風音が４０レベルにレベルアップ！
弓月火垂が４２レベルにレベルアップ！

▼現在の経験値
六槍大地……５５７６３４／５６４５４７（次のレベルまで：６９１３）
小太刀風音……５５８９２６／５６４５４７（次のレベルまで：５６２１）
弓月火垂……６４２３０１／７２０２９８（次のレベルまで：７７９９７）

弓月一人だけ、経験値とレベルが抜きん出ていた。ファイアドラゴンとファイアジャイアント、二体のボスを二体とも、弓月がトドメを刺したからだろう。

俺と風音さんも、もうちょっとでレベルアップだ。

これまでのパターンで考えると、４１レベルでまた、修得可能スキルリストが大きく更新されるはず。楽しみだが、まあ過度の期待はしないでおこう。

俺たちはドワーフ戦士たちとともに洞窟を出る。

外はまだ雨が降っていたが、だいぶ明るくなり、雨足も弱まっていた。空を見上げれば、墨色に塗りたくられた雲たちはそのほとんどが遠ざかり、白い雲の合間からは晴れ間も見え隠れしている。

俺たちは雨具を身につけ、集落へと帰還した。やがて雨もやみ、空は夕焼け色へと変わった。

集落にたどり着いた頃には、夕食の準備を始めるような時刻だった。

バルザムントさんを筆頭にした戦士たち一行は、集落の住民たちに事態の解決を告げる。住民たちは喜びの声をあげ、戦士たちに向けて喝采《かっさい》した。

喝采を受ける戦士たちの中には、もちろん俺たちもいたのだが。どういうわけか、バルザムントさんの合図で、ドワーフ戦士たちが一斉にその場から退《しりぞ》いた。俺たちとユースフィアさんが、集落の住民たちから注目を浴びる形になる。

バルザムントさんが、いつものよく通る声で、こう言い放った。

「彼らヒト族の勇者であるダイチ、カザネ、ホタル、それにわが友ユースフィアの助力によって、我らが集落は未曾有《みぞう》の窮地から脱することができた！　よって俺は、この者たちを我らが集落の英雄と讃《たた》えたいと思う。どうだ、皆の者！」

住民たちからは、さらに大きな喝采があがった。

それから祭りの準備が始まった。集落が危機を脱したことと、新たな英雄の誕生を祝う祭り……だそうだ。

後者の理由はさておき、集落のドワーフたちはいずれも、喜びにあふれているように見えた。モンスターの襲撃続きで緊張と心配を強いられる日々を送っていた彼ら彼女らにとって、祭りは苦境から解放されたことを示す象徴の役割があったのだろう。

やがて夜が進み、準備が整うと、祭りが始まった。

場所は、集落で最も大きいパーティホールのような洞窟住居と、その周辺一帯だ。たくさんのテーブルには色とりどりの豪勢なドワーフ料理やお酒が並べられ、誰もが自由に飲み食いしていいバイキング形式だ。

俺たちは主賓ということで、立派な貸衣装を用意された。人間の街の王侯貴族に卸《おろ》すような代物らしい。そんなもの貸衣装にしていいのかと思ったが、拒否するわけにもいかないので、俺たちは厚意に甘んじることにした。

風音さんと弓月は、二人とも可憐《かれん》なパーティドレスを着た姿へと変身していた。どっちも綺麗でかわいくて愛らしくて、俺はその姿を見ただけで悶《もだ》え死《じ》にそうになった。

ちなみに俺も、この世界の貴族風のパーティ衣装を身につけていたが、まあ俺のことはどうでもいい。ただ風音さんと弓月は、そんな俺の姿を見てご満悦だったようだ。

ユースフィアさんも同様に、黒のパーティドレスに身を包んでいた。「わしはいいと言うたのに……」とぶちぶち文句を言いながら、恥じらうように頬《ほお》を赤くする。肝っ玉母さんタイプのドワーフ女性たちに囲まれ着せ替え人形にされているユースフィアさんを思い浮かべて、俺はほほえましい気分になった。

ふと見渡すと、いつか見た幼いドワーフの少女と、彼女の父親であるドワーフ戦士、それに母親のドワーフ女性が仲良く食事を取り分けている姿を目撃した。家族三人とも笑顔にあふれていて、とても楽しそうだった。

パーティには、旅商人エスリンさんと三人の従者たちも参加していた。集落側との商談がまとまったらしく、エスリンさんはほくほく顔だった。彼女らは旅の護衛が見付かり次第、フランバーグへと帰還する予定らしい。俺たちとは進路が違う。彼女らとはここでお別れだ。

やがて音楽がかき鳴らされ、ダンスパーティが始まった。パーティホールの真ん中で、ドワーフたちが陽気に踊りはじめる。洗練されたダンスではないが、誰も彼も楽しそうだ。

「踊ろう、大地くん！」

ミントグリーンのドレスに身を包んだ風音さんが、レースのグローブに覆われた柔らかな手で、俺の手をつかんできた。

「でも俺、ダンスなんて」

「先輩。こういうのはうまくなくても、ノリでいいんすよ」

深紅のドレスを身にまとった弓月が、俺のもう一方の手をつかんでくる。

俺は二人に引っ張られて、ダンスの舞台へと進み出た。

二人にリードされ、俺は踊るというよりも、流れによって踊らされた。まったく不得手

なはずのダンスも、二人の目を見て、手を引かれ、動きを追っていたら、なぜかそれなりに様になった気がする。探索者《シーカー》の運動神経も助けになったのかもしれない。

俺の手を取った弓月が、ドレスのスカートをはためかせてくるりと回り。

俺に肩を抱かれるように寄り添った風音さんが跳び上がったので、俺はその体をお姫様のように抱き上げる。風音さんは俺の頰に一瞬キスをして、パッと離れる。

入れ替わりで俺に抱き着いてきた弓月とともに、くるりと一回転、二回転、三回転。弓月は俺の額にキスをして、頰を赤く染めた顔でにひっと笑って離れていく。

俺たちのダンスは、ドワーフたちに大ウケだった。主賓を気分良くさせてくれたのかもしれないが、盛り上がっていたことは間違いない。

ユースフィアさんは踊る気はないと言っていたが、隅っこでボッチをしていたところに風音さんが駆け寄って、その手を取ってダンスを始めた。ユースフィアさんは顔を真っ赤にして戸惑《とまど》っていた。

俺はちょっとだけ、風音さんをユースフィアさんに取られた気がして嫉妬《しっと》した。でも俺には弓月が付いていてくれて、これでもかというぐらい俺に密着してダンスを踊った。

やがて風音さんと弓月が交代して、俺は風音さんと、ユースフィアさんは弓月と踊った。

でも俺とユースフィアさんが踊ることはなかった。そこは風音さんと弓月が、それとなく妨害していたように見えた。まああの調子のユースフィアさんと俺が組んでも、変な感じになるだろうしな。

やがて弓月は、近くにいたバルザムントさんにバトンタッチする。バルザムントさんに渡されたユースフィアさんは、いよいよ弄《もてあそ》ばれ、目を回していた。

ダンスを終えてからも、俺たちはドワーフ料理とお酒を堪能《たんのう》した。

ドワーフ社会では、十歳などのかなり若いうちから飲酒をするらしい。人間社会でも、この世界では十五歳からが一般的だと聞く。ドワーフたちが好んで飲む蒸留酒《ブランデー》は度数が強すぎるので、俺たちは子供向けの果実酒などをチビチビ味わった。

風音さんが蒸留酒に挑戦したが、秒でフラフラになって俺に絡んできた。めちゃくちゃ抱き着いてくる。あとキス上戸《じょうご》。ドワーフの皆さんの前でディープなのをやられた。歓声が上がった。

弓月も張り合って、顔を真っ赤にしながらディープなのをやってきた。また歓声が上がった。風音さんによる猛攻と合わせて、俺の理性は瞬く間に消し飛びそうになったが、ドワーフの皆さんが周りにいたので辛《かろ》うじて耐えられた。

ユースフィアさんはそんな俺たちを、頬を赤らめてこそこそと見ていた。それを見つけた風音さんがユースフィアさんのもとへ行って、肩を抱いて絡み、けらけらと笑っていた。

俺は風音さんが、ユースフィアさんにもキスをするんじゃないかと思い、気が気じゃなかった。

そうして、何がなんだか分からないぐらい楽しくて、幸せな時間が過ぎた。

翌朝、宿の一室で目覚めた俺は、風音さんや弓月と同じベッドで寝ていた。宿の外では小鳥がチュンチュン鳴いている。頭が痛い。

朝食後、俺たちはたくさんのドワーフたちに見送られて、ドワーフ大集落ダグマハルをあとにした。

その後、一緒に集落を発《た》ったユースフィアさんや、旅商人エスリンさんらとも別れる。

ユースフィアさんはバルザムントさんに書いてもらった紹介状を手に、南に向かうとのこと。「やれやれ、ずいぶんと無駄足を踏んでしまったわ」と言っていたが、その表情はどこか嬉しそうだった。

エスリンさんたちは、旅の護衛をユースフィアさんに頼み込んだようだ。あのユースフィアさんがよく引き受けたな。どんな交渉をしたんだ。

対して俺たちは、さらに北へ。ここから二日ほど北に行けば「世界樹」があるという。到達すると3万ポイントの経験値がもらえるミッションがあるので、それが目当てだ。今になると3万ポイントは大した経験値でもない気もするが、ほかにこれといったあてもないしな。

元の世界への帰還までは、あと81日。

ドワーフ大集落ダグマハルから旅立った俺たちは、彼方《かなた》に見える大樹を目指して、険しい山道を進んでいった。

あとがき

皆様こんにちは、こんばんは、著者のいかぽんです。皆様のおかげで、こうして第三巻も出版させていただくことができました。ありがとう！　ありがとう！　わーい！　本巻もまた、今の僕にできる限りを尽くした一冊です。読者の皆様に満足してもらえる作品となっていれば嬉《うれ》しいです。

すみません、少し暗い話をします。私事で恐縮ですが、僕はここ十数年ほど、難病を患っている母の介護を担当しておりました。そうした事情もあり文筆業で印税などをいただき生活費を稼ぐことができる現在の状況は非常に助かっていたのですが。このたびその母の容態が急変して救急搬送、緊急入院となりました。このあとがきを書いている段階では、現在進行形で予断を許さない状況です。

人生いろいろありますが、日常的に暗い出来事にばかり触れていると、メンタルがどんどん悪い方に入っていきます。介護というのはある意味で子育てに似ているなと思うことがあります。継続的に対象者の面倒を見なければいけない都合上、それが可能な範囲内に自分の行動が束縛されます。仕事に行くのも遊びに行くのもなかなか困難です。自身の行動が対象者の都合に束縛されるという点で、介護と子育てはよく似ていると感じます。ただ両者の差として一番大きいのが、未来への希望だと思うことがよくあります。介護は今後どんどん衰えていく人を見守ります。子育てはすくすくと育っていく姿を見守ります。介護はどうしても気持ちが落ち込みます。人の精神は未来に向かってマイナス方向に進むことに耐えられるようには、あまりできていません。できるだけ感情移入しないようにしています。ずぶずぶにのめり込むと耐えられないことが目に見えているので。ヒロイン不治の病系の作品で予習をしていたので致命傷を受けずに済みました。エンタメ作品はいつ役に立つか分かりません。

加えて、世間を見ていても近頃は本当に負の出来事が多いと感じます。僕は正直、疫病や戦争なんて自分たちには無縁のものだと漠然と信じていました。歴史の授業で習っただけの過去の出来事でしかないと思っていました。なんとなく世界はどこも僕が暮らしているような日常と似たようなものであるのだろうと思っていました。しかし僕の視界に入らない場所では紛争が日常的に起こっていて、迫害や抑圧や民族紛争が絶えず、飢餓や命の危険に現在進行形でさらされている人たちがたくさんいるのだということを、恥ずかしながら最近のニュースを見てあらためて実感した次第です。疫病との戦いも、現代医学なら楽勝で撃退とはなりませんでした。

それらに実感レベルで触れて、いろいろと思うところはあります。どうして人類はもっと富を分け合い仲良く暮らすことができないのだろう、なんてお花畑な思考をしてしまいます。無理なのは分かっています。僕にも我欲があります。安全と平穏と幸福への欲求があります。その欲求は他者の欲求と対立することがあります。この世のすべての人の望みを十全に叶《かな》え、あらゆる問題をイージーに解決できるような冴《さ》えたプランなんて僕はまったく持ち合わせていません。世界中のすべての人がそうなのでしょう。程度の差こそあれ、理不尽な現実と僕らは今後も付き合っていかなければいけないのでしょう。おそらくは、この世に人間がいる以上、それらはなくなりません。程度の差を少しでもマシにしていくために尽力することには、もちろんとても大きな意義があると思います。

とまあ、そういった暗い出来事ばかりに触れていて、そのことばかりを考えていると、とにかくどんどんメンタルが鬱屈してしまいます。負の方向にどんどん沈んでいってしまいます。これは良くありません。明るく楽しい出来事に触れて、陽の気を補充するべきです。というわけで、僕はなるべく明るく楽しい物語を描きたいのです。大地《だいち》くんたちにはいつも幸せでいてほしい。物語というのはなかなかそうもいかないのですが、作者の願望としては、明るく楽しく幸せで面白い物語を描きたいと思っています。なので大地くんにはいつも「そこ代わってもらえませんかね？」と嫉妬《しっと》します。いや、無理だ。風音《かざね》さんも弓月《ゆづき》も大地くんに懐いているのだから。おのれおのれ。いつも美少女二人に囲まれてイチャイチャしやがって。羨《うらや》ましいぞ、きぃいいいいいっ。二巻のあとがきを見直したら似たようなことを言っていました。今回のほうが、いの数が多い。

さて今回も作者が無事に壊れたところで、謝辞に移りたいと思います。

編集の和田《わだ》様、毎度のことながらお世話になっております。ありがとうございます。

イラストのｔｅｆ先生、いつも物語を彩る素晴らしいイラストを本当にありがとうございます。どっちとは言いませんが、二巻のカラー口絵とか穴が開くほど見ました。最の高です。この巻のイラストも楽しみにしております。ワクワク。

そのほかにも校正担当の方、デザイナーさん、書店で本を販売してくださる書店員さん、裏方で様々な事務を担当してくださっている方々などなど、本作の制作・出版・流通に関わってくれたすべての皆様に感謝を。

そしてこれもいつもながらですが、本作を購入して読んでくださる読者の皆様に。ありがとうございます。大地くんたちの旅に触れる時間が、皆様の楽しいひと時となることを願いまして、結びとさせていただきます。

いかぽん

朝起きたら
探索者第三巻
発売おめでとう
ございます!!
新キャラでは ユースフィアが好きです

朝起《あさお》きたら探索者《シーカー》になっていたので
ダンジョンに潜《もぐ》ってみる3

2024年2月28日　初版発行

著　　者　いかぽん
イラスト　tef
発 行 者　山下直久
発　　行　株式会社KADOKAWA
〒102-8177 東京都千代田区富士見2-13-3
電話 0570-002-301（ナビダイヤル）

編集企画　ファミ通文庫編集部

担　　当　和田寛正
デ ザ イ ン　横山券露央、小野寺菜緒（ビーワークス）
写植・製版　株式会社オノ・エーワン
印　　刷　TOPPAN株式会社
製　　本　TOPPAN株式会社

●お問い合わせ
https://www.kadokawa.co.jp/（「お問い合わせ」へお進みください）
※内容によっては、お答えできない場合があります。
※サポートは日本国内のみとさせていただきます。
※Japanese text only

 ISBN978-4-04-737848-3 C0093　　定価はカバーに表示してあります。

STORY

気がつくと、SFゲームの
拠点要塞ごと転生していた。
しかも、ゲームで使っていた
女アバターの姿で。
周りは見渡す限りの大海原、
鉄がない、燃料がない、
エネルギーもない、なにもない！
いくらSF技術があっても、
資源が無ければ何も作れない。
だと言うのに、
先住民は魔法なんて
よく分からない技術を使っているし、
科学のかの字も見当たらない。
それに何より、栄養補給は
点滴じゃなく、食事でしたい！
これは、超性能なのに
甘えん坊な統括AIと共に、
TS少女がファンタジー世界を
生き抜く物語。

アラサーがVTuberになった話。

Around 30 years old became VTuber.

とくめい [Illustration] カラスBT

「書籍化不可能」といわれた異色作がまさかの刊行!!!

STORY

過労死寸前でブラック企業を退職したアラサーの私は気づけば妹に唆されるままにバーチャルタレント企業『あんだーらいぶ』所属の**VTuber神坂怜**となっていた。「VTuberのことはよくわからないけど精一杯頑張るぞ!」と思っていたのもつかの間、女性ばかりの『あんだーらいぶ』の中では**男性Vというだけで視聴者から叩かれてしまう**。しかもデビュー2日目には同期がやらかし炎上&解雇の大騒動に!果たして**アンチばかりのアラサーV**に未来はあるのか!? ……まあ、過労死するよりは平気かも?

Comment
シスコンじゃん
Comment
こいついっつも燃えてるな
Comment
同期が初手解雇は草